U0132974

农村基层党组织功能实现途径研究

肖纯柏◎著

人民出版社

序

全国党建研究会副会长

卢先福

农村基层党组织是党在农村的执政基础，是坚持和实现党对农村领导的组织保证。作为联系农村群众的桥梁与纽带，农村基层党组织在贯彻落实党的路线方针政策、化解农村内部矛盾、维护社会稳定、推动农村发展方面，发挥着战斗堡垒作用。推动科学发展的重点在城乡统筹，促进社会和谐的重心在社会基层。研究农村基层党组织的功能实现和作用发挥途径问题，对于加强和改进农村基层党组织建设，深入贯彻落实科学发展观，破解农民、农村、农业问题，具有重大的战略意义。中国延安干部学院肖纯柏博士所著《农村基层党组织功能实现途径研究》一书，正是结合新时期新阶段农村社会和农村基层干部的新变化，对农村基层党组织的功能实现途径进行了可贵探索。

在我看来，本书颇有新意，值得一读。一是它不只是停留于农村基层党建的工作总结，而是着眼于对实际问题的理论思考，对农村基层党组织建设进行了理论概括。二是从政党组织——政党基层组织——农村基层党组织的特性入手，层层深入，对农村基层党组织的主要功能进行了论述。在此基础上,对农村基层党组织的功能实现途径进行了内涵界定。三是提出了实现农村基层党组织功能的三大根本途径,即农村基层党组织在推动经济社会发展中实现功能,在引导、示范、服务中实现功能,在与各种组织的横向协作中实现功能。四是从城乡一体化、党领导农村工作体制、农村基层管理体制的角度,探讨了农村基层党组织功能实现途径的整体环境。这些对策建议,对于进一步健全党的基层组织体系,推动基层党建工作创新,增强基层党员干部队伍活力,构建城乡统筹的基层党建新格局,具有重要的现实意义。我相信,该书对广大党务工作者和党建理论工作者研究这方面的问题,具有一定参考借鉴价值。

难能可贵的是,作者在运用马克思主义政党理论的同时,从组织学特别是组织社会学的视角,对农村基层党组织建设进行了深入分析,书中提出个人的独特见解,体现了作者扎实的理论功底和学术创新精神。

农村基层党建问题,是一个实践性和理论性都很强的课题,希望作者今后结合基层新的实际,继续深入研究这一课题。

是为序。

2010年7月10日

content

目　录

内容提要

党领导的改革开放既给党注入巨大活力,也使党面临许多前所未有的新课题、新考验。随着农村经济社会的变革,农村基层党组织的功能呈现出新的特征,功能的实现途径发生深刻变化。有些农村基层党组织由于完全没有适应这些新变化,因而功能实现不充分,少数党组织甚至软弱、涣散,失去人心。本书正是在这种背景下探索农村基层党组织的功能实现途径。

本书由导论、正文和结语组成。导论包括研究对象与研究意义、研究综述、论文创新点、逻辑结构与研究方法。正文共分六章。

第一章:农村基层党组织功能实现途径的理论分析。农村基层党组织的主要功能包括领导核心、服务、利益表达与利益综合、政治录用与政治社会化等功能,这些功能在新的条件下具有新的表现形式。同样,农村基层党组织的功能实现途径的内涵与评价标准体现出鲜明的时代特征,影响功能实现途径的因素也会发生变化。

第二章:农村基层党组织功能实现途径的历史与现实考察。本章从历史的角度回顾农村基层党组织不同时期功能实现途径的共性特点,探讨当前农村基层党组织功能实现途径存在的问题及其成因,总结世界政党基层组织功能实现的正反两方面的经验教训。

第三章:由游离中心到围绕中心:农村基层党组织在推动经济社会发展中实现功能。本章重点探索农村基层党组织与农村经济社会发展的结合点,提出要在创新农村经济制度和经济组织中实现功能,通过经济社会发展,促进农村和谐,这是农村基层党组织领导经济的政治逻辑。

第四章:由行政化到政党化:农村基层党组织在引导、示范、服务中实现功能。本章认为,农村基层党组织由行政化向政党化转变,关键要由过去领导方式的指令型向引导型转变,由指挥型向示范型转变,由管制型向服务型转变,其目的是通过党员的引导、示范、服务,把党组织的领导与群众的利益需求结合起来,凝聚农村群众共同奋斗。

第五章:由纵向领导到纵横互动:农村基层党组织在与各种组织的协作中实现功能。本章探讨农村基层党组织在发展基层民主的制度框架下,如何加强与农村基层政权组织的横向运作、与农村基层自治组织的横向互动、与各种基层党组织的横向协作。在纵向垂直运行的基础上,构建农村基层党组织的横向运行机制,这有助于实现农村党的领导、村民当家做主与依法办事的有机统一。

第六章:优化农村基层党组织功能实现途径的整体环境。本章探索农村基层党组织功能实现的间接途径,即为农村基层党组织的功能实现创造良好的外部与内部环境。优化外部环境,主要包括改革农村基层管理体制,完善农村"三级联创"机制、健全农村基层党组织的运行保障机制等;优化内部环境,主要包括构建以党员为主体的党内民主环境,提高农村基层党组织制度建设的质量,加强农村党员干部的能力建设,等等。

导　论

一、研究对象与研究意义

本书的研究对象是农村基层党组织的功能实现途径。选择这个题目，主要基于农村基层党组织的特殊性。毛泽东说:“科学研究的区分,就是根据科学对象所具有的特殊的矛盾性。因此,对于某一现象的领域所特有的某一种矛盾的研究,就构成某一门学科的对象。”①

农村基层党组织是中国共产党在农村的基层组织。从建制来看,农村基层党组织主要指乡镇党委和村党组织。村党组织包括自然村党组织、行政村党组织、中心村党组织。从地理区域来看,当代农村基层党组织有城中村党组织、城郊村党组织、传统村落党组织和农村社区党组织。从组织设置来看,农村基层党组织包括党委、党总支、党支部、党小组等结构形态。除了乡镇党委和村党组织外,还有乡办企业党组织、乡村站所等县直部门驻乡镇单位的党组织以及市场经济条件下涌现出来的新经济社会组织中的党组织。除了有的农村党组织直接隶属于县市,以及中央另有规定的之外,其他乡村党组织均接受乡镇党委的领导。

与西方国家相比,中国共产党农村基层组织尤为特殊。农村基层党组

① 《毛泽东选集》第一卷,人民出版社 1991 年版,第 309 页。

织遍布全国每个乡村，不仅辐射面广，而且组织体系严密。而工业化、城市化发达的国家或者农民人口占少数的国家，政党组织在农村的作用日趋下降，其组织结构不像中国共产党那样遍及村落，星罗棋布。并且，在近代西方，是先有国家，后有政党，绝大多数政党是在代议制内部产生的。而现代中国，是先有政党，后有国家，中华人民共和国是在中国共产党的领导下，通过遍布全国的基层组织发动群众而建立起来的。因此，中国共产党农村基层组织的功能地位从一开始具有自身的特殊性——始终成为农村的战斗堡垒和领导核心。

与国外共产党相比，中国共产党农村基层组织也有自身的特殊性。在国际共运史上，马克思、恩格斯没有留下完整的农村建党学说，列宁、斯大林的建党活动主要在城市工人阶级中进行，因而苏联农村建党未能成为党的建设的重点，这一点与中国共产党有不同之处。周恩来曾回忆说，“共产国际的一切文献，一讲到无产阶级政党的领导，就是同工人运动联系在一起的”。“但一九四〇年我到共产国际去，共产国际的领导同志都还担心我们离开工人阶级太远了。我说我们在农村经过长期斗争的锻炼，有毛泽东同志的领导，完全可以无产阶级化”。[①] 在这里，周恩来点明了当时中国共产党建党的特殊情况——党长期处于农村环境当中。我们党正是在“农村包围城市”的浴血奋战中，在历史和人民的选择中，赢得了全国范围内的执政地位。从这个意义上说，农村基层党组织建设的质量，是关系中国革命前途命运的战略一环。

与中国国民党相比，中国共产党在革命战争年代的一个突出优势是基层党组织有效实现了自身功能，而国民党在大陆的失败与其基层组织的作用发挥不充分有很大的关系。1927年蒋介石针对国民党组织的弊端曾说：“现在各地党部，都有很多缺点，最重要的是没有基本的训练和严肃的纪律。各级党部虽然规模初具，事实上仍是一个空架子，平时不能训练党员，使党员服从党纪，徒然有一党部，有什么用处呢？老实说，没有受过严格训

---

① 《周恩来选集》(上)，人民出版社1980年版，第178—179页。

练的党员，就是有了几千几百万，也是没有用处的。关于组织方面，党员大多数还不明白党的基本组织是什么，不注意下层的基本工作，弄得党在民众中间不能引起什么影响。"[①]这一现状，直到国民党逃离台湾都没有改观。国民党基层组织不仅对党员缺乏基本训练和严肃纪律，而且政治吸纳的方式和途径存在问题，例如，党员集体入党、强迫入党、投机入党在基层比较普遍，农村中的挂名党员为数不少。当时共产国际代表的报告提道："农村的剥削者阶层为了应付国民党当局都相应进行了伪装，他们中的许多人加入了国民党，常常在县和县以下的国民党机构中占据着领导职位。"[②]这表明，虽然国民党在乡村也建立了党组织，但由于只注重政治吸纳的数量，而忽视发展党员的质量，因此功能未能得到充分实现，这直接促成了基层组织的软弱涣散。这也说明，在中国农村加强基层党组织建设，凝聚农村群众和整合基层社会，是一个复杂的难题。

与国内其他基层组织相比，农村基层党组织的战略地位特别突出。应该说，城市街道、企业等基层党组织，在党的建设中都承担着重要职责，但从全国的整体态势来看，农村基层党组织的作用非同一般，耐人寻味。毛泽东认为，中国的主要人口是农民，革命靠了农民的援助才取得了胜利，国家工业化又要靠农民的援助才能成功。[③] 当前，中国依旧是一个农业大国，中国共产党既是领导党又是执政党。解决中国农业、农村、农民的问题，关键在中国共产党，重心在农村基层。对此，邓小平曾说："中国有 80% 的人口住在农村，中国稳定不稳定首先要看这 80% 稳定不稳定。"[④]江泽民则用"基础不牢，地动山摇"，形象地指出了农村基层党组织的战略地位。党的十六大以来，以胡锦涛同志为总书记的党中央，继续把农村党建问题摆在更加突出的位置，连续多年发出中央一号文件，把解决"三农"问题作为党和国家

① 转引自王奇生:《党员、党权与党争——1924—1949 年中国国民党的组织形态》，上海书店出版社 2003 年版，第 43 页。

② 《联共(布)、共产国际与中国国民革命运动(1926—1927)》(上)，第 459 页。

③ 《毛泽东文集》第 6 卷，人民出版社 1999 年版，第 79—80 页。

④ 《十四大以来重要文献选编》(上)，人民出版社 1996 年版，第 424 页。

工作的重中之重,强调要从战略和全局的高度,充分认识加强以党组织为核心的农村基层组织的重要性、紧迫性。

这种紧迫性,在现实生活中主要表现为少数农村基层党组织的功能丧失,在群众中的威信削弱。尽管农村基层党组织总体上对农村的稳定和发展功不可没,但从深层次和长远性来看,党组织原有的功能优势在少数农村正在变为潜在的危险,应有的功能不仅很难充分实现,而且还有蜕化的可能。一方面,农村的制度变迁使农村基层党组织的可控资源在流失,原有的功能实现途径与新的制度安排不适应。因为中国的改革首先从基层开始,走的是一条由下而上,先农村、后城市的渐进式改革路径。农村改革的突破口首先从土地经营权改革入手,实行家庭联产承包责任制。农村生产力的释放,推动了村民自治的生长,进而推动了农村生产关系和政治体制的变革,农村基层党组织的一元化领导格局被打破,过去的一些观念和做法处处碰壁;另一方面,党内的组织体系调整,客观上使农村基层党组织的战略地位失衡。改革开放以来,中央组织与地方组织对干部的管理权、对经济、组织和政治资源的调控权变化不大,而农村基层党组织所调控的资源大为减少,这就打破了党内以往组织结构、领导体制和领导方式等“上下一般粗”的体系格局。由此,农村基层党组织的功能,在新的条件下通过什么途径来实现,面临新的挑战。

正是在这种背景下,笔者着眼于“对实际问题的理论思考”,把农村基层党组织的功能实现途径作为本书的研究对象。其研究意义在于:

第一,为实现农村基层党组织的功能探讨对策。现实表明,一个政党即使功能体系完备,在实践中也不一定能得到充分实现。事实上,农村基层党组织好心办坏事的现象是存在的。产生这种现象,既有农村基层党组织的功能定位问题,也有功能实现的途径问题。功能实现途径的正确与否和宽窄程度,关系到农村基层党组织的存在价值和政治合法性。从理论上讲,农村必须坚持党的领导,必须建立党组织,这是宪法和法律明确规定的。但是,为什么这个基本常识在少数农村被视为异常,一些人排斥或不认同党的组织?实践表明,当农村基层党组织的功能没有充分、有效实现时,农民的困惑和质疑就很难避免。而一旦党组织遭到农民的质疑,“农村基层党组织是否要存在”的问题就不再停留在思想层面,“武器的批判”会产生强大的物质力量(如“踢开支部搞自治”)。本书正是基于这一新课题,为实现农村基层党组织的功能探讨对策。

第二,为增强党在农村的执政基础寻求理论支撑。新问题的产生,既有实践落后于理论的问题,也有理论滞后于实践的问题。如果说改革开放以前,有些农民由于生活水平长期落后而对党组织产生质疑,那么改革开放以后,在生活大大改善的农村,为什么有些农民对农村基层党组织的向心力会下降?在农村基层党组织调控资源减少,联系群众的链条发生变化的背景下,农村党群关系是不是只限于传统意义上的领导与被领导的关系?建立在这种关系基础上的农村基层党组织,其功能实现途径与以往有哪些不同?这些功能究竟通过什么途径实现更合适、更科学?在村民自治的制度框架下,农村基层党组织如何通过村民自治组织实现自身功能?理论是行动的先导。对农村基层党组织的功能及其实现途径进行理论探讨,有利于寻觅巩固执政基础的良方,从一个侧面弥补“党的理论准备不够”。①

第三,推动农村治理结构的完善,促进农民的全面发展。农村基层党组织是沟通党与农民的桥梁,理顺国家与农民关系的纽带。探索农村基层党组织的功能实现途径,目的是使党组织在坚持以经济建设为中心的同时,更加重视“人”的中心地位。农村是人的联合体,其主体是农民,农民的全面发展是农村基层党组织实现自身功能的价值归宿,离开人的全面发展,探索功能实现途径没有意义。而实现人的全面发展,需要相应的载体和制度结构。探索农村基层党组织的功能实现途径,就是要使党组织与农村治理结构相契合,并通过相应的改革创新,推动农村治理结构的完善。没有乡镇党委与乡镇其他组织之间的科学定位,没有村党组织与村民自治组织的和谐

① 刘少奇曾多次指出,我们党虽然有丰富的实践经验,但党内长期以来存在着理论不足。他与孙冶方的通信中多次提及“中国党的理论准备不够”,“特别是我们党的主观努力不够,二十年来,我党虽有极丰富的实际斗争经验,但缺乏理论的弱点仍旧未能克服”。参见《刘少奇论党的建设》,中央文献出版社1991年版,第275页。

共处,农村的社会性容易被削弱,农民自主性空间就会被挤压,"以人为本"就会停留于文本层面或者缺乏实质内容。所以,深入研究农村基层党组织的功能实现途径,旨在以自身的"善治"推动村民自治,提高基层民主政治建设的质量和层次,在经济和政治发展的基础上实现农民的全面发展。

二、研究综述

发展离不开继承。研究农村基层党组织的功能实现途径,需要在梳理已有研究成果的基础上,借鉴他山之石,推动研究的深化。

◆(一)研究现状

根据文献检索查知,以"农村基层党组织的功能实现途径"为题的论文和专门研究党组织功能实现途径的论著少之又少,但与本书相关的研究成果则为数不少。这些散见于调研报告、理论探讨、工作总结和内部文稿的研究成果,主要围绕农村基层党组织与村民自治的关系、农村基层党组织与新农村建设的关系、农村基层党组织与构建农村和谐社会、全面建设小康社会的关系,以及农村基层党组织的能力建设等问题进行论述。这些研究成果,对进一步探索农村党建问题提供了翔实的资料,其中也间接对农村基层党组织的功能及其实现途径进行了分析。具体来说,主要有以下几个方面。

1. 对基层党组织的功能角色进行了探讨

一是提出基层党组织要改变功能行政化的倾向。方开淇等人对不同时期基层党组织的功能进行了比较,认为基层党组织从革命时期到新中国成立后计划经济时期再到改革开放至今,走过了一条"政治功能——超政治功能——政治功能"的路径轨道。① 这一论述指出了基层党组织在计划经济时期功能行政化的特征,强调农村基层党组织功能要重新归位,即回到政治领导、政治功能和依靠思想政治手段实现功能的轨道。张建德对"行政

① 方开淇等:《党的基层组织在不同历史时期功能的比较》,《上海党史与党建》2002 年 3 月号。

化”、“政党化”内涵进行了界定，并提出党的基层组织重新定位的基本趋势是，从传统的政权化功能定位转向政党化的功能定位。① 郭正林认为，行政化源于制度安排的模糊性：如果村委会决定村务，那么如何保障和实现村党组织的领导核心和领导地位，如果党组织对村务大事拥有决定权，又该如何保障村委会依法行使自治权。② “行政化”概念的提出，为深化基层党组织功能定位的研究，提供了一种分析范式。

二是提出要强化基层党组织的服务功能。李少斐提出，基层党组织功能“归位”的目标取向是优化社会整合功能和社会服务功能，即使是政治功能也要体现在经济功能和服务功能上。③ 高新民从功能转换的角度提出，基层党组织只有强化服务功能才能获得真正的凝聚力和战斗力，以服务的行为获得领导者资格。④ 王长江认为，社区党组织要强化“领导就是服务”的意识，突出服务功能，通过大量的社区服务工作体现党的领导。⑤ 周鹤龄认为，基层党组织在新经济组织和新社会组织中特别要发挥服务功能，在维护国家利益的前提下，成为不同群众利益的代言人。⑥ 秦兴洪认为，非公有制企业党组织的“服务”功能，主要是做好企业职工的思想政治工作和企业中非党代表人士的统战工作，协调好企业主和员工的关系。⑦ 吴鹏认为，在土地从公社到农户转变，治理结构从行政管制到村民自治转变的背景下，村级党组织的领导作用应该仅仅是一种引导、影响和服务作用。⑧ 上述论者从基层党组织的不同领域和不同角度阐述了服务功能，有的内涵界定也不一样，但是有一点是共同的：服务是基层党组织的一项重要功能。应该说，

---

① 张建德：《中国共产党执政方略研究》，山东人民出版社2003年版，第258页。

② 郭正林：《一个乡村关系行政化的根源与调解对策》，《北京行政学院学报》2002年第4期。

③ 李少斐：《非公有制经济领域党建问题新论——基于组织资源开发视角的分析》，天津师范大学2006年博士论文。

④ 高新民：《论党的基层组织的功能转换》，《理论学刊》2003年第4期。

⑤ 王长江：《关于基层党组织建设重点的思考》，《理论前沿》2000年第5期。

⑥ 周鹤龄：《围绕党的十六大报告探讨基层党建工作新课题》，《党政论坛》2003年第2期。

⑦ 秦兴洪：《试析非公有制企业党组织的地位和作用》，《社会主义研究》2003年第3期。

⑧ 吴鹏：《基层党组织角色转换相关分析》，《岭南学刊》2003年第5期。

服务不是一个新概念,农村基层党组织以前也开展服务工作,但把“服务”单列为基层党组织的内在功能,这对于深化基层党建问题的研究具有重要意义。

三是对基层党组织的领导核心功能与政治核心功能进行了探讨。从党章和党内制度的有关规定来看,领导核心功能与政治核心功能都强调基层党组织是所在组织的核心力量,其突出区别在于,领导核心功能强调基层党组织能够最终“作出决定”和“领导本单位的工作”,而政治核心功能更多表现为基层党组织参与决策,贯彻落实党的路线方针政策。有的研究者认为,社区党组织应该发挥政治核心功能,而不是领导核心功能。也有论者提出,村级党组织不应该发挥领导核心功能。而罗争玉、李屏南认为,不同类型的基层党组织,其具体功能应该不同。农村、连队和街道基层党组织应是领导核心,企业、实行行政领导人负责制的事业单位应是政治核心。[①] 孙春兰认为,农村、城市社区党组织应当定位为领导核心。[②] 有的论者认为,党组织在国有企业中发挥政治核心作用,在中外合资企业是在中方人员中发挥政治核心作用,而在私营企业则是在企业职工中发挥政治核心作用。有的进一步提出,国有企业党组织不仅是职工群众的政治核心,而且是企业的政治核心。还有论者认为,民营企业基层党组织是企业职工群众而不是企业的政治核心。这些论述,对领导核心与政治核心功能的内在联系进行了界定,但对实现这些功能的有效对策研究不足。

2. 探讨了农村基层党组织的功能转换问题

陈方猛认为,农村存在的问题,很多都与农村基层组织的功能界限模糊有关,特别是乡镇党委、政府、经济组织之间职能不分,导致农村基层党组织基本上执行传递行政指令的职能。[③] 该文还专门对乡镇党政关系、村级“两委”的功能调适进行了探讨,提出了相关对策。邹庆国认为,村级党组织功

① 罗争玉、李屏南:《论基层党组织的共性与个性》,《求索》2001年第3期。
② 孙春兰:《科学构建基层党建工作新格局》,《人民日报》2004年11月11日。
③ 陈方猛:《转型期农村基层党组织建设若干问题研究》,中共中央党校1997年博士论文。

能的目标取向应从传统型向现代型转变，功能的本体定位应从高度行政向“党要管党”转变，功能的价值趋向应从“为民做主”向“由民做主”转变。[①] 王晓林认为，从整体上来讲，重新定位村党组织角色的路径选择就是要贯彻党政分开的原则，明确“两委”职责，“还权于民”。[②] 张宝军提出，村级党组织在新农村建设中具有政治领导功能、社会整合、服务协调和规范监督四项功能。[③] 有的论者主张，农村社区党建工作与城市社区党建工作相比，需要突出带领农民群众发展致富的功能，与传统农村基层党建工作相比，则需要强化社会管理、公共服务功能。[④] 谢方意提出，村级党组织的功能转换，就是要把直接管理生产和全面干预农村社会事务的功能转变为以农村社会关怀和利益协调为轴心的功能结构。[⑤] 这一观点的实质是，农村基层党组织必须剥离行政的角色，把经济还给经济本身，把行政归还行政本身，回归到政党应有的功能上来。

总体上看，在改革开放和农村社会转型的背景下，强调农村基层党组织的功能转换，具有鲜明的时代意义与实践品格。尤其是强调农村基层党组织要转变指挥型和包办型的功能特征，打中了问题的要害。但是，转换也是相对的，转换是在继承基础上的转换，而不是完全抛弃过去。比如，转换服务功能是在服务中体现领导，在领导的基础上开展服务，强调服务功能并不是削弱领导核心功能。

3. 对农村基层党组织建设的途径进行了初步探索

从宏观上研究农村基层党组织建设的文章可以说是汗牛充栋，但着眼于实际问题的理论论述，并从实证角度分析农村基层党建途径的文章不多。夏继春的《农村基层党组织建设的有效途径研究引论》提出，加强农村党建

① 邹庆国：《论村级党组织的功能变迁》，中共中央党校2005年硕士论文。

② 王晓林：《当前农村基层党组织的角色调整与定位研究》，《理论观察》2004年第2期。

③ 张宝军：《村级党组织在新农村建设中的角色和功能》，《江苏省社会主义学院学报》2007年第3期。

④ 王国生：《积极探索农村社区党建工作新模式》，《求是》2007年第1期。

⑤ 谢方意：《嬗变与挑战：村民自治背景下村级党组织功能转换研究》，复印报刊资料《中国共产党》2008年第1期。

重在研究如何在村民自治条件下发挥党组织的领导核心作用,围绕经济抓党建、抓好党建促发展,用先进的思想文化占领农村阵地。[①] 该文一个鲜明观点是党建与经济发展不能相互替代。这一观点对研究改革开放以来农村基层党组织的建设现状,具有实证意义。曹桂华的《创新农村基层党组织建设的途径》,从结构、体制、机制的角度提出,要创新党内组织结构设置、村级领导体制和党员教育管理方式,切实发挥农村党员的先锋模范作用。[②] 牛余庆提出,新形势下发挥农村基层党组织的利益表达、利益综合、政治录用与政治社会化功能,是实现农村基层党组织社会整合方式转变的四条主要途径。[③] 这一观点表明,功能是相对的,相对更高层次的功能来说,功能本身又是一种途径。这也说明,功能与途径是相互辩证的关系,在一定条件下可以转化对接。除了报刊论文外,一些论著对农村基层党组织的自身建设进行了详细分析。比如,周长胜的《农村党支部建设》、胡坚的《乡镇党的建设》,冷福榜、罗昭义的《党的基层组织与乡镇政权建设》,于生的《农村基层党的执政能力调查研究》,张耀光、毛七星主编的《建设社会主义新农村与加强党的基层组织建设》、李俊伟的《社会主义新农村基层党组织建设》,不同程度上探讨了农村基层党组织自身建设的途径。

◆(二)研究成果的评价

理论界和实际工作者对农村基层党建的探索是很不容易的,分析这些成果的特点并辩证看待其中的不足,有助于推进问题的进一步研究。

1. 研究特点

一是研究的兴趣和焦点集中于农村基层党组织的自身建设和农村的治理结构,或者宏大叙事,或者个案分析,触及农村基层党组织建设的方方面面。比如,有的阐述了县、乡党委和村党支部三级党组织联合创建问题,有

---

① 夏继春:《农村基层党组织建设的有效途径研究引论》,《湖南省社会主义学院学报》2005年第3期。

② 曹桂华:《创新农村基层党组织建设的途径》,《中国党政干部论坛》2005年第6期。

③ 牛余庆:《利益分化背景下农村基层党组织社会整合方式转型研究》,《社会主义研究》2007年第1期。

的论述了农村党组织结构的设置问题,有的探索了农村基层党组织使干部经常受教育、农民长期得实惠的有效途径,有的专门分析了发挥农村党员的作用问题,有的提出了农村基层网络党建问题,有的研究了农村基层党组织领导方式和领导体制的变革问题。这些问题都与农村基层党组织的功能问题相关,有助于我们深化对功能实现途径问题的研究。

二是研究方法多样化。不仅从马克思主义理论着眼,而且借鉴和引进了其他学科的分析方法,比如,从政治社会学、组织学、公共选择理论、新制度经济学和系统论的角度分析农村基层党组织存在的问题及其成因。常见的有"成本—收益"方法广泛应用于基层党建效益问题;"经济理性人"分析框架用于描述农村干部的身份特征;"委托—代理"理论用于分析乡镇党委、政府与村级组织的关系;"国家—社会"理论用于分析党的领导与村民自治问题,等等。这些方法为农村党建研究打开了新视野,具有新气象,这有利于增强问题分析的深度,对决策部门也具有参考价值。

2. 研究中的局限

有关农村基层党组织功能问题的研究,在取得上述成绩的同时,也存在一些不足。

其一,仅从整体上对基层党组织的功能进行了探讨,但未细化梳理各项功能,特别是对农村基层党组织的功能分析,不够深入。

其二,对农村基层党组织功能实现途径的研究太少,虽然也有一些论文、论著间接涉及党组织的功能实现途径,但对功能实现途径的微观运行机制分析不足。

其三,实证研究的理论提升不足,缺乏理论性、系统性,有的对农村基层党建问题的分析停留于工作经验层面,理论与实践结合不够。

3. 研究的深化

实践性是马克思主义的理论品格,也是党建研究的鲜明特征。农村基层党组织的功能实现途径问题不仅理论性强,而且实践性强,甚至在一些领域中实践性远远高于理论性。因而,重理论而轻实证或者重对策研究而轻理论探讨,都不利于问题的解决。马克思有一句名言:以往的哲学家只是以不同的方式解释世界,而问题在于怎样改造世界。马克思这么说,当然不是否定理论探讨的意义,而是强调理论分析的落脚点在于提出对策,找出矛盾的突破口,能够真正解决实际问题。农村基层党组织的理论一千条、一万条,说到底,要落脚到如何实现农村基层党组织的功能、进而赢得社会支持上来。

鉴于此,我们需要深入研究农村基层党组织的功能实现途径问题。

(1)不仅要借用政党功能的一般原理,而且要阐明功能的层次性,即不同层次的党组织,其功能特征是不一样的。这就需要对农村基层党组织的功能内涵进行深入探讨,分析农村基层党组织究竟有哪些功能、每一种功能在农村的具体表征及其影响,以及农村基层党组织的功能运行态势。

(2)对影响农村基层党组织的功能实现途径的宏观因素和微观变量要进行实证分析,深入探讨党组织功能实现的动力和阻力,把问题点透,把看似常识性的东西剖析清楚,对农村基层党组织功能实现的基本途径不仅要进行理论阐释,更要找出切合实际的对策。

(3)深入探讨农村基层党组织自身建设的有效途径。理论来源于实践,而又服务于实践。探讨农村基层党组织的思想建设、组织建设、作风建设、制度建设和反腐倡廉建设,不能停留于一般原则的论述,而要具体分析农村的特殊性,找准个别党组织的症结病根。同时,对一些具体问题的分析不宜理论堆砌,而应在探索功能实现基本途径的基础上,分析具体的功能实现途径。

三、创新点、逻辑结构与研究方法

理论研究的要义在于,不仅探讨的结果应当合乎真理,而且引向结果的途径也应当合乎真理。探究农村基层党组织的功能实现途径,推进理论创新,需要构筑科学的逻辑结构,运用正确的研究方法。

◆(一)创新点

本书的主要创新在于:

一是对农村基层党组织的主要功能进行了梳理概括。将农村基层党组织的功能分为三个层次:作为中国共产党组织体系的构成要件,农村基层党组织具有领导核心功能;作为党的基层组织,农村基层党组织直接面对群众,具有服务功能;作为政党组织,农村基层党组织具有政党的一般功能——利益表达与利益综合、政治录用与政治社会化功能。结合农村的具体实际,深入分析了这些功能的特点。

二是对农村基层党组织的功能实现途径进行内涵界定,对农村基层党组织的微观运行机制进行剖析,论述了农村基层党组织功能实现的基本途径和具体途径。探索了在发展市场经济条件下,农村基层党组织联系群众、动员群众的新途径;在村民自治框架下,农村基层党组织与农村经济组织、行政组织、自治组织互动的新途径。

三是提出了一些新观点、新对策。比如,判断党在农村的领导是否实现,主要不是看村委会班子成员中党员的多少,也不是看村委会主任是否是党员,而是看党的路线方针政策是否在农村得到贯彻并造福农民。又如,组织覆盖仅仅是农村基层党组织实现自身功能的一种方式,党组织对其他组织进行政治动员和实施领导,并非都要在这些组织中建立党的组织,有时工作覆盖和影响力覆盖比组织覆盖的效果要好得多。再如,探讨了农村基层党建工作与农村经济社会发展的结合点;建议建立农村基层党组织之间的横向协作机制;对建立健全城乡一体党员动态管理机制、城乡党的基层组织互助机制,提出了新措施。

◆(二)逻辑结构

本书分为导论、正文和结语。

导论介绍了本书的研究对象与研究意义、研究综述、创新点、逻辑结构与研究方法。

正文分为四个部分,共六章。第一部分为第一章,对农村基层党组织的功能实现途径进行理论分析,建构了全文的理论基础。第二部分为第二章,对农村基层党组织功能实现途径进行历史与现实考察,拓展全文的历史视野与问题意识。第三部分包括第三章、第四章、第五章。这三章分别阐述了农村基层党组织实现自身功能的三条主要途径。第四部分为第六章,分析了农村基层党组织功能实现途径的保障条件。

每章的具体逻辑结构是:

第一章对农村基层党组织的主要功能作了概括,分为领导核心功能、服务功能、利益表达与利益综合功能、政治录用与政治社会化功能。其中,领导核心功能突出的是马克思主义政党的特性,服务功能突出的是基层党组织面对群众的直接性,利益表达与利益综合功能、政治录用与政治社会化功能突出的是政党功能的共性。在对功能的概念界定以后,对农村基层党组织的功能实现途径的内涵、特征和影响因素进行分析,把农村基层党组织的功能实现途径定义为农村基层党组织为实现自身功能,运用各种资源推动发展、凝聚群众、整合社会的手段、方式和方法。这是全书的立论之基。

第二章对农村基层党组织功能实现途径的历史与现实状况进行了考察。实践表明,如何对待农村基层党组织的历史经验,并不容易,因为历史上一些好的经验和做法,并没有完全继承下来,而一些囿于历史条件不尽完善的具体做法却在当代农村基层党组织身上痕迹尚存。所以,分析当代农村基层党组织的功能实现途径,不能离开对历史的回顾。从历史的角度科学总结农村基层党组织功能实现途径的特点,总结国外政党基层组织功能实现的经验教训,对深化问题研究是大有裨益的。

第三章的核心是阐述农村基层党组织通过什么途径推动发展,实现领导核心功能,即探讨解决农村基层党组织建设与农村经济社会发展“两张皮”的现象,提出要把握农村基层党组织与农村经济社会发展的结合点、创新农村基层党组织领导农村经济社会全面发展的方式。

第四章的核心是阐述农村基层党组织通过什么方式凝聚群众,实现服务功能、政治录用与政治社会化功能,即探讨农村基层党组织要由行政化向政党化转变,把农村基层党组织的领导与群众的利益需求结合起来,通过党员的引导、示范、服务,而不是采取行政命令的方式来凝聚群众共同奋斗。

第五章的核心是阐述农村基层党组织通过什么机制整合社会,实现利益表达与利益综合功能,即分析农村基层党组织与农村政权组织、农村自治组织之间的横向运行机制：一是调适乡镇党委与乡镇政权组织的关系；二是科学设计农村基层党组织与村民自治组织的制度安排；三是加强村党组织与村级其他组织的横向互动。

第六章提出要优化农村基层党组织功能实现途径的整体环境，这是农村基层党组织功能实现的保障条件。本章探索农村基层党组织功能实现的间接途径，即为农村基层党组织的功能实现创造良好的内部与外部环境。主要包括改革农村基层管理体制，完善农村"三级联创"机制、健全农村基层党组织的运行保障机制等；构建以党员为主体的党内民主环境，提高农村基层党组织制度建设的质量，加强农村党员干部的能力建设。

◆(三)研究方法

1. 运用马克思主义理论

基于马克思主义唯物史观——"经济基础决定上层建筑"的理论观点，提出探索农村基层党组织的功能实现途径，需要健全农村基层党建的物质保障机制。基于马克思主义群众观——"人民群众是历史的创造者"，提出农村基层党组织要回归政党的功能，加强对农民的引导、示范、服务；基于科学发展观——坚持以人为本的要求，提出坚持党内以党员为本，加大党内关怀的力度，农村基层党组织要可持续发展必须建立健全农村党员干部的激励机制。根据马克思主义的社会建设理论，分析党与社会的关系。总之，本书以马克思主义、毛泽东思想、邓小平理论、"三个代表"重要思想为指导，全面贯彻落实科学发展观，结合毛泽东、邓小平、江泽民和胡锦涛关于农村基层党建的思想，对农村基层党组织功能实现途径进行前瞻性思考。

2. 借鉴西方理论

从组织学尤其是组织社会学的视角，重新审视农村基层党组织的属性与特征，探讨功能实现途径的内涵。根据现代系统论中的关于系统之间的物质、能量与信息的交换有利于系统平衡的思想，提出农村基层党组织要与农村基层环境形成良性互动；依照结构决定功能、结构与功能相互依赖、相互作用的思想，提出农村基层党组织的功能实现途径要优化农村基层党组织的组织设置；借鉴国家与社会关系理论——国家要与社会形成良性互动的思想，提出培育农村的自主社会空间，农村基层党组织不一定要事事必躬，可以通过农村民间组织实现社会整合。

3. 侧重实证分析

所谓实证分析，即对政治现象和政治行为进行经验分析，并提出相应的操作对策。与规范分析侧重探讨“应该是什么”不同，实证分析强调“实际是什么”，注重“怎么办”而不是停留于“为什么”。实证分析依据可观察到的事实和材料展开论述，但并不否定价值，而是强调价值符合事实，理论指导实践。根据这一思想，本书在实地调研的基础上，根据新时期农村基层党组织的实际变化，对其不同时期功能实现途径的历史经验进行分析，在分析农村基层党组织存在的问题之后，提出相应对策，探析当代农村基层党组织的功能实现途径。

第一章
农村基层党组织功能实现途径的理论分析

恩格斯曾经说过,一个民族要想站到科学的最高峰,就一刻不能没有理论思维。理论上的探讨有助于农村基层党组织功能实现途径的探索。农村基层党组织是中国共产党在农村的基层组织,农村基层党组织的功能与中国共产党的功能是紧密联系在一起的。[①] 同时,农村基层党组织又是政党组织,其功能具有政党的一般属性。这些功能属性受到诸多因素的影响,影响着功能实现途径的选择,关系到党组织功能的实现。

一、农村基层党组织的主要功能

功能是指事物或方法所发挥的作用,是进行某项活动或采取某种行为过程中所发挥的作用或履行的职责。自然科学中的功能,指的是为达到同一目标的共同积极属性。医学中的功能,常常指可能或能够起到的作用,如药物的"功能主治"。所以,功能首先是一种内在属性。政治科学中的结构—功能主义派别认为,功能是具有一定结构的系统与外部环境发生联系

① 不同性质的政党基层组织,其功能有很大差别。比如,西方民主政党主要功能是从事选举,服务社区,争取选票。而工人阶级政党,比如中国共产党基层组织是党在社会基层的战斗堡垒,主要发挥领导核心或政治核心、监督保障等功能。

所具有的积极属性。组织学认为,功能是组织满足个人和社会需求的能力。政党的功能是指政党为实现自身目标和任务所起的作用或影响。所以,与作用相比较,功能侧重于事物的内部属性,是组织存在的重要根据,是组织满足个人和社会需求的一种能力。相对功能而言,作用是对事物产生的影响或效果,是内在功能发挥出来后的结果,侧重的是外在表现。一个事物具有内在的功能,并不意味着就能发挥作用。强大的功能,如果没有科学的实现途径,不一定会发生作用。

从宏观上而言,不同层级的党组织,其具体功能是不一样的,不是上下一般粗。对于我们这样一个有着多重管理层次的国家来说,即使是同一类型的功能属性,不同类型的党组织,其表现形式也不完全相同。正如江泽民所说:"要在坚持党的自上而下的统一领导前提下,体现不同层次、不同领域党组织的具体职能。"①作为马克思主义政党组织体系的末梢,农村基层党组织是党在农村的战斗堡垒和领导核心,具有领导核心功能。作为基层组织,农村基层党组织具有服务功能。而作为政党组织,农村基层党组织具有政党的一般功能,即具有利益表达与利益综合、政治录用与政治社会化功能。

◆(一)领导核心功能

所谓领导核心功能,指党组织在社会各类组织中处于主导作用,在活动中能够获得其他力量的支持,对各项工作具有决定权,其行为效果对党外各群体、各党派组织具有向心力,能够引领群众和凝聚人心。从政治社会学意义来看,领导核心功能更多的是反映群体中控制与服从的关系,是社会性的组织与动员。党的领导作为一种组织行为,除了党执政后涉及与国家政权的关系外,一般情况下主要涉及党与社会组织、民众的关系。农村基层党组织的领导核心功能,从动态角度反映了中国共产党在农村社会动员和组织能力的范围与绩效,从静态角度反映了党组织与农村群众的和谐状态。领导核心功能发挥越充分,社会认同的程度越高,农村秩序就越好。

① 江泽民:《论党的建设》,中央文献出版社2001年版,第8页。

与其他政党相比，中国共产党从诞生之日起，就致力于成为社会和群众的领导核心。这一功能与马克思主义政党的属性紧密相连。中国共产党是马克思主义的先进政党，这种先进性不是党自封的，一方面，来源于中国共产党集合了中国的诸多优秀分子，是当时中国先进生产力的代表——中国工人阶级的先锋队和中华民族的先锋队；另一方面，来源于以马克思列宁主义为指导，在实践中推动了中国的发展和进步。初创时期党就鲜明提出，中国党组织“是党实行阶级战斗的堡垒”，要“成为群众的核心”。[①] 而陈独秀对领导核心的功能属性的认识，尤为不一般。陈独秀认为，“支部二字，在西欧各国原文都作‘核心’意义解释，中国译为支部与意义似有不合”。[②] 可见，作为基层组织的重要形态，“支部”从一开始就具有内在的核心功能。在长期的革命岁月中，党带领和团结广大群众反对帝国主义、封建主义和官僚资本主义，建立了新中国。在这个过程中，农村基层党组织受到农民的真心拥戴，成为农村坚强的领导核心。从这个意义上说，领导核心功能是农村基层党组织的题中应有之义。

在执政的条件下，领导核心功能的实现条件发生了变化，除了广大群众的社会认同外，还表现为政策法律的制度形态。党章第五章第三十二条指出，街道、乡镇党的基层委员会和村、社区党组织，“领导本地区的工作，支持和保证行政组织、经济组织和群众自治组织充分行使职权”。中共中央1999年2月印发的《中国共产党农村基层组织工作条例》，对农村基层党组织的地位和功能做了界定，即“乡镇党的委员会和村党支部是党在农村的基层组织，是党在农村全部工作和战斗力的基础，是乡镇、村各种组织和各项工作的领导核心”。这些法律政策是对农村基层党组织的制度化支持。对于这种法律支持，农村基层党组织应当把它当做实现自身功能、服务群众的一种手段。正如党的执政地位不是与生俱来、不能一劳永逸一样，农村基层党组织必须把法律文本的制度化支持转化为群众的社会化支持，否则单

① 《中共中央文件选集》(6)，中共中央党校出版社1988年版，第195页。

② 《上海革命历史文件汇集》乙2，第252—253页。

纯建立在法律依据上的群众基础是不牢固的,也是很危险的。

从世界政党政治的格局来看,政党对国家经济、政治、文化与社会事务的领导,主要是政党组织及其成员通过自身的引领、劝导来吸引党的追随者、同情者和支持者。这种行为模式与强制不成正比。同样,农村基层党组织成为农村社会的领导核心,与党掌握政权没有直接的正相关性。领导核心功能的实现,可以依靠权力,也可以运用非权力影响力。而党组织直接诉诸行政权力,不一定能真正成为领导核心;反之,没有直接权力,党并非就不能成为群众的主心骨。与党的领导相比,党的执政直接涉及国家政权,并与宪法和法律紧密相连。在执政框架下,党要在宪法和法律范围内活动,但党的领导核心功能与宪法和法律文本不一定成正比。“从法学规范的基本原理看,党的领导也不可能由法律以规范的方式加以规定。从近现代民主政治的法学理论逻辑来看,法律也不可能规定某个特定的政党在一个国家中具有法定的领导地位。”①这就是说,不因为法律法规的制度设定,党的领导核心功能就自然产生,也不因为没有法律的支持,领导核心功能就无法生成。政党纲领、意识形态等价值信仰只有符合群众的利益需求,并有效维护人民的利益,党的领导核心功能才能得到实现。反观苏共的教训,由于苏联集体农庄中的党组织在确定解决经济社会问题的途径时没有一个鲜明的立场,群众的切身利益没有维护好,因此“劳动集体政治核心”的功能尽管在宪法和法律中有明确规定,而事实上在广大群众中已一文不值,表面拥护的背后,是人心的碎化。

在农村实行村民自治、发展直接民主的情况下,农村基层党组织领导核心功能的发挥仍然很有必要。换句话说,在村民自治的法律框架下,农村基层党组织仍然要存在,并且担负领导核心功能。因为在当代中国,中国共产党是执政党,当代农村基层党组织作为党在农村的基层组织,是执政党组织体系的重要组成部分。由于执政党是执掌国家政权的政党,因而作为执政党体系构成要件的乡镇党委理应执掌乡镇政权。根据现代政治学理论,领

---

①　张恒山:《党的领导与党的执政辨析》,《中国社会科学》2004 年第 1 期。

土、主权和人民是民族国家的三大要素。[①] 执掌国家政权，必须拥有主权。国家在乡镇的主权始终存在，党的执政地位才得以充分体现。在中国国家主权范围内，每一个村庄都是其主权、人民和领土不可分割的组成部分。其中主权是国家的核心，代表国家的意志，在独立而确定的领土中必须拥有一个至高无上的主权机关。即是说，领土不能脱离主权，村庄可以自治，但村庄不能脱离国家对这一地方的最终治理权。国家对村庄的最终治理权，其表现形式可以是基层政府，可以是政府的基层派出机构，也可以设立国家代理人。当设立政府或者派驻政府机构时，政府是国家的代表；当政党与政府高度一体、党政不分时，政党也属于国家代理人；当政府在村一级撤销或者行政管制弱化时，执政党在农村的基层组织可以成为国家代理人，对农村实施领导，以维持国家在农村的主权，维护农村基础秩序。这样，执政党对国家政权得以有效控制，党在农村的执政基础得以巩固。所以，即使在村民自治的法律框架内，农村基层党组织仍然担负着领导核心功能。

从社会治理层面看，领导核心功能有一定的边界。农村基层党组织发挥领导核心功能，并不意味着“党领导一切”、“党权高于一切”甚至“党委高于一切”。党组织在农村治理结构中居主导地位，但主导不等于排他性，不意味着党在农村的治理主体是唯一的。比如，乡镇人民政府和乡镇人民代表大会也对乡村一些事务实施领导；在村一级，村党组织居于核心地位，但村委会对村庄事务也具有领导权，与村党组织一起构成农村事务的治理主体。所有这些，对领导核心功能的实现提出了新要求。

◆(二)服务功能

服务，有广义与狭义之分。就广义而言，服务指满足组织、法人或个体的物质性与非物质性的需求，符合一定要求，达到某种目标。比如，改善农村基础设施，农业技术推广等。就狭义而言，服务指完成一定职责或承担某项工作，一般特指提供抽象的、非物质性的东西，与“产品”、“物品”相对应。比如，农村普法，向村民宣传党的政策等。在党的话语系统中，文件政策从

① 俞可平：《全球化与政治发展》，社会科学文献出版社2005年版，第1页。

广义上使用“服务”，如“服务群众”。在专业领域和公共管理方面，常常从狭义上使用“服务”，如“提供农村公共产品与公共服务”。

服务功能与领导核心功能是紧密相连的。从一定意义上来说，服务群众的过程，同时是增强领导核心功能的过程；强化领导核心功能，也需要增强服务功能。邓小平说过，领导就是服务。这是就领导的本质而言的。然而，严格意义上说，领导并不等于服务，领导并不天然就是服务，领导主要通过服务来体现。大量案例表明，有些领导活动是通过非服务的方式进行的，并不始终具备“服务”的色彩。突出服务功能，是为了更好地赢得领导者的资格，或者说以服务的理念和方式赢得领导核心地位，以服务功能延伸和强化农村基层党组织的领导核心功能。所以，突出服务功能不是对领导核心的弱化，也不意味着抛弃领导地位。

服务功能反映了中国共产党的伦理价值。从纵向看，建立在服务群众基础上的干群关系，与中国封建历史上的剥削与被剥削的君臣关系有着根本的不同。从横向上看，毛泽东把理论联系实际、密切联系群众、批评与自我批评这三大优良作风作为中国共产党区别于其他政党最显著的标志，其深层意蕴在于中国共产党人的高度道德自觉。这种依靠人民、服务人民的思想展示了我们党鲜明的道德风貌和政党形象，其承载的无形政治资本能够赢得广泛而持久的社会支持，直接支撑党组织的领导核心地位。因此，把“服务”单列为农村基层党组织的重要功能，能更好地巩固党在农村的社会基础。

从政党活动的一般规律来看，服务属于非权力影响力，是“柔性的政治”。服务群众是政党深入社会、掌握社会的一种方式，是赢得民众认同、社会支持和增强政党权威的重要途径。如果忽视服务群众，那么将从根本上动摇党的领导根基。国际共运史表明，一个政党执政时间越长，越容易趋向于强化领导管理权，而忽视服务群众的应尽义务，政党行为容易追求自身权力边界的无限扩大，而服务群众的责任空间日渐萎缩。所以，长期执政的中国共产党应保持高度的忧患意识，把强化服务意识与提高服务本领结合起来，在服务群众中赢得人心。

服务功能不是西方政党的专利，不是“黏贴”于农村基层党组织外表之上，不是从外部嵌入进去的，而是本身具有的功能，具有“内生性”特征。中国共产党是为民族解放和人民福祉而奋斗的马克思主义政党，从一开始就以为人民服务为己任，成为党的各级组织和党员干部行动的根本宗旨。毛泽东说：“我们是马克思主义者，我们相信工具论。……群众是从实践中来选择他们的领导工具、他们的领导者。被选的人如果自以为了不得，不是自觉地作工具，而以为‘我是何等人物’！那就错了。我们党要使人民胜利，就要当工具，自觉地当工具。”[①]邓小平也说：“工人阶级与政党不是把人民群众当作自己的工具，而是自觉地认定自己是人民群众在特定的历史时期为完成特定的历史任务的一种工具。”[②]共产党的工具属性，表现在农村基层党组织身上，就是要为农村群众提供服务。对农村干部来说，干部是公仆和人民的勤务员，人民是主人。所以，仆人为主人提供服务，是干部的天职。正是从这个意义上讲，服务是党组织的内在功能。

服务之所以成为党组织的重要功能，从政治上来说，还源于马克思主义政党的本质属性——阶级性、人民性、先进性。马克思主义认为，共产党的一个崇高目标是要实现人的全面发展。党的领导要服务于人民群众，使人民群众成为社会的真正主人。党的领导的理论阐述，不能只停留在中国历史发展必然选择和党对中国人民的伟大历史贡献等认识上，尽管这些论点也具有很强的说服力，但最根本的原因还在于，只有中国共产党才能完成最广大人民成为国家主人这一历史任务，这就是共产党人服务观的核心。从共产党执政规律来看，服务群众是我们党执政的价值追求，是党的领导的本质要求。领导群众本身不是目的，领导群众旨在全心全意为人民服务。执

① 《毛泽东文集》第3卷，人民出版社1993年版，第373—374页。关于政党的工具属性，毛泽东在《论人民民主专政》一文中作了进一步阐述。他说：“人到老年就要死亡，党也是这样。阶级消灭了，作为阶级斗争的工具的一切东西，政党和国家机器，将因其丧失作用，没有需要，逐步地衰亡下去，完结自己的历史使命，而走到更高级的人类社会。”参见《毛泽东选集》第四卷，人民出版社1991年版，第1468页。

② 《邓小平文选》第一卷，人民出版社1994年版，第218页。

政也不是最终目的，执政是为了创造条件让群众参与国家事务和社会事务的管理，实现立党为公、执政为民，人民当家做主。对中国共产党来说，党的领导与党的执政都有一个共同的逻辑起点和落脚点：依靠群众、服务群众。历史表明，中国共产党的先进性不仅体现为领导群众，带领群众共同奋斗，而且体现为服务群众。党之所以由小变大，由弱到强，就在于通过服务群众，凝聚群众。

突出服务功能，对于基层党组织来说，具有特别的意义。从党的整个组织体系来说，党的各级组织都是为人民服务的，都具有服务功能。但是，由于层级的链条延伸，中央组织、地方组织更多通过制定政策、条例以及宏观上的指导，为群众服务。这种服务，对于群众来说，属于大服务，具有间接性。而农村基层党组织处于农村一线末梢，与群众直接相处，是党与农村群众联系的桥梁和纽带。群众把基层党组织和基层干部的作风看做是党的形象的代表。当基层党组织为农民办好事时，农民的回应是“共产党好”，而当一些党组织与农民争利时，有的农民则直接归咎于整个党，因此基层党组织服务功能的实现程度，直接关系到党在农村的威信。

◈（三）利益表达与利益综合功能

利益表达，是指把一定阶级、阶层或集团的利益、愿望和要求表达出来的过程。利益表达功能可以通过许多途径来实现，例如个人、利益团体、政府机关。而利益综合，是指把政党所代表的那部分民众的意见和要求加以综合，变成党的政策主张，而不能简单地充当传达民众意见和要求的工具，不能只做“传声筒”、“传送带”。[①] 利益表达与利益综合同属于政党的基本功能，这是因为政党是代表一定阶级、阶层的政治组织，要凝聚本政党的成员，并扩大政党在社会中的影响，必须把自身所代表的阶级或阶层群体的需求表达出来，同民众进行有效的政治沟通，在此基础上进行利益诉求的整合，或者转化为政策，或者影响政权的活动。

利益表达作为一种术语提法，在马克思主义理论中没有明确的表述，但

① 参见王长江：《现代政党执政规律研究》，上海人民出版社2002年版，第51页。

作为一种思想，则蕴藏在历史唯物主义和辩证唯物主义当中。“共产党人同其他无产阶级政党不同的地方只是：一方面，在无产者不同的民族的斗争中，共产党人强调和坚持整个无产阶级共同的不分民族的利益；另一方面，在无产阶级和资产阶级的斗争所经历的各个发展阶段上，共产党人始终代表整个运动的利益。”[①]这里，马克思、恩格斯明确指出共产党要代表无产阶级的整体利益。这表明，代表大多数人的利益，是共产党的一项基本功能。对中国共产党而言，党既是阶级利益的代表，又是人民利益的代表。

利益表达功能，体现了农村基层党组织作为政党组织的基本属性，即农村基层党组织的发展、壮大的唯一源泉是人民群众的支持。代表、维护和发展广大农村群众的根本利益，是立党之本，是农村基层党组织存在的必然逻辑，也是农村基层党组织活动的价值归宿。从这个意义上说，利益表达功能是农村基层党组织的重要支点。这是一方面。另一方面，农村基层党组织作为中国共产党的基层组织，又具有内在的先进性。农村基层党组织从群众中来，尊重群众，贴近群众，又综合各方面的意见，经过民主讨论，形成集体的智慧，然后回到群众中去，形成指导全党的政策、规定和精神，在群众中得以贯彻落实。就是说，农村基层党组织不是站在群众的后面，成为“尾巴主义”者，而是尊重群众与引导群众相统一。因此，利益表达功能要求农村基层党组织既要重视上情下达，让农村群众了解党的主张和政策，为反映利益诉求奠定基础，同时要重视下情上传，反映农民的利益和愿望。农民声音的上传渠道越宽，利益表达功能的实现就越充分。

自古以来，及至晚清，“县止于政”，国家的中央纵向治理权与全国乡村横向上的实际自治权一直是一对矛盾，未能成功处理好，农民常常排除在国家事务外，农民下情上达和声音上传的渠道太窄，国家与农民的政治沟通不畅通。晚清以降，及至民国初期，虽有政权下沉乡村，然而由于实际上国家权力向乡村的渗透，因而乡土社会的根基而大打折扣，最终形同虚设。真正将农民动员起来，对农村社会实现高度整合的是中国共产党。革命战争年

① 《马克思恩格斯选集》第1卷，人民出版社1995年版，第285页。

代,农村基层党组织通过发动农民,建立农民自己的组织,实现了乡村社会的改造。新中国成立后农村基层党组织的利益表达功能继续发展。八大党章第五十条指出,基层组织要“经常注意并且向上级组织反映群众的情绪和要求”,要“领导群众积极参加国家的政治生活”。[①] 此后,我们党反复强调“共产党执政,就是领导人民实现当家做主,参加国家和社会事务的管理”。正因为农村基层党组织能够反映农民的呼声,并且让农民建设自己的家园,真正参与国家事务的管理,所以星罗棋布的农村基层党组织才赢得了农民的衷心支持。可见,作为政党组织的农村基层党组织,不仅要领导农民发展村级直接民主,而且要创造条件让农民由村民自治逐步扩大到农民广泛、深入参与乡镇事务和国家事务。

同样,利益综合功能要求农村基层党组织要成为“整合的工具”,即在维护所代表的阶级和阶层利益的基础上,把各种力量动员和组织起来,使各种利益群体组合起来,构建生活共同体。这种利益综合,对革命党来说表现为领导社会中的各种冲突力量,成为利益博弈的代表,对社会实施再整合;而对执政党来说,则侧重于协调利益关系,缓和矛盾冲突,整合分歧,而不是成为“冲突的力量”。作为执政党基层末梢的农村党组织,其权力来自群众委托授权。换言之,农村社会各群体和个体是公共权力的所有者,农村干部仅仅是公共权力的使用者。党组织的责任在于使公共权力用于利益的公正协调。由于农民与农民之间、农民与群体之间以及各群体之间在共同利益的旗帜下,分别存在各自的利益边界,并且这些边界在日常行动中伴随着共鸣与共振,难免发生碰撞与摩擦,因此农村不同群体的利益诉求在一些领域往往发生对抗,呈现“一致与冲突”的困境。如果这些冲突力量过于强大,而农村基层党组织坐视不管,那么不但危及党组织自身安全,而且会波及整个农村的秩序。为了避免个体和群体在冲突中削弱能量甚至导致消亡,农村社会需要基层党组织成为“公正的化身”,对不同群体的利益有机整合,协调各方,既处理好农村群众的具体利益与国家根本利益的关系,又最大限

① 中央党校党章研究课题组:《中国共产党章程编介》,党建读物出版社2004年版,第213页。

度代表最大多数人的利益，而不被某一利益群体所左右，更不能形成既得利益集团。这是利益综合功能的价值归宿。

◆（四）政治录用与政治社会化功能

政党的政治录用功能，核心指发展党员和输送人才。执政党能否长期执政的一个关键因素是，能否把社会各方面的优秀人才发展为党员并将把他们输送到相应的政权岗位。“政党的重要职责之一，就是要通过有组织的活动，在日常生活中把社会上的精英按照他们的能力和价值观念吸收到党内来，储存起来，并把他们作为本党的人选推荐给选民。尽管选民不可能完全了解候选人的情况，但他们可以根据对各个政党的了解，来确定自己支持的方向。这就是政党的政治录用功能。”①在西方发达国家，政党千方百计地把社会上的精英吸引到自己身边，以便在执政时把他们安排到政府运作的重要环节上，提高政府的施政能力；政党把能够体现本党意图的积极分子推荐给民众，由民众把他们选举到权力机构中去。

对中国共产党而言，政治录用功能同样十分重要。从党的组织活力来看，培养入党积极分子、共产党的助手和党的骨干始终是一项战略任务。党员的整体素质和干部队伍质量，体现并直接决定党的领导水平和执政能力。选择什么样的人补充党的新鲜血液，选拔什么样的干部进入各级领导岗位，关系党的事业兴衰。执政后，社会主义事业需要可靠的接班人；改革开放新时期，建设中国特色社会主义是党实现长期执政的政治任务，需要坚定的马克思主义者推进这一崇高事业。因此，政治录用功能的实现关乎党自身人才的培养和国家建设人才的选拔，关系到中国特色社会主义伟大事业和党的建设新的伟大工程的前景。为此，中国共产党需要强化政治录用功能。一是增强党组织的开放性，增强对社会各阶层优秀分子的吸引力和包容量。既要打破党组织的神秘性，又要防止党组织成为俱乐部和清谈馆。二是完善党组织的人才培训与开发机制，为党员党性的修养和优秀人才的培养提

---

① 王长江：《政党现代化论》，江苏人民出版社2004年版，第171页。也有人认为，政治录用还包括吸引公民，让他们在选举和党的活动中担任一定的角色，吸引人才为党工作。

供广阔的空间,使党组织成为教育培训的大舞台和党性锤炼的大熔炉。三是健全干部选拔任用体系,为优秀干部的脱颖而出创设制度环境,让优秀干部各尽其才、各得其所。只有干部能上能下、能进能出、党员的出口与进口保持平衡,党的政治录用功能才能得到优化。

具体到农村基层党组织,政治录用功能主要表现为吸收农村优秀分子入党,并把党员中的优秀分子培养成后备干部,通过法定程序使党员在乡镇政府、人大、村委会中担任领导工作,以实现党的主张和意图。从实际情况来看,现在农村环境发生了很大变化,发展什么样的农村党员,推荐什么样的人进入乡村治理体制,是很不容易的。比如,农民工进城,使农村精英外溢严重,农村发展党员的选择空间缩小,同时农民思想多变性、选择性、差异性和独立性的增强,造成部分农民入党兴趣减弱,党员意识淡化。这样,实现农村基层党组织的功能不仅仅要防止"流失",保持存量,同时还有一个"增量"的问题,即拓宽政治录用的渠道,推动党组织的功能创新。

如果说政治录用功能侧重的是从群众中来,在群众中发展党员和录用干部,那么政治社会化功能则强调政党到群众中去,引导群众逐渐认识到自身的利益,并不断强化这种认识的责任,达到动员群众、组织群众的目的。"要使民众参与政治,就必须在民众中广泛传播民主的意识;要使民众对选举负责,就必须使他们对选举产生的结果与自己利益的关系有一个明确的认识,要使民众选择政党,就必须设法使民众知道政党的好处。"①政治社会化的突出功能,在于沟通民众与政权的关系。马克思主义政治学理论认为,一个国家的公民权利表明这个国家的民主性质和民主程度,谁享有公民权利,表明的是民主的性质。而享有民主的程度则表明了公众与政权的关系,反映了公众享有公民权利的民主程度。按照这一原理,党的政治社会化的过程,同时是让民众增加社会参与信息、更新参与观念的过程,是创造各种

① 参见王长江:《现代政党执政规律研究》,上海人民出版社2002年版,第53页。不同的学者,对政治社会化的定义不尽相同。比如,有的认为,政治社会化是指获取关于政治传统或政治角色以及与之相关的行为知识的过程;有的提出,政治社会化是正式负责教育的机构有目的地对于政治意识、政治价值和政治习惯的灌输;有的则主张,政治社会化是政治文化形成、维持和改变的过程。

条件扩大参与范围、调适国家与公民的关系过程。从这个意义上看,政治社会化的功能在于"启蒙"和"开导",使群众由不知到知,由知之不多到知之较多,群众在这个信息熏陶的过程中,政治意识、政治行为以及价值取向逐渐发生变化,增强对政党的认同感。

对农村基层党组织而言,政治社会化功能突出表现为运用党的意识形态使农村群众对正式规则产生认同(如熟悉并接受党的路线方针政策、遵循制度法规等),并对非正式规则进行引导(如间接劝导农民改变不合时宜的观念、移风易俗等)。从运行形式上看,政治社会化的实施具有组织动员的特征,即宣传群众和引导群众,在发动群众中赢得群众。但是,这种社会动员与行政动员不同。行政动员诉诸强制命令、单纯灌输,而政治社会化主要靠潜在影响、宣传启发、思想引导来实现,其机理在于激发农村群众的潜在需求,使群众需求与党的目标统一起来。比如,革命战争时期,农村基层党组织针对广大农民没有土地的实际情形,引导他们认清地主阶级的本质,满足农民分配土地的需求。在执政的条件下,农村基层党组织的政治社会化,更多地表现为精神文明建设与文化建设,使农民的日常行为与社会主义核心价值体系相一致。

综上所述,(1)领导核心功能、服务功能、利益表达和利益综合功能、政治录用与政治社会化功能是农村基层党组织的主要功能,但不是全部功能。并且,每项基本功能在实际运行中还会派生出相应的功能。[①] (2)各项功能在组织运行中没有先后顺序之别,也没有截然的界限。就是说,功能与功能之间不是孤立的,不是独立出现的,而是"你中有我,我中有你",相互联系。比如,服务群众的同时往往伴随着政治动员,利益综合的同时渗透着政治录用。(3)功能在不同时期,其基本内涵相对稳定,但具体特征可以多样化。随着环境的变化,各项功能需要相应转换。比如,革命时期的"冲突功能"在执政时期应转换为"整合功能"。(4)功能有正负之分,并非总能起正向

---

① 有的学者提出,政党的每项功能又能细分成若干方面的功能。参见王长江:《政党现代化论》,江苏人民出版社 2004 年版,第 172 页。

的推动作用，有时也具有破坏作用。功能能否有效实现及其实现程度，取决于途径的选择。

二、农村基层党组织功能实现途径的内涵、特征与评价标准

长期以来，农村基层党组织的功能实现途径问题，没有当做一个专门问题进行系统研究。正如党具有先进性但并不意味着党永远先进一样，农村基层党组织具有领导核心、服务、利益表达与利益综合、政治录用与政治社会化功能，但并不意味着这些功能已经变成现实，或者得到充分发挥。内在功能要转换为实际生产力，需要通过一定的途径来实现。

◆（一）农村基层党组织功能实现途径的内涵

途径，指的是寻找解决问题的路径。实现，指达到某种目标，使之成为事实。本书认为，农村基层党组织的功能实现途径，是指农村基层党组织为实现领导核心、服务、利益表达与利益综合、政治录用与政治社会化等功能，运用各种资源推动发展、凝聚群众、整合社会的手段与方式。

为什么这样定义？

第一，组织学认为，政党结构包括规范结构和行动结构。功能、原则、纲领等属于规范结构，而党组织的活动状态、党员的实际行为和事实表现属于行动结构。农村基层党组织具有诸多功能，但这些功能不属于现实状态，而是一种内在的行为要求和准则，属于“应该是什么”，即“应然”，属于一种功能规范。而现实生活中，一些农村基层党组织由于种种原因没有真正成为农村和群众的领导核心，没有实现政治社会化等功能，在关键时刻社会动员发动不起来。这种状况属于“实际是什么”，即“实然”，是农村基层党组织的行动结果。一般来说，党组织的行动结构与规范结构并非总是一致，在很多情况下功能实现的行动效果往往偏离功能的规范目标，目标与实际存在差距。为什么会出现这种情况？很重要的一点，就在于没有恰当的手段、方法或方式把内在功能转化为实际效能。所以，功能实现途径首先指某种手段、方法或方式。

第二，改造世界、变革生产方式，需要一定的资源。根据经济学一般原理，资源并非总是富余，在很多情况下资源还比较稀缺。农村基层党组织寻求功能的实现途径，不能随心所欲，而是在一定的环境和特定的条件下进行。无论是政治录用功能，还是服务功能，都需要相应的资源才能得以实现，否则就会“巧妇难为无米之炊”。资源，分为党内资源和党外资源。党内资源，最重要的是组织资源，尤其是党员和干部。党外资源包括权力、物力、人力、财力等资源要素。在市场化改革的进程中，党组织可利用的资源日趋减少。如果各种资源长期游离于党组织之外，那么党组织的生命力容易受到影响。从可持续发展的角度看，开发社会资源以支撑党组织的功能实现，在某些方面比调配党内资源更重要。所以，农村基层党组织功能实现的过程，就是配置和开发党内外资源的过程。

第三，党组织功能实施的核心对象是人，而人在本质上是社会关系的总和，离不开社会的大环境。广义上的“社会”本身又是大系统，包括经济组织、社会组织、人民群众等社会关系网络。农村基层党组织的内在功能能否充分实现，取决于：(1)农村基层党组织通过什么方式既不脱离经济社会的发展又不挤压经济社会发展的空间；(2)通过什么方式把握农村基层党组织与农村群众的利益联结点，既尊重农民的行动空间又促进农民的全面发展；(3)通过什么方式既增强党组织自身的开放性，支持和保障农村政权组织、群众组织的相对独立性，又整合社会，促进农村和谐。从这个角度看，农村基层党组织的功能实现途径，核心指农村基层党组织处理与农村其他组织、农村群众之间的关系方式。

具体来说，农村基层党组织功能实现途径的内涵，包括以下几个层面的意思。

1. 农村基层党组织通过一定方式推动农村发展

推动发展是领导核心功能的一个重要内容，也是服务群众的重要保障条件。只有推动农村发展，农村基层党组织才能更好地成为农村社会的领导核心。所以，功能实现途径首先指农村基层党组织以何种行动方式介入农村经济活动和社会生活空间，以实现领导核心功能与服务功能。这又涉及两个问题:一是党组织发展与经济社会组织发展的边界问题,二是经济发展与社会发展的均衡性问题。

近代经济社会的发展,催生了政党,政党的产生反过来又影响着经济社会的发展。换句话说,政党来自社会,政党的发展是经济社会发展的需要。政党的生命力在于政党发展与经济社会发展具有高度的一致性和同向性,当政党逆历史潮流而动,违背发展潮流时,最终会被历史所淘汰,为民众所遗弃。恩格斯在《反杜林论》中曾强调:"一切政治权力起先都是以某种经济的、社会的职能为基础的"①,不管在波斯和印度兴起和衰落的专制政府有多少,它们首先都是"河谷灌溉的总管"②。在这里,恩格斯指出了政治力量推动经济社会发展的重要性。正因为如此,作为先进政治力量代表的中国共产党,只有不断推动发展,才能始终成为社会和人民的坚强领导核心。农村基层党组织也不例外。但是,问题在于,农村基层党组织以什么样的途径、方式推动发展?或者说,农村基层党组织与经济、社会组织保持何种距离,比较有利于经济社会的发展?这个问题能否解决,直接关系到农村基层党组织能否成为农村各种组织的领导核心。正是在这个意义上,农村基层党组织功能实现途径的一个基本内涵是探究党组织与经济组织、社会组织的关系。

按照历史唯物主义观点,社会存在决定社会意识,社会意识具有相对的独立性。人民群众日益增长的社会需求对执政党会产生重要影响。马克思指出:"用来满足共同需要的部分,如学校、保健设施等,同现代社会比起来,这一部分一开始就会显著地增加,并随着新社会的发展而日益增长。"③这实际上为共产党的功能目标指出了方向——最大限度满足社会的公共需要。马克思主义的社会建设理论表明,当经济发展到一定程度时,社会发展必须及时跟上,经济发展不能代替社会发展。作为执政党的中国共产党是

---

① 《马克思恩格斯选集》第3卷,人民出版社1995年版,第526页。
② 《马克思恩格斯选集》第3卷,人民出版社1995年版,第523页。
③ 《马克思恩格斯选集》第3卷,人民出版社1995年版,第303页。

领导整个中国社会发展的核心力量，在推动发展方面承担着艰巨使命，这是确定无疑的。但是，社会转型期中国农村的社会发展滞后于经济发展，这对农村基层党组织的功能实现提出了新考验新要求：党组织如何以自身的改革发展促进农村经济与社会的协调发展？在这方面，过去我们曾经有过深刻教训，比如新中国成立后农村一度建立了人民公社制度，党政不分，政社一体，农村的社会组织和社会空间严重萎缩。所以，探索农村基层党组织的功能实现途径，一个重要方面就是研究农村基层党组织如何遵循经济社会发展规律，围绕经济建设这个中心，以恰当方式推动经济与社会的共同发展，并通过推动经济社会发展，实现自身功能。

2. 农村基层党组织通过一定方式凝聚农村群众

农村基层党组织的政治录用功能，涉及从群众中培育和选拔入党积极分子，也需要群众向党组织推荐干部；利益表达和利益综合功能，直接事关群众的利益实现。这就是说，功能实现途径的核心对象是人民群众。采取何种方式联系群众、凝聚群众，关系到其功能的实现效果。比如，靠单纯的行政命令和强迫方式很难凝聚群众，而引导示范对群众更有亲和力，更容易团结群众。因此，无论是政治录用和政治社会化功能，还是利益表达与利益综合功能，都涉及党与群众的关系问题。这个问题，正是农村基层党组织功能实现途径的核心指向。

根据民主政治的一般原理，政党是民众参与政治的工具，是沟通民众与政府联系的桥梁，是人民控制政府之手的延伸。“执政党与公共权力的关系越密切，公共权力受政党的控制就越强，体现政党意志就明显。但与此同时，政党与民众的距离也可能越扩大，政党作为民众工具的功能就容易减弱。”[①]这表明，政党凝聚民众的最大优势并不在于权力，相反在一定条件下还可能成为劣势。由此，提出了一个命题：政党究竟靠什么更能吸引民众？对中国共产党而言，这个问题的深层意蕴在于，在国家与农民之间、个人与社会之间，农村基层党组织通过什么方式才能使二者形成良性互动？依照

① 王长江：《现代政党执政规律研究》，上海人民出版社 2002 年版，第 383 页。

马克思主义基本原理,人民群众是历史的创造者,社会由个人组成,个人是社会的主人。个人既有独立性,又有社会性,“人的本质不是单个人所固有的抽象物,在其现实性上,它是一切社会关系的总和”①。马克思主义还主张,共产党要防止由“社会的公仆”成为“社会的主宰”。工人阶级政党取得胜利后要重视人民群众的个人利益,不断满足人们日益增长的物质文化需要,促进每个人的自由发展,这是一切人的自由发展的条件。这表明,共产党把群众的地位放在十分突出的位置。

中国共产党是马克思主义政党,因此坚持马克思主义群众观,走群众路线应该成为共产党人的职责与选择。马克思主义政党的行为模式必须以群众需求为核心导向,而不是仅仅以政策法规为准绳。但是,具体到中国农村,基层党组织到底靠什么方式与农民进行政治沟通,吸纳和整合他们的诉求并及时作出回应?应该通过何种方式把马克思主义理论转化为具体实践,避免基层干部的变质和权力的异化?这是功能实现途径需要着力解决的问题。这个问题不成功解决,政党功能则很难实现。比如,不同层级的党组织在实现服务功能的过程中,其实现途径是有区别的。与地方以上组织不同,由于农村基层党组织直接面对群众,担负着密切联系农民群体的重要职责,因此服务的方式更为多样:不仅体现在农村政策的执行和农村发展的规划上,而且大量渗透于农村日常事务中,这些问题在很多情况下,靠权力很难解决。这正是农村基层党组织功能实现途径的问题指向。

又如,农村基层党组织把农村群众动员起来,发动土地改革,这种诉诸群众运动的政治社会化途径,从党的成立到新中国成立后相当长一段时期持续存在,如农村开展的各种学习教育活动、“四清”运动和整党整风等。回顾这段时期党的政治社会化功能的实现方式,我们不难发现农村基层党组织走过了这样一条路径:提出动员目标—组织运动骨干—发动群众斗争—全面开展运动—吸纳新的党员—团结干部群众。经过几十年的发展,农村基层党组织形成了成熟的以行政村为单位的群众动员体制,政治社会

① 《马克思恩格斯选集》第1卷,人民出版社1995年版,第56页。

化的方式独具特色。但是改革开放以后的农村环境与过去已经有很大不同,政治社会化的主要途径如果诉诸群众运动,就不一定有效。如果不善于组织农民在体制内有序参与,而是简单动员群众,那么功能就不一定能够有效发挥。所以,农村基层党组织的功能实现途径,核心探讨的是党与群众的联系方式。

3.农村基层党组织通过一定方式整合农村社会

处理好政党与社会的关系,是中国共产党的重要功能目标。对整个党来说,实现社会主义和共产主义是中国共产党的政治纲领。对党在农村的基层组织来说,农村党组织担负着构建农村和谐、整合社会的重要职责。农村基层党组织的各项功能,从不同的侧面指向这一目标。比如,政治社会化功能,涉及党的路线方针政策在农村的传达和落实。这一功能通过什么方式得以实现,关系到党组织对农村群众的组织程度,并直接影响到党在农村的社会基础。又如,利益综合功能,涉及农村群众之间、群众与组织之间以及乡与村之间的利益博弈问题。农村基层党组织通过何种方式协调这些复杂的利益关系,减少矛盾和冲突,关系农村社会的稳定。实践表明,农村基层党组织要处理好与农村社会的关系,是很不容易的。因为具体到农村基层,各种问题与利益的结合尤为直接紧密。如果农村基层党组织把自身当做行政组织或者经济组织,都会出现“越位”与“缺位”的行为模式,挤压其他组织的功能边界,从而带来矛盾与冲突,削弱自身的行动空间与合法性基础。正是从这个角度来说,农村基层党组织的功能实现途径,着眼于以恰当的方式整合农村社会。

西方治理与“善治”理论认为:治理是各种公共的或私人的个人和机构管理其共同事务的诸多方式的总和,它是使相互冲突的或不同的利益得以调和并且采取联合行动的持续的过程。而“善治”是使公共利益最大化的社会管理过程,其本质特征在于政府与公民对公共生活的合作管理。[1] 这表明,治理与“善治”意味着公共管理的主体多元化,而不仅仅是政党与政

① 俞可平:《权利政治与公益政治》,社会科学文献出版社2005年版,第142—148页。

府;社会管理是双向互动的,而不是单一向度的管理;它注重横向协作,强调合法性、透明性、责任性、法治、回应和有效性。应该说,治理与“善治”理论所渗透出的轻视政府作用、削弱国家主权的倾向是不可取的,但它提倡的回应民众,各种组织之间加强协商合作、横向治理的思想,是值得借鉴的。这启示我们,社会对于国家来说,是一个相对独立的力量,国家不能等同于社会,政党也不能替代社会。正如马克思所指出的,市民社会是人类的私人利益关系的总和,市民社会是政治国家的基础。国家不能侵占市民社会的权利。国家产生于社会,政治国家消亡后,社会将变得更加自治。国家来源于社会,并将最终回归社会而消亡。[①] 这表明,在一定历史阶段,国家与社会之间应该有清晰的边界,同时又不是截然的对立。在政党政治的背景下,政党需要通过恰当的方式和途径,为国家与社会的沟通提供条件。

对于农村基层党组织来说,一方面自身单位规模相对较小,农村党组织之间的利益边界相对清晰,整合农村各种组织之间的利益关系弹性大,具有比较优势;另一方面,整合社会的方式有着自身的特殊性。其一,农村本身是一个复杂的大系统,内部包括农村基层党组织、政权组织、经济组织、社会组织和农民自组织等多个子系统。在农村这个“组织丛林”中,农村基层党组织属于核心子系统,其周围簇拥着各类组织等子系统。各个系统共处于一个环境之中,易于受到外部大环境的影响。任何系统内部的各组成部分具有相互依赖性,系统为了持续下去,必须相互之间发生物质、信息、能量的交换。现代组织的分工精细化,越来越要求组织之间开展纵横交错的协作,而不是单向的垂直运行。这就是说,农村各种组织之间,只有加强通力协作而不是各自为阵、各自封闭,才能共生共赢。其二,各类不同属性的基层组织,与党组织一道,分别属于不同的运行逻辑体系和关系网络,在存有共性的基础上有着自身的运作规则。这样,农村就存在一个权力秩序如何构造的问题。不同的利益组织,其利益实现的途径是不相同的。多种利益主体

① 参见王沪宁:《政治的逻辑——马克思主义政治学原理》,上海人民出版社1994年版,第321页。

之间既有合作,又有冲突,农村基层党组织如何与各类组织开展协作互动,通过制度化的途径来整合不同群体的利益诉求?这就需要农村基层党组织立足于农村的实际,在农村治理结构中遵守相应的"游戏规则",从而更好地发挥领导核心功能,融入社会、凝聚社会。其三,农村市场经济的发展,在打破传统小农经济的同时,也造成了当代农村基层党组织与公民社会的适度分离,意味着社会作为一个变量对农村基层党组织存在监督的可能。随着村民自治的发展,农村社会的异质性空前提高,农民自主性日益凸显,社会力量逐渐由原子化向组织化、集体化发展,并日渐成熟,这客观要求农村基层党组织重视社会力量尤其是农村政治格局的变化,主动与各种社会力量开展横向互动。这有利于农村基层党组织成为农村社会的协调中心,实现自身的基本功能。

由上可见,农村基层党组织的功能实现途径,其目标是为了实现领导核心、服务、利益表达与利益综合、政治录用与政治社会化等功能,其实质是推动发展、凝聚群众、整合社会。换言之,党组织的各项具体功能,通过一定的途径服务于推动发展、凝聚群众、整合社会。实现这些功能,有根本的途径,也有具体的途径。不同的功能有相同的实现途径,同一种功能可以有不同的实现途径。

◆(二)农村基层党组织功能实现途径的特征

农村基层党组织的功能实现途径具有工具性、价值性、整体性、差异性和依赖性等特征。

1. 工具性

工具性,指农村基层党组织的功能实现途径在本源上是一种工具手段,即为人民服务的工具。基层党组织是党的基本组织和党的组织单位、党的教育和宣传的学校、党在群众中的核心、发展党的工具、党的生活的中心、党的战斗的武器、党的实际监督党员工作的机关和党在群众的耳目手足。[1] 刘少奇也说:"党的支部,是党在人民群众中的工作单位,是党的

① 参见《中共中央文件选集》第2册,中共中央党校出版社1988年版,第611—618页。

领导机关与人民群众联系的桥梁，支部必须使人民群众与党的领导机关密切结合起来。”①这表明，基层党组织是党联系群众的一座桥梁。正是在这个层面上说，农村基层党组织的功能实现途径是一种中介和工具。道理很简单，无论是政党还是个人，要达到目的地，就需要一定的中介，要实现某种目标，离不开具体的工具。“工具”、“手段”等都属于中性词，本身没有贬义与褒义之分，没有姓“资”与姓“社”之别，只要有利于发展生产力、有利于造福人民，这种途径就不应该排斥，资本主义国家可以用，社会主义国家同样可以用。强调功能实现途径的工具性质，目的是打破一些不适合发展的旧框框和旧观念，发挥主观能动性，更好地服务农村群众。

2. 价值性

价值性，主要指途径本身不仅是工具，而且有特定的价值属性，即作为政党自身的生存价值与社会价值。途径好比一个通道，一端连着社会价值、群众利益，一端连着党组织及其成员的价值利益。功能实现途径的目标指向就是运用党内外的资源在实现社会价值的基础上，获得合理的组织利益。换句话说，探求功能实现途径的意图和目的是为了由“此岸”到达“彼岸”，在这个过程中既实现自身的生存与发展，又推动发展，整合社会。西方政党采取各种途径赢得社会支持，并不是说完全没有政党自身的合理利益，包括一些新兴的绿党以及不断革新自己的社会党国际，在宣称代表人民利益的同时，其基本功能仍然有追求政党价值的一面。就是说，一个政党可以代表几个阶层的利益和大多数人的利益，几个政党也可以代表一个阶层的利益。同样，农村基层党组织的功能实现途径，不仅服务于人民利益这一最高价值，而且也期待相应的激励回报——党员的个体价值与组织的合法权益。从整体价值来说，功能实现途径就是通过自身的发展促进历史的发展和人的全面发展，并在实现人民利益和国家利益的基础上实现党的利益。

3. 整体性

功能实现途径的整体性是相对个体性而言的，即农村基层党组织功能

① 刘少奇：《论党》，人民出版社1980年版，第91页。

实现的效果是一个整体,不可分割,或者说党组织在活动过程中是作为一个整体出现的,组织效应和权威非常明显。虽然党组织的功能要靠党员的个体活动来实现,但党员个体之和不等于党的组织。党组织的一个重要功能是建构农村基层党组织与政权组织、经济组织、自治组织之间的制度安排,整合与协调农村不同阶层、不同群体的具体利益,党组织在这些活动中,塑造的是整体形象。就是说,农村基层党组织的功能实现,背后是一种组织行为而不仅仅是个体行为,其实现途径带有浓厚的政党"集体行动"特征。从运行机制来看,党组织的整体功能与党员个体的功能是不同的。以党组织的名义开展工作与以党员个人的名义开展工作,社会影响也不一样。党员的个体行为会影响党的形象,而党组织的整体形象,对其他组织的影响范围和力度更大。从社会关系网络来看,当个人不适合开展活动时,以党组织的名义开展活动,效果要好得多。由党组织出面协调各方,不仅能减少活动成本,而且公信度比个体要强,组织权威的效用较为明显。当然,如果过分突出组织效应,也会产生负面影响。比如,把集体利益等同于个体利益,党组织主导农村社会,直接以党组织名义渗透农村微观生活,包括农民个体的行动空间,这种党政合一、社会与国家的高度一体化的集体行为模式,会压制农民个体的诉求和自由发展,进而削弱党组织的政治合法性。

4. 差异性

矛盾的特殊性决定事物的差异性。就功能实现的基本途径来说,乡镇、村党组织、乡镇站所党组织、乡村企业党组织和新经济社会组织中的党组织之间,由于自身矛盾的特殊性,其功能实现的具体途径存在一定差别。从地缘政治角度看,中国区域发展不平衡、自然地理环境相差悬殊,处于不同区域的农村基层党组织,其功能实现的具体途径呈现较大差异。就农民居住方式而言,有的村庄规模很大,农民集中聚居,宗法和宗族势力仍未绝迹;而有的地方分散而居,以单户生活为主。这样,农民的公共空间不同,生活形态、人际沟通的手段也不相同。这些地理特征对农村基层党组织的功能实现途径产生很大影响。从经济基础来看,全国农村分为经济发达地区、经济欠发达地区、经济落后地区。经济基础不同,党员干部的思维方式、知识结构、能力素质也不相同,农村群众的观念形态、精神面貌也不一样。这都决定了党组织实现功能的途径应该灵活多样。从民族区域来看,民族地区农村党员信教问题相对突出,农村的政治发展水平总体上比其他地区低。少数乡村还留有非政权政治的思想观念和行为模式。民族宗教地区引发的一些问题很复杂、很微妙,与汉族聚居农村有很大差别。因此,民族地区农村基层党组织的功能实现途径,带有民族特性和民俗风情的特点。这些途径的差异性,要求各地农村党组织必须根据自身的实际开展工作,而不宜简单照搬他人的经验。

5. 依赖性

依赖性,指农村基层党组织在某一时期形成的观念和做法,具有很强的运行惯性,在另一时期或者其他领域仍然会沿袭下来,在短时间内难以转变。换句话说,今天党组织的运行路径,依赖于过去的经验效果。经济学上把这种现象称之为"路径依赖"。现在有的党组织对历史上的一些宝贵经验,没有很好继承,而过去一些具有特殊形态的功能实现途径,由于种种原因今天依然"爱不释手",停留于经验模式。这就是路径依赖性的表现。比如,党组织在革命环境中强调铁的纪律和高度集中,这种运行方式在新中国成立后沿用下来并在一段时期内发展为高度集权。又如,为了激化矛盾,党组织在社会动员中往往采取运动的方式发动群众闹革命。这些做法对执政后的中国共产党产生了深远影响。其原因在于,一方面历史的经验经历了一个沉淀结晶的过程,这些经验操作起来比较方便,在新中国成立后"白手起家"阶段运用现成的功能实现途径,成本相对较低。另一方面,革命时期的一些功能实现途径取得了很好的效果,在党员干部心中打下了革命思维的深深烙印。这样,过去的历史经验和行为选择如同强大的惯性力量,以制度的形式继续向前滑行。当这种经验在特殊时期和特定环境中取得效果时,这种依赖惯性便进一步得到强化。因此,计划经济体制下形成的功能实现途径,在市场经济体制下也存在很大的制度惯性,不会很快消除。农村基层党组织的功能实现途径的依赖性特征启示我们,历史的经验值得注意,历史的经验更要正确借鉴。

◆(三)农村基层党组织功能实现途径的评价标准

总体上看,农村基层党组织功能实现途径的评价标准比较多,但从核心要素来看,其评价标准主要包括群众认同、可持续性和成本效益几个方面。

1. 群众认同标准

不同性质、不同类型的政党以及不同的国度,对“群众”概念的理解千差万别,但有一点却是共同的:群众是相对政权和政党力量而言的,是社会的大多数,对历史的发展起着重要作用。因此,各种政党、各个执政者都非常重视群众的作用,千方百计寻求广大民众的支持,符合“公意”,以获得群众的诚服而不是臣服。西方国家执政党特别重视民众对政治体系的自觉认同,并且用“合法性”来形容公众支持和认同现存的政治秩序与政权基础。马克思认为,“历史活动是群众的事业”,并把政权获得人民的支持称为“盖上社会普遍承认的印章”。中国共产党作为马克思主义政党,尤为重视群众的力量,不仅坚持而且丰富了马克思主义群众观。在理论上,我们党强调共产党人的一切言论行动,必须以合乎最广大人民群众的最大利益为最广大人民群众所拥护为最高标准;“群众的眼光是雪亮的”、“群众的智慧是无穷的”。在实践上,坚持走群众路线,向群众学习,党的工作要接受群众的监督和评价。例如,“群众公认”是干部选拔任用的重要标准。基于此,农村基层党组织的功能实现途径的好坏,也要由群众来评价,看人民高兴不高兴、满意不满意、答应不答应,即考察群众的认同度。

应该说,群众认同对农村基层党组织功能实现途径能否发挥应有的效力,至关重要。但在实践中真正以群众认同作为农村基层党组织的活动参照系,并非易事。长期以来,党的科层化的组织结构,注重的是纵向到底、垂直集中的制度设计,重视下级组织完成上级组织和中央组织的任务。有的地方党组织潜意识里把农村基层党组织看做完成上级指示的工具,而很少把它看做群众的工具。这种观念根深蒂固。由于一些农村基层党组织注重完成上级的任务,因此考虑群众的需求就相对少些。比如,有的乡镇党委在促进发展的名义下,调整农村产业结构,不注意了解农民的内在需求,搞一刀切,结果变成“逼民致富”。所以,即使农村基层党组织的主观动机是好的，但不能说这种功能实现途径是科学的。

值得注意的是，少数农村基层党组织的群众认同低，并不会立刻导致党组织的地动山摇，政权风险不会立竿见影。然而，这种短视行为短期可以，长期不行，因为农村基层党组织“透支”党的活力的结果是，一旦遇到突破口，长期积淀的社会矛盾就可能引爆，致使执政基础坍塌。所以，对农村基层党组织的评价，应该加大农民评价的权重，健全群众的监督程序，让群众能够监督、有效监督。既要防止“走过场”和简单“以票取人”，又要从上级党组织评价为主转向以农村群众评价为主，真正倾听群众的意见，按照群众的需求改进党组织的工作。

2. 可持续性标准

可持续性，指农村基层党组织在促进农村发展和人的发展的基础上，能够适应条件的变化，保持社会的稳定和党组织自身的稳定。稳定的突出特征是将变动控制在现存结构的限定之内，组织内部与外部环境相适应、系统有序发展。亨廷顿认为：“政治稳定依赖制度化和参与之间的比率。如果要想保持政治稳定，当政治参与提高时，社会政治制度的复杂性、自制性、适应性和内聚力也必须随之提高。”[①]换句话说，如果政党组织的功能实现过程中，杀鸡取卵，耗散能量过多，破坏了社会稳定，那么容易削弱自身的生命力或活力。

农村社会的稳定，主要包括农村秩序的稳定和环境的可持续，这是农村基层党组织赖以栖身和发展的条件。维持秩序的稳定与和谐的环境，本身是科学发展的重要表现。表现为农村道德的维系、治安秩序的保持、农民之间的和谐相处、农村文明风尚的弘扬。这种稳定性来源于农村基层党组织深入农民的内心世界、乡规民约的约束以及农村资源的公平配置。如果以牺牲环境为代价促进发展，如果一些基本的道德规范成为一种摆设，一些非正式规则在农村社会悄然盛行，那么不能说这个地区的农村基层党组织的功能实现途径是科学的。对党组织来说，如果社会无序，动乱不堪，功能效

① ［美］塞缪尔·P. 亨廷顿：《变化社会中的政治秩序》，三联书店1989年版，第73页。

果便无从谈起。在发展农村直接民主的进程中，即使利益表达和利益综合功能增强了，农民利益诉求渠道拓宽了，也不能说明功能已经有效实现。如果大量农民无序参与或者为不法势力所操纵，这样的功能实现途径也是失败的。所以，稳定是群众生存的基本利益，也是党组织生存的基本价值。没有稳定性，就没有可持续性。维护稳定的能力强，说明功能实现的条件越优化，组织的可持续性就越强。

保持农村社会的稳定，关键是党组织的稳定性。要达到这一目标，需要党组织的结构与社会结构呈现和谐状态，或者党组织要适应农村结构的变化，不断从组织建设、党员发展等方面作出调整，以保持自身的系统平衡。比如，保持党组织班子成员的内部团结、负责人任期的相对稳定、党支部制度规章的连续性和党员队伍"进口"与"出口"的平衡。这就要求不断加强班子自身建设和党员队伍建设，防止负责人像走马灯一样更换频繁、内部成员争斗耗散和农村入党积极分子青黄不接。所有功能实现途径，都应围绕这一标准加以衡量。

3. 成本效益标准

成本效益标准属于经济学中的一种分析方法，即计算投入、产出和利润盈余。由于政治与经济的紧密联系，政治活动的评估同样可以借鉴成本效益分析法。众所周知，从事政治活动需要相应的投入，包括物质投入和精神投入。这些活动产生的效果和收益，意味着政治活动实现的目标状况。按照公共经济理论的分析，人在一定程度上都是"经济人"，是"有理智、会计算、有创造性并能获取最大利益的人"①，即寻求效用的最大化。农村基层党组织由既有经济理性又有政治理性的党员、干部所组成，在实现功能的过程中，常常考虑花费的成本和获得的效益。"基层党的建设的运行机制对于经济运行方式具有依赖关系，基层党的建设不仅受制于社会能把多少财力、物力、人力投入其中，而且受制于社会经济活动的运行机制。"②所以，判

---

① 吴肇基：《公共经济学》，中国戏剧出版社2001年版，第12页。

② 王世谊：《当代中国基层党建问题新论》，中央文献出版社2004年版，第68页。

断农村基层党组织功能实现途径是否科学，不仅要考察其推动农村发展的效益，而且要看成本；不仅要看经济效益，还要看社会效益。正如邓小平所强调的："思想文化教育卫生部门，都要以社会效益为一切活动的唯一准则，它们所属的企业也要以社会效益为最高准则。"①

革命战争年代，由于环境条件的特殊性，为了实现党组织的目标，实现效用最大化，有时不计成本甚至不惜一切代价。但是，执政后党组织执掌国家政权，政权运行的成本与纳税人是联系在一起的，并且党的活动目的是"取之于民，用之于民"。在长期执政的条件下，农村基层党组织既要增加农民收入，又要降低自身的运行成本。在发展社会主义市场经济的制度框架下，市场经济客观上凸显了法治和责任意识，要求农村基层党组织决策权力与决策责任应该对等，要求基层干部树立成本意识。但现实生活中，农村基层党组织在直接进行经济决策或以党政联席会议的形式实施决策时，由于责任主体不清晰和责任意识的模糊，很少考虑决策成本。即使出现决策失误的时候，农村基层党组织也很少考虑自身承担经济责任的问题。这是发展社会主义市场经济对党组织提出的一项新课题。

从实际情况来看，一些农村基层党组织虽然实现了自身功能，但付出的代价很大，有时为了集中力量办大事，浪费巨大。这种代价不仅表现为有形成本，而且还有无形成本，包括政治成本、社会成本。通常来说，农村基层党组织运用经济资源的成本具有直观性，有形成本的评价相对容易些，但作为特殊的政治组织，还要考虑政治成本和社会效益，有时候一些成本在短期内还难以估量，具有潜在性。而社会效益的实现，则需要长期的累积过程，不是一年两年就能解决问题。事实表明，农村基层党组织在运用和配置资源中，其政治成本往往被忽视。比如，少数基层组织对政策的制定朝令夕改，不及时兑现经济补偿，欺骗群众，挫伤了群众的积极性，党的威信降低。再如，农民群众有限的资源被反复动员，筋疲力尽，对乡村进行接二连三的各种考评，使农村基层干部疲于应付。所有这些，对党组织来说都是一种政治

① 《邓小平文选》第三卷，人民出版社1993年版，第145页。

杀伤力。这种"政治硬伤"越多,党组织付出的政治代价就越大,而且这种代价有时候用经济财力很难弥补,相当长的时间内很难修复。解决这个问题,需要农村基层党组织在实现功能的过程中,既重视有形成本与短期效益,又看到无形成本与长远效益。

三、影响农村基层党组织功能实现途径的因素

农村基层党组织总是处于特定的环境中,其功能实现途径受各种因素的影响。环境和条件不同,功能实现途径不同,功能实现的效果也不一样。

◆(一)党的历史方位

农村基层党组织处于国情、世情、党情的三维变量当中。这三个变量构成了党的历史方位。国情、世情、党情的变化,相应引起党的历史方位的变化。现在,我们党已经由领导人民夺取全国政权向掌握全国政权并进行国家建设转变,由在封闭条件下搞计划经济向对外开放条件下发展社会主义市场经济转变。党的历史方位的变化,对当前农村基层党组织的功能实现途径产生很大影响。

首先是长期执政的考验。一是农村基层党组织处于执政党的组织体系当中,面临着权力腐蚀的考验和历史周期率的挑战。二是农村基层党组织服务群众、发展党员、干部选用、表达人民利益等方面面临新要求,党员干部的领导水平和执政能力需要提高。比如,革命时期的群众需求与执政后的群众需求不一样,为人民服务的方式和手段需要改进,领导群众的方法也需要变革。三是党的执政与党的领导有区别,执政前后的党政关系也不等同。农村基层党组织如何把握作为领导党与执政党的基层组织功能定位,区分党组织与各类组织之间的功能边界,面临棘手的难题。

其次是发展市场经济的挑战。对共产党来说,发展社会主义市场经济既是前无古人的创举,又是一个非常棘手的课题。带有法治性质的市场经济本身蕴涵着自由平等的法律原则,法律是作为市场经济和公民社会中理性的交换主体,双方权利平等和意志自由的产物。因此,市场经济以强大的

穿透力影响着农村群众的思想观念。竞争、自主、平等参与意识深入到农村的方方面面。市场经济的拓展产生了利益分化，这些分化的利益组织逐渐成为彼此独立、边界清晰的主体，各种利益主体为维护自身利益，逐渐在日常的生产和生活表现出“利益觉醒”。一方面，市场化改革既使农村党员呈现双重身份——既是党员主体又是市场主体，也使农村基层党组织拥有自身的合理利益诉求。农村基层党组织与上级党组织在根本利益上保持一致，同时又有具体的微观差异。这样，在实现农村基层党组织自身功能的时候，面临着党员利益与群众利益、基层党组织利益与上级党组织利益的博弈。而党员与党组织、党组织与党组织之间的关系状况，影响到农村基层党组织整体功能的发挥。

再次是全球化的影响。全球化是一把双刃剑。它为中国共产党提供了学习和借鉴的良机，拉近了中国发展与世界发展的距离，同时也给我们带来了一些负面影响，这集中体现为“威胁中国的经济安全、削弱国家的主权、威胁国内的政治价值和传统文化”。① 如果说，中国在加入世界贸易组织之前，全球化对农村主要限于潜在影响的话，那么“入世”后，全球化对农村基层党组织则直接构成挑战。因为我国农村生产力本来就总体上落后于西方发达国家，加入世界贸易组织后，随着外国资本、跨国公司的进入，低层次农产品大幅度减少，农村隐性失业加剧，农村剩余劳动力增加，农产品面临着国际竞争的压力，农业安全问题进一步凸显。这客观上要求农村基层党组织更新观念，适应全面开放、竞争有序的世界体系，主动参与全球化进程。所有这些，直接或间接影响着功能实现途径的选择。

◆（二）党内政治生态

制度化理论认为，必须从组织和环境的关系上认识组织现象。一方面，必须从组织环境的角度去研究、认识各种各样的组织行为；另一方面，“关注环境不能只考虑技术环境，必须考虑它的制度环境，即一个组织所处的法律制度、文化期待、社会规范、观念制度等为人们广为接受的社会

① 参见俞可平：《全球化与政治发展》，社会科学文献出版社2005年版，第75—76页。

事实”。[①] 农村基层党组织是党的组织体系中的重要组成部分，其功能实现途径与党内政治生态息息相关。

中国共产党是最高纲领与最低纲领的统一论者，党的纲领直接影响党的基层组织，要求农村基层党组织围绕党的政治路线和中心任务开展工作。在党内政治生态中，制度规章、党内生活习惯、权力运行机制、资源配置格局对农村基层党组织的功能实现途径影响更直接。党内有一整套的领导制度、选举制度、组织制度，这些制度规定着党员的行为，对党组织的行动空间相对作了限定。比如，农村基层党组织实现利益表达和利益综合的功能可以独辟蹊径，但不能脱离党的制度、体制，不能通过体制外的途径实现各项功能；基层党组织领导班子实行直接选举，强化政治吸纳功能，需要把握党员大会与党代表大会的有机衔接，而不能另起炉灶。又如，从组织体系上讲，在纵向上农村基层党组织与地方党组织、中央组织是一个有机整体，基层党组织可控的资源日趋减少，这需要上级党组织关爱农村基层党组织，从政治上和经济上予以支持，为基层党组织的功能实现创造更好的发展条件。

作为特定政治组织的政党，具有相应的政治文化。中国共产党党内政治文化，包括党员心理、党员思想和组织习惯，表现为党员对党的纲领的认识、对中央权威的认同、参与党内各种活动的心理以及党组织对党员的潜在约束。“人们在过去的经历中形成的态度类型对未来的政治行为有着重要的强制作用。政治文化影响各个担任政治角色者的行为、他们的政治要求内容和法律的反应。”[②]比如，革命时期的政治文化对执政时期的政治文化会产生深远影响，在战争环境中形成高度集中、直接指挥的习惯具有很强的文化惯性，往往会在党群关系的行为模式中折射出来。另外，领导干部的民主意识对党内民主生活习惯的形成具有重要的导向作用，关系到党员讲真

---

① 李友梅：《静静的变革》，上海人民出版社2005年版，第22页。

② [美]加布里埃尔·A.阿尔蒙德等：《比较政治学：体系、过程和政策》，上海译文出版社1987年版，第29页。

话、批评与自我批评的践行程度和党内和谐的氛围养成。反过来,党员心理、思想修养又影响到党组织的战斗力。

在党内政治文化中,除了党内的正式规则之外,“潜规则”也制约着党组织功能的发挥。所谓“潜规则”,指的是党内明确反对的或者政治生活、公开场合和规章制度中没有规定的、但在组织及个体中实际存在的行为与观念。“潜规则”最突出的特点是与党的正式规则相对立,逆向而行,其危害在于破坏党的政治生态平衡和正常秩序,使个别党组织出现“逆淘汰”现象——好人无法充分做好事。从时间维度看,“潜规则”对党员的负面影响是潜移默化的、长期的,对党组织的影响是渐进的、无形的,它会侵蚀党组织的功能,在一些领域还可能导致功能失效。正因为如此,探索党组织的功能实现途径,要重视党内政治生态的影响。

◆(三)农村基层的特性

农村基层首先具有基层的一般属性。基层主要指国家、社会管理体系中的最低层次,但基层与社会管理权限没有正相关的关系,即地方组织的管理权限未必就大,基层组织的管理权限未必就小。从社会学的一般意义来说,基层组织在社会治理体系中的地位很特别,治理模式很特殊,与中上层组织有很大不同。社会学将社会界定为上层社会的政权结构和基层社会的群体结构的社会有机体。现代民族国家形成的一个重要标志是国家政权深入基层社会并对基层社会实施强有力的管理和控制。对社会治理来说,中高层组织的主要意义在于为复杂的社会确立发展目标、驾驭全局,而基层管理组织的意义在于将上级的方针与本地区、本部门的实际结合起来。与中高层组织相比较,基层主要指社会纵向结构的底部,西方国家又称之为草根组织。从行政体系来看,“地理上的距离越远,施行政务也就越困难。犹如一个杠杆,它的长度越长,其末端的分量也就会越重。随着行政层次的繁多,行政负担也就越来越重”。[①] 这表明,越到基层,承载的职责就越多。从这个意义上说,基层又具有执行性和从属性的特点——从属于上

① [法]让·雅克·卢梭:《社会契约论》,人民日报出版社2007年版,第79页。

级组织。

基层的另一个突出特点是直接性,即党组织直接面对人民群众,与群众纵横交错,朝夕相处,群众与基层之间没有层级传递和隔离带。这种直接性,决定了基层党组织把自身牢牢建筑在群众的基础上,群众的冷暖安危成为党组织活动变化的"晴雨表"。由于基层组织围绕群众的需求展开活动,这客观上使得党组织的行为模式具有利益性、现实性。就空间布局而言,基层涉及各行各业的组织。党章规定:企业、农村、机关、学校、科研院所、街道社区、社会团体、社会中介组织、人民解放军连队和其他基层单位,凡是有正式党员三人以上的,都应当成立党的基层组织。基层的幅员广阔与横向属性①,为党组织之间的横向沟通、党组织与群众的互动,以及农村基层党组织与其他基层组织的协作提供了条件。这实际上为党的社会整合功能的发挥奠定了空间基础。

中国乡村基层组织既具有基层社会结构的一般特征,又具有传统的伦理文化特征,担负着经营性和社会性的双重功能。所谓经营性,指乡村组织与国家政权组织之间存在博弈,必要时双方会讨价还价;所谓社会性,指乡村组织通过乡土契约和内部自治,自发地形成相对稳定的基层社会秩序。乡村组织的经营性和社会性,有时会缩小功能的弹性。比如,中国农村历经沧桑,变化很大,但其内核变化不大。几千年来,农村既是农民的生活场所,又是生产场所,还是农民的娱乐场所。无论沧海桑田,潮起潮落,农村作为农民的生活家园和精神家园,担负着集聚农民、稳定农民的功能。农村在地域上幅员辽阔,农民或分散而居,或聚村而居,形成一个利益共同体。尽管

---

① 就基层的横向属性而言,目前我国社会基层组织主要有以下六种:(1)基层政权及政府派出机构,如乡镇政府、城市街道办事处;(2)事业单位,包括全民事业单位和民办事业单位;(3)企业,包括国有企业、国家控股企业、混合所有制企业、"三资"企业、个人独资企业、合伙企业等;(4)农村社区(村屯);(5)城镇社会;(6)社会团体,包括"官方"社会团体和民间社会团体。如果从社会功能角度区分,可将上述社会基层组织分为承担政治功能的社会组织(主要是基层政权),承担经济功能的社会组织(主要是企业),承担社会服务功能的社会组织(主要是事业单位、社会团体),承担自我管理、自我服务功能的社会组织(主要是农村社区和城镇社区)。参见那宇、吴延溢:《社会基层分类与党的领导方式创新》,《南通大学学报》(社会科学版)2005 年 9 月第 21 卷第 3 期。

各地农村发展很不平衡,但利益共同体的存在使他们心有所归。农村社会又是一个乡土社会和"熟人社会",人际交往依亲属关系的远近而渐行渐远,地缘中贯穿着血缘,形成以血缘和宗族为纽带的"差序格局"。熟人社会同政党力量和国家力量具有排斥性。在行政力量很难发挥作用的地方,依靠熟人出面却可解决问题。这种乡土性质使农村民间力量很强大,乡间习俗和非正式规则的实际号召力有时比国家法律和党的政策还要强大。很多情况下发生的矛盾纠纷,农民通过民间调解"私了","民不举,官不究"的潜在规则和非制度性"规矩",在农村根深蒂固。农民一方面具有小农意识,保守、松散,有时还有"自扫门前雪",不善合作的习性。另一方面,农民淳朴老实,能吃苦,有智慧,蕴涵竞争和创新的因子。家庭联产承包责任制的形成、乡镇企业的兴起、村民自治的发动、农民专业合作组织的建立,都是农民自己的创造。农民与工人还是天然的同盟军,是中国革命和建设的领导阶级。这就决定了农村基层党组织既要领导农民、组织农民,又要尊重农民、服务农民。农村基层的这些特性,制约着党组织功能的发挥。

◆(四)基层党组织的结构

政党结构是政党组织的重要组成部分,是政党基本要素构成的组合方式,是功能实现的载体。社会学认为,结构指的是系统内那些履行特定功能的组列,是角色之间的相互关系。结构与功能是密切联系在一起的。任何结构总会产生这样那样的功能,而任何功能总是来自于这种那种的结构。一项单独的功能可能通过许多结构的联合而得以实现;相反,任何一个既定的结构也可能履行许多不同性质的功能。[①] 按照组织学理论,组织具有功能性特征。对组织进行功能分析,就是运用结构、过程和功能来分析组织内成员的互动、成员与结构的组成关联,以及组织与组织外的系统关联。组织功能的实现,有赖于组织目标、组织行为、组织沟通、组织发展、组织变革、组织管理等组织资源要素。组织结构是各个要素通过一定的形式组合成完整的整体,由一组或一系列的角色构成,但又不是个体的简单相加。组织的结

① 俞可平:《权利政治与公益政治》,社会科学文献出版社2005年版,第40页。

构整体性,决定了组织系统的整体功能大于局部功能之和。因此,组织的结构组合、元素排列关系到功能的构成。

基层党组织的结构包括组织形态、结构设置、党员规模及其分布以及党组织与基层社会组织的契合程度、党员思维结构、能力组合等要素。这些要素的排列效果,直接影响到党组织的功能实现程度。革命战争时期,基层党组织按照“支部建在连上”的原则建党,把基层群众同党以及党的领导机关联系起来。与党的中央组织相比,其触角连接着社会的各个方面,与广大群众有着最直接、最广泛的密切联系,能随时把握群众的实际情况;与党的地方组织相比,基层党组织处在基层第一线,具有覆盖社会的组织优势。政府难以涉及的领域,市场无法作用的地方,农村党的基层组织都可以涉及。正如刘少奇所指出的:“一方面,我们党在思想上和政治上的正确领导;另一方面,我们党又在组织上密切地联系着全国广大的人民群众。这就是我们党具有无穷的不可战胜的力量的源泉。”①直到今天,各类基层党组织在横向上把全国基层群众有机团结在党的周围,在纵向上发挥上传下达的奠基垒砖功能,严密的结构体系凝聚了群众,整合了社会。对此,美国学者亨廷顿认为,政党这种“形”在制度外、“体”在制度中的独特的政治角色定位,使其在制度的操作和自身政治活动中,不仅能够通过权力和制度,而且还能够通过思想意识和各种社会单位,组织和领导社会发展。②

对党的基层组织而言,结构的排列组合为政党功能的发挥提供了内在支撑。第一,党组织的结构设置既有严密的垂直纵向层级,又有横向上的组织互动,各组织之间形成严密的组织网络,不断累积组织资源,并在一定条件下共同开发资源,发挥组织效应。第二,党员是党的组成细胞,党组织的战斗力来源于党员和干部的能力与人格魅力。只有党员之间统一行动、相互配合,而不是“乌合之众”式的简单凑合甚至内耗,党组织的结构才能产生强大的功能。第三,优化领导班子的结构是增强党组织战斗力的重要环

---

① 《建国以来重要文献选编》第2册,中央文献出版社1992版,第147—148页。

② [美]塞缪尔·P.亨廷顿:《变化社会中的政治秩序》,三联书店出版社1989版,第116页。

节。党组织数量多,本身不是优势,只有班子团结有力,并且遍布各地的党员团结在基层组织中,严密的基层组织体系才能发挥优势。所以,实现党组织的功能,需要优化党内的整体环境,增强党员干部和领导班子的整体合力。

第二章

农村基层党组织功能实现途径的历史与现实考察

中国共产党农村基层组织历经不同的历史时期,在革命、建设和改革的历史进程中积累了宝贵的经验。当前农村基层党组织的功能实现途径既是对历史的继承,又是对历史的发展和延伸,既有诸多优势,又存在一些问题。这些问题不是短期内形成的,而是有着重要的历史渊源,因而解决这些问题,需要汲取过去的历史经验。同时,农村基层党组织具有政党组织的一般属性,国外政党基层组织功能实现途径的经验与教训对中国共产党农村基层党组织具有一定的启迪意义。因此,农村基层党组织在立足中国实际的基础上,借鉴其他政党的经验教训,拓宽世界眼光,是大有裨益的。

一、农村基层党组织功能实现途径的历史经验

农村基层党组织功能实现途径的历史经验包括很多方面,其中突出表现为实现途径的目标取向——围绕党的中心任务开展工作,实现途径的中介工具——通过非权力影响力凝聚农村群众、运用社会资源整合社会,实现途径的保障条件——在从严治党中发挥整体功能。

◆(一)围绕党的中心任务开展工作

党的建设按照党的政治路线来进行,围绕党的中心任务来展开,朝着党的建设总目标来加强,是党的一贯传统。同样,每到重大历史关头,农村基

层党组织的各项功能都服务和服从于党的中心任务，重点围绕农村群众的经济利益和政治权益探索功能实现的有效途径。

一方面，着力解决农村群众的经济利益问题。经济利益问题的范围很广泛，但解决土地问题始终是维护农民利益的核心内容。中央苏区时期，农村党员主要任务是做好“打土豪、分田地”工作，并以此动员农民参加推翻国民党的斗争。抗战时期，乡村党的组织贯彻“地主减租减息、农民交租交息”的政策，最大限度凝聚一切抗日力量。“支部必须经常讨论党的政治任务与策略，与群众斗争实际联系，以及具体执行的计划和方法，要养成支部在党的政治路线下独立工作。”①新中国成立初期，农村支部的中心工作是教育党员怎样做一个共产党员，引导农民互助合作，明确农村经济发展方向。1954年中央召开的第一次全国农村党的基层组织工作会议，明确指出农村支部的一切工作都是为了实现农业的社会主义改造。围绕这一中心工作，农村基层党组织对各自所在区域的土地进行调整，逐步实行集体联合，调整国家与农民的关系。由于农村基层党组织把解决土地问题作为服务农民的核心环节，党在农村的领导地位不断增强。

另一方面，扩大农民的政治权利，拓宽农民利益表达的渠道。党的中心任务的完成，需要占中国人口多数的农民的有力支持。这种支持既来源于经济需求的满足，又离不开政治权利的保障。中央苏区时期，党在根据地建立了乡苏维埃政权，号召农民要实现政治权利，翻身解放，把日常的经济政治的斗争转为推翻帝国主义和国民党的斗争，组织并实行民众武装的民族革命战争。② 抗战时期，陕甘宁边区实行民主选举，农民当选参议员，直接当家做主。农村支部创造了“豆选”、“烟头烧洞”等便于老百姓参与的选举操作形式，有效保障了农民政治权利的实现。新中国成立后，农村基层党组织引导农民参加乡村事务管理，支持农民直接监督干部，这大大激发了农村群众建设家园、服务大局的热情。乡村民主的推行，唤醒了农民的政治意

① 《中共中央文件选集》第8册，中共中央党校出版社1988年版，第196—197页。
② 《中共中央文件选集》第9册，中共中央党校出版社1991年版，第169页。

识，增强了农民对中国共产党的认同感。

上述经验表明，尽管不同历史时期党的政治路线的具体内容有所不同，但党组织功能的实现不只是为了自身的发展，而且始终指向党的工作大局，服务于农民的解放、发展和农村的富强。离开中心任务狭义地做党务工作，不利于党的利益与人民利益的统一。这里，首要的前提是党的政治路线和中心任务必须正确，否则基层党组织的工作同样会偏离人民利益的轨道。从历史事实来看，我们党曾经有过中心任务和政治路线背离客观实际，出现偏差失误的情况。比如，第二次国内革命战争时期的“城市中心论”，新中国成立后“文化大革命”期间的“以阶级斗争为纲”，给中国革命或建设造成了很大损失。此其一。其二，由于中国各地农村的情况差异甚大，因此党制定出正确的政治路线和中心任务后，农村基层党组织需要根据本地的具体实际，组织和带领农民正确、灵活地执行党的路线方针政策，更好地服务于工作大局。其三，在围绕党的中心任务开展工作的过程中，农村基层党组织要把党的整体利益、基层党组织的合理利益和农民的具体利益有机结合起来，调动各方面的积极性，最大限度围绕中心、服务大局。

◆（二）通过非权力影响力凝聚农村群众

运用非权力影响力是中国共产党做群众工作的突出优势，在革命战争年代这一优势发挥尤为明显。非权力影响力是相对权力特别是行政权力而言的。与强制命令、绝对指挥不同，非权力影响力注重代表民意，满足群众的内在需求；发挥先锋模范作用，强调人格魅力；善于沟通谈心，等等。

1. 代表民意

农村基层党组织实现功能，无疑要涉及党的意志和主张，但是如果党组织仅仅代表组织意图和党的意志，而不善于把群众意见变为党的主张，那么效果往往不理想。反之，如果党组织所有工作的出发点和落脚点都是为了满足农民需求，坚持群众路线而不是直接发指示，那么农村群众更容易靠近党组织。革命战争年代，农村支部特别注重把中央精神和上级的意图与农民的意见结合起来，深入群众当中，把握群众情绪，听取群众呼声。由于党的工作既注重思想动员，又着力解决群众日常的实际问题，因而党支部得到群众的拥护,尤其党组织在面临各种风险时,得到农民的保护,党的组织力量得以保存。

2. 发挥人格魅力

新中国成立前,农村基层党组织处于秘密状态,基本上以开展地下斗争为主,党组织直接依赖公共权力的可能性很小,很多情况下党以组织的名义发挥作用面临诸多制约因素,而党员的活动空间大,灵活分散,因此诉诸党员人格魅力较为有效。一是发挥党员的模范作用,带头遵守规章纪律,不损害群众利益。二是利用个人社会职业、声望,获得社会化支持,利用这些社会资源服务群众,提高做群众工作的本领。三是直接与农民交朋友,取得群众的情感性支持,群众积极帮助党组织开展活动。党员人格魅力的背后,体现了党员个体能力与党组织能力的相对优势。发挥人格魅力,实际上是在发挥党的组织优势的同时,激活党员个体的政治能量,以党员的个体素质、能力和政治热情深入到群众组织与群众武装中去,赢得农民的认同,成为群众的核心力量。

3. 说服引导

如何同群众沟通,关系到党的纲领政策能否转化为强大的行动力量。说服引导就是党组织与群众进行政治沟通的重要方式。1943 年 4 月,周恩来在《怎样做一个好的领导者》的报告提纲中指出:“领导党的方式和领导群众的方式是不同的,领导群众的方式和态度要使他们不感觉我们是在领导。”“领导群众的基本方法是说服,绝不是命令。”这是历史经验的总结。说服引导的背后,体现了对群众主体地位的认同与尊重,使“上情下达”的纵向动员路径转化为横向的思想谈心,获得群众内心的接受,党的权威在长期的说服引导中形成并逐步强化。这种权威不是法理性的,而是艺术性的,不在规章制度中产生,而在沟通互动中持续。所以,在党的历史上,农村基层党组织凝聚群众的效果,不是靠会议多、文件多取胜,也不是靠强迫来维持权威,而是靠说服引导赢得群众。

应该说,革命战争的特殊环境造就了农村基层党组织通过非权力影响力凝聚群众的主要途径。靠权力运作不是我们的优势,密切联系群众才是党的最大优势,但是这一优势不是与生俱来的,而是在很大程度上依靠说服、引导等非权力影响力才实现的。这一历史经验尽管形成于执政前,但对执政后的中国共产党农村基层组织依然具有适用性。执政后,我们党执掌着国家政权,农村基层党组织掌握着革命年代无法比拟的各种资源,这些资源应该更好地为人民服务,而不是变成联系群众的负担与障碍。在执政的条件下,政党、国家和社会的关系发生变化,党领导群众、整合社会的功能并非依靠权力资源就能实现,在很多情况下党组织直接运用行政权力作用于群众,效果未必理想。事实上,非权力影响力在一定程度上是权力的再生产、权威的再生成。特别在农村基层党组织可控资源日趋减少的情况下,非权力影响力的运用,尤为重要。

◆(三)运用社会资源整合农村社会

在革命战争年代和党内资源匮乏的条件下,农村基层党组织根据自身实际,灵活运用社会资源,通过成立农民政治组织、经济组织和利用乡村传统资源、农村社会精英开展工作,最大限度实现各项功能。

1. 成立农民自己的组织,提高农民的组织化程度

长期处于农村环境当中的党组织,为了取得农民的支持,把一个个分散的、原子化的农民组织起来,成立农民自己的组织——农民协会,既有利于提高农民自身的利益博弈能力,又能提高社会动员的效率,扩大信息传播的幅度。1928 年 7 月中央通过的《农民运动决议案》提出,革命的农民群众必须使之团结于农民协会或苏维埃之下。党只能经过党团的作用影响农协和苏维埃,更不能直接的命令或指挥群众。① 不仅革命战争年代党组织重视农民协会的建立与建设,而且新中国成立后一段时期,党强调把贫、下中农组织起来,以生产大队为单位,建立贫、下中农代表会议,并且组织委员会,作为农村贫农、下中农的阶级群众组织,成为基层党组织的助手和依靠力量。1964 年 6 月中央印发的《中华人民共和国贫农下中农协会组织条例(草案)》规定:"贫农下中农协会,是在中国共产党领导下,由贫农、下中农

① 《中共中央文件选集》第 4 册,中共中央党校出版社 1988 年版,第 365 页。

自愿组成的,革命的群众性的阶级组织。”①靠着农民协会,党组织把原子化的农民组织起来,扩大了农民的行动空间,为整合农村社会提供了组织载体。

2. 利用经济组织宣传党的政策

利用农村中的经济组织间接宣传党的主张与政策,是农村基层党组织实现自身功能的一个重要途径。农村经济组织与农民协会的一个不同之处在于,政治色彩淡化,一些不愿加入政治组织的群众往往乐意在经济组织中活动。为此,抗战时期农村基层党组织在农村耕田队、妇女生产组、变工队、扎工队、锄草队等经济组织中设立读报组,把读报活动搬到田间地头和社会的各个角落,使群众对党的政策有更多的了解,读报、办板报成为基层党组织进行政治动员的有力手段。有时党组织为经济组织提出工作目标,让这些组织出面,间接地在群众中宣传党的主张。同时,党组织在这些活动中培养骨干力量,发展入党积极分子,扩大党的政治吸纳功能。

3. 利用乡村传统资源开展社会教育

与城市相比,农村的乡土性色彩非常突出,民俗文化和传统势力对政治力量的影响较大。当党组织不方便直接对群众灌输意识形态与党的主张时,利用乡村传统资源进行扫盲和文化学习活动,往往能取得好的效果。比如,党组织在开辟农村根据地的过程中,往往利用集市、庙会、传统节日进行宣传活动,“采取文化棚、散发宣传画报形式,带着各种表情讲解国家大事、生产、卫生常识,并实地教给群众棉花打卡、纺织,群众很感兴趣。”②在少数民族地区和宗族势力较强的地区,农村基层党组织利用宗教场所、宗族力量开展工作,大大减小了工作阻力,提高了社会整合的效率。

4. 利用农村社会精英重构基层秩序

从革命战争年代到新中国成立后土改一段时期,农村中的士绅阶层、知

---

① 参见《建国以来重要文献选编》第18册,第584页。“文化大革命”之前,党对贫下中农协会的成立是十分重视的。自1965年春起,许多省、市、自治区先后召开了贫下中农代表大会,成立贫下中农协会或贫协筹委会,并由党政主要领导兼任同级贫协主任。与同时期其他群众团体的任职状况相比,这恐怕是绝无仅有的,可见党对贫协的重视程度。参见《贫下中农协会论述》,《中共党史研究》2005年第6期。

② 《陕甘宁边区教育资料·社会教育部分》(上),教育科学出版社1981年版,第193页。

识分子、会党帮社的头面人物以及乡村民团头目等精英分子，是影响农村基层秩序的一股重要力量。党要摧毁旧的农村政权，构建党的权威，必须取得这些乡村精英分子的认可。为此，农村基层党组织在很多情况下没有把他们直接推向对立面。比如，抗战时期在经济上维持他们的财产、土地；军事上没有强制镇压他们；政治上尊重他们，甚至一些会议邀请他们参加。在成立新的农村政权时，许多农村支部为这些农村传统精英留出位置名额，这对建立新的农村秩序，树立党的权威奠定了社会基础。

农村基层党组织运用社会资源整合基层社会的经验启示我们，农村基层党组织应根据不同条件，或者直接实施政治动员，或者通过基层社会组织实施间接动员。换言之，政党对整合社会的方式应该具体情况具体分析，而不是都由党组织出面开展工作，也不是只有在社会组织中建立党组织，才能凝聚社会。因为党组织在社会组织中发挥作用，最终要建立在组织成员对党组织认同的基础上。一般说，政党对社会的融入方式既可以进行“组织覆盖”——在社会组织中建立党组织，也可以进行“工作覆盖”——派党员宣传贯彻党的主张，还可以进行“影响力覆盖”——为社会组织及其成员提供服务，赢得社会认同。当条件成熟时尽量在基层社会组织中建立党的组织，党组织直接对基层群众开展动员工作（如当面沟通），发挥组织覆盖的优势。当条件不成熟时，可以先与社会基层组织负责人协商沟通，然后通过负责人贯彻党的意图和主张，或者派驻党员做基层社会组织的工作，发挥工作覆盖的优势。当在某些场合派驻党员或工作联络员仍然不适用时，可以采取“随风潜入夜、润物细无声”的间接融入方式，帮助群众解决问题，使群众逐渐了解党的主张，进而赢得社会的系统性支持。

◆（四）在从严治党中发挥整体功能

我们党长期处于农村环境中，农民出身的党员占了很大一部分。由于各个地区和不同时期党员数量发展的不平衡，有时为了应对特殊任务的需要而突击发展党员、大量发展党员，这就导致党员质量的参差不齐。同时，即使是农民中的优秀分子加入党组织后，并非意味着永远先进，有的党员仍然存有小农意识和非无产阶级思想。实践表明，党员的先进性与社会成分不成正比，即使是工人阶级中的优秀分子，入党后同样存在一个保持先进性的问题。因此中国共产党除了继承列宁的高度集中的组织建党原则、实行铁的纪律之外，还特别强调思想建党和党性修养。农村基层党组织正是依靠有效的思想教育和严格的组织纪律，保持了党员的先进性，增强了党组织的战斗力。

党员思想教育方面，突出表现在：一是教育的经常性。支部定期开会一次，党员定期汇报思想，负责人及时向上级党组织报告工作。二是批评的严肃性。对没有及时交纳党费的党员，党内进行通报。并且，党员之间经常开展严肃的批评和自我批评。三是培训的针对性。针对党员存在的问题，支部经常开办培训班，提升党员的思想认识。四是加强支部教育。比如，向支部派指导员，指导党员教育工作；提高支部干部文化水平；专门培训进行支部教育的干部。五是教育的开放性。除了一对一的谈话教育外，解决党员的思想问题，有条件的地方尽量邀请进步群众参加。这些措施，对端正党员思想，锤炼党性，发挥了重要作用。

从严治党的另一个重要方面是实行严格的组织纪律，不仅惩处制度严厉，而且执行坚决，既进行日常的纪律督察与处分工作，又不定期开展集中整顿工作。第一，对违反纪律的党员坚决处理。比如，抗战时期，陕甘宁边区对违法犯罪的党员干部从重判刑，即使对历经井冈山时期、长征时期的老干部和高级干部也不例外。第二，组织审查委员会，深入支部，逐一检查，把握政策界限，把敌探、托派、国民党及阶级异己分子，同军人及知识分子出身的干部犯有某些错误、缺点者，区分开来。第三，重点对党内的复杂成分进行改造，特别注意改造领导成分，提高领导骨干的水平。第四，以支部审查为单位，在审查支部干部的基础上，审查一般党员的个人历史及表现，重点处分有隐瞒、欺骗行为的党员。第五，把整顿基层党组织作为经常性工作，上级党组织派干部帮助基层党组织搞好整顿工作。党组织班子的整顿，保证了党的纯洁性，为发挥党组织的战斗堡垒作用，提供了坚强的组织保证。

总的来看，农村基层党组织在处理党员发展的数量与质量关系上，侧重把握质量；在严格要求党员与整顿班子方面，侧重干部监督。正是靠着决不手软、决不姑息的整党整风，才保持了党员的先进性。党的发展历程表明，党是一个矛盾统一体，党员也是一个矛盾统一体，不同程度存在马克思主义思想与非马克思主义思想的较量，因此必须开展党内斗争。新时期我们以改革创新精神推进党的建设新的伟大工程，强调增进党内和谐，并不是要放弃必要的党内斗争。正常的思想斗争不能放弃，坚决的反腐败斗争必须保持。农村基层党组织要可持续发展，需要开展严格的批评与教育，党员党性需要定期分析，农村基层党风廉政建设更要加强。当前，一些农村基层党组织战斗堡垒作用发挥不明显，与自身建设过于宽松有很大关系。部分党组织对党员的教育不严格，对干部的管理不到位，结果党员数量与质量不相称，党员教育与干部监督不平衡。实践证明，数量的增加不一定能弥补质量的不足，党员队伍的壮大并不意味着群众基础必然增强，有时数量过于庞大而质量不高反而会败坏党的形象。因此，加强农村基层党组织的自身建设，关键要严格教育党员，从严管理干部，发挥农村基层党组织的整体功能。

二、当前农村基层党组织功能实现途径存在的问题

改革开放以来，农村基层党组织带领农村群众推动“三农”工作，取得了历史性的成就，农业和农村经济结构不断优化，农村民主政治建设和精神文明建设继续发展，农民收入不断增加，总体上农村基层党组织的功能实现比较充分。但是，我们在看到成绩的同时，也应正视农村基层党组织的功能实现途径还存在一些问题。

◆（一）农村基层党建工作游离党在农村的中心工作

当前，党在农村的中心工作对农村基层党组织提出了新要求。

1.发展农村市场经济

社会主义市场经济既不同于计划经济，更不同于传统的小农经济，而是以市场为导向配置经济资源的经济形态。市场经济具有趋利性、竞争性、开放性、分化性，大市场对小农户的冲击很大。这要求农村党员要摒弃小农意识，增强市场竞争意识和提高市场行为能力，善于运用法律手段和市场手段

处理应对市场领域的新问题。市场经济的发展也要求农村基层党组织更新发展思路，改善领导农村经济的方式，探索引导农民进入市场、应对市场风险的有效办法。

2. 增强农村的开放性

开放性，包括城乡的互动和中国农村市场对国外的开放。随着城乡一体化进程加快，大量农民进入城市务工，但农民与市民并没有享受一视同仁的待遇，城乡差距扩大的趋势尚未根本扭转。虽然近5年来农民人均收入在增加，但城乡人均收入的差距并未缩小。2007年，农民人均收入与城镇居民收入的比例超过1∶3。此外，我国加入世界贸易组织后，国外对我国的农业影响日趋增加。据农业部对外贸易中心分析，入世对农民的收入每年大概减少1%到2.3%。[①] 随着开放格局的进一步拓展，跨国公司直接参与我国种植、加工、销售的各个环节，凭借成熟的农业产业体系挑战我国脆弱的小农经济，有计划、有步骤地蚕食我国的农业产业。因此，如何建设现代农业和发展外向型经济，成为农村基层党组织面临的迫切课题。

3. 实现农村的全面小康

党的十七大报告提出，全面建设小康社会的一个重要奋斗目标是人均国内生产总值到2020年比2000年翻两番。在农村，实现这个目标可谓任重而道远。比如，农业税免除后，并不意味着农民的负担完全消失，更不意味着彻底摆脱了贫困，有的地方还出现农民返贫的现象。温家宝总理在一次农村工作会议上也说："农民的负担到底有多重，谁也说不清楚，农民的负担是个无底洞。"[②]作为农民的主心骨，农村基层党组织不仅担负着为农民减负的艰巨任务，而且要把农村的"蛋糕"做大，为维护农村群众的根本利益奠定强大的物质基础。这要求农村基层党组织增强发展的协调性，加快发展农村社会事业，在全面改善村民生活的同时，进一步发展农村直接民主，建设农村先进文化和生态文明，让农民过上全面小康生活。

---

① 董振国、王汝堂、林嵬：《农业入世五年的近忧远虑》，《瞭望》2007年第4期。

② 转引自常洁：《小农户与大政府、大市场的博弈》，《农业发展与金融》2006年第5期。

应该说，党中央为农村描绘的蓝图催人奋进，但现实生活中，一些农村基层党组织面对党的中心工作的新要求，没有发挥应有的功能，没能承担起相应的职责，党建工作游离党在农村的中心工作。第一，仍然停留于计划经济思维。有些农村基层党组织停留于“催粮催款”，做计划生育工作。农业税取消后，干部无所事事，不知道做什么，农村公共服务缺失，特别是基本均等服务缺失。第二，党建工作与中心工作呈现“两张皮”。有的农村没有围绕发展开展党建工作，而是关起门来搞建设，就党建抓党建，只注重党员的发展、党费的缴纳、党课的讲授和民主评议；或者把主要精力集中于抓经济、抓项目，以发展代替党建，忽视党建这个基本工作；或者把党建工作作为经济工作的附属物，在发展经济的同时顺带“照顾”党建工作。农村党建工作与农村经济社会发展的失衡，造成一些农民对农村基层党组织的信任度降低。第三，面对农村新形势，党员干部出现“本领恐慌”。比如，改革开放以来农村市场经济的发展催生出农业基地、农村经营大户、联合体、农村股份制等不同经济实体，面对这些新生事物，农村基层党组织找不到工作抓手。随着各种观念的碰撞，市场经济原则与党内政治生活原则的矛盾日益突出，一些党员干部对此不知所措，无可奈何。

农村党建工作之所以游离党的中心工作，很重要的一点在于少数农村基层党组织把党建的过程与党建的最终目标割裂开来，把党建等同于党要管党，又把党要管党当做党只管党。事实上，农村基层党组织发展了多少个党员本身不是目的，问题主要在于是否围绕农村发展来做党员发展工作，党员是否带动了群众致富。同样，过组织生活只是加强党的领导的一个基础环节，只有围绕党员带头致富，带动农民致富等内容上党课、过组织生活才能真正加强党在农村的领导。农村党建的最终目标是要通过组织建设、思想建设、作风建设、制度建设来推动农村的进步和农民的全面发展。就是说，农村基层党组织在加强党的自身建设中促进农村发展，成为农村群众的主心骨和引路人。从这个意义上说，农村基层党组织要树立“大党建”理念，紧紧围绕农村经济社会发展更新组织形态，开展党的活动。

系统论认为，组织的生存、发展和壮大与系统的开放性有很大关系。组织自身是一个系统,内部由若干子系统构成,组织之外的环境则由若干系统构成。系统的发展离不开与周边系统与环境进行能量和信息的交换,正因为系统与其生存环境保持一致性,随环境的变化而变化,才保持生命力。当组织系统与周边环境系统不适应时,其能量、信息的交换便不畅通,由此影响到系统的生命周期。执政党作为一个系统,尤其是中国共产党这样一个复杂的系统,同样离不开与外部环境的物质、能量和信息交换,从而保持党内外的能量平衡。作为中国共产党这个复杂系统中的一个子系统,农村基层党组织所处的环境包含诸多系统,如各种基层经济组织、社会组织系统。所以,农村基层党组织的功能实现,有赖于与农村社会系统相契合——在目标选择上,农村基层党组织的功能目标应与农村经济社会发展的目标相一致;在结构安排上,农村基层党组织的结构设置,应同农村经济社会结构相契合;在活动方式上,围绕农村、农业、农民问题开展党建工作,否则党建封闭循环的结果只能是一潭死水、一盘散沙。胡锦涛指出:"孤立地抓基层组织建设,不会收到好的效果;而忽视基层组织建设,缺乏强有力的组织保证,经济建设也不可能搞上去,暂时上去了也不可能持久。"①正因为如此,农村基层党建工作要与农村经济社会发展相结合,与农村经济社会环境开展互动,把党员和党组织的政治优势、组织优势转化为经济优势和发展优势。这是农村基层党组织树立"大党建"理念的关键所在。

◆(二)农村基层党组织的行政化违背农村群众的实际需求

改革开放以来,农村群众的需求发生了变化。其一,农民成为市场主体后,经济自主权的诉求增加,希望党组织和党员干部尊重自己,允许自主种植、自主经营,土地使用权有保障。其二,农民民主意识增强,政治参与的层次提升,不但要管理村庄事务,而且希望了解乡镇事务,希望农村基层党组织在一些问题的处理上能与自己协商、沟通。其三,农业税免除后,社会化服务的需求扩大,农民期望农村基层党组织和乡镇政府加大公共服务的供给力度,发展乡村公益事业。其四,收入增加、生活改善后,村民的精神需求

① 胡锦涛:《把农村基层组织建设提高到新水平(一九九四年十月二十六日)》,来源:人民网。

拓展。城郊村、农村社区以及发达农村的精神文明建设更为丰富,农民工回乡后给农村居民带来新气象。农民不仅追求乡村民俗文化,而且接受都市文明,其需求逐步由传统型向现代型转变,由封闭型向开放型转变。

农民需求的新变化,要求农村基层党组织改进领导方式和活动方式,找准党组织与群众需求的联结点。但是,一些农村基层党组织仍然习惯于行政化的领导方式,因而不适应农村形势的新变化。例如,(1)强制命令。农村基层党组织做思想政治工作,往往采取行政动员的手段;随意撤销民选村干部;遇事不同群众商量,搞强迫命令;随意收回农民承包土地的经营权,强行征地,等等。(2)直接指挥。农村干部习惯于"吹哨子"、"喊号子",瞎指挥,不擅长自己动手,带头示范。(3)行政管制。农村党组织越位干预农村微观经济活动,采取行政命令推广农产品种植;直接为农民贷款担保;为企业提供"零地价";与企业捆绑上市;同市场主体直接签订合同。据报载,2007年2月,北京顺义区木林镇政府亲自出面,与北京盛华德投资公司签订"场地承包协议",将其下属的唐指山村将近1500亩土地(约占全村土地一半)出租给公司建跑马场。① 由于乡镇党委、政府把自己等同于市场主体,越位与公司签订合同,不仅违反了法律规定,而且损害了农民利益,因而这一做法引起当地村民的强烈抵制。

从全国来看,农村基层党组织的行政干预,违背了群众意志,削弱了党在农村的群众基础。据2006年中国农业大学下乡实践小分队对全国16个省的农村调查的结果显示,有33.4%的农民对村党支部所作的决定少部分或者不完全赞同;有30.4%的被访农民对村党支部作出的决定被迫执行。② 农村基层党组织长期的强迫命令和日益行政化,一方面导致自身功能的萎缩和村级组织的边缘化,另一方面加剧了党群关系的紧张,农村群体性事件频繁发生。事实表明,靠强迫命令实施党的领导只会激起群众的反抗,靠武力和行政强制力从来不能长治久安。针对农村基层搞强迫命令的现状,国

---

① 邢学波:《北京顺义跑马场圈地千亩,镇政府出面出租土地》,《京华时报》2007年2月24日。

② 蒋建科:《农民对农村"两委"工作满意度一般》,《人民日报》(内部参阅)2007年第1期。

务院总理温家宝2007年3月5日在政府工作报告中强调："推进社会主义新农村建设要坚持因地制宜、从实际出发，坚持尊重农民意愿，维护农民权益，反对形式主义和强迫命令。"①

行政化的产生有诸多原因。一是一些农村干部潜意识里存在官本位思想，尤其是少数乡镇党委的干部，把"领导群众"简单理解为下指示、发号施令。这种"为民做主"的意识，往往异化为直接下行政命令。二是革命战争时期和计划经济时期，行政命令曾发挥过重要作用，这些经验具有历史惯性，在社会转型期还会继续运行。三是"压力型"体制的影响。所谓压力型体制是指在中国政治体系中，地方政府为了加快本地社会经济发展，完成上级下达的各项命令任务而构建的一套把行政命令与物质刺激结合起来的机制组合。② 比如，县市给乡镇，乡镇给村里，一级一级用行政命令的方法把各种硬性指标，如财政税收、招商引资、国内生产总值增长率、文盲消除率、残疾保障等层层分解和下达。东部沿海某省的一个县级市对乡镇党委书记、镇长的考核，共100分，分为3块：一是双引（引入民间资本、工商资本和外商资本），其固定资产投入50万元以上的项目要有4个，其中要有1个项目在100万元以上。这个指标占40分。二是农民人均纯收入占30分。三是农村劳动力转移占30分。后两个指标各乡镇之间差别不大，关键是招商引资。③ 由于项目带动发展的战略是农村经济发展的重要力量，因此加快招商引资成为缓解财政压力，实现"持续增长"和"跨越式"发展的最直接、最有效的方式。无论是发达地区，还是内陆腹地，无论经济实力强弱，还是外来投资多寡，乡镇对招商引资都奉若神明。有的乡镇主要领导带队，出外寻找合作伙伴，有的乡镇党委书记自己都有招商任务，要"向上面交差"，有的乡镇三分之一以上的干部离岗招商，基层服务缺失。

另外，农村基层党组织直接掌握的资源日趋减少，客观上强化了行政化

---

① 海明威：《中央政府努力"纠正"屡遭"误读"的新农村建设》，新华网北京2007年3月5日电。

② 荣敬本：《从压力型体制向民主合作体制的转变》，中央编译出版社1998年版，第29页。

③ 张晓山：《浅析"后农业税时期"中西部地区的农村改革与发展》，《农村经济》2006年第3期。

的功能实现途径。比如，农业税取消后，一方面对于解决农民负担问题具有“釜底抽薪”的功效，但另一方面由于乡镇债务本来繁重，财政收入匮乏，许多落后农村的“吃饭财政”变成“要饭财政”。[①] 虽然中央财政转移支付的力度逐年加大，但具体到落后的乡镇，依旧是“杯水车薪”。而且，中央对乡村的财政转移支付与乡镇财政支出的缺口甚大，可能导致乡镇对上级的依赖性增强和乡镇对村民的行政强制性加强。有些农村的债务很重，一些乡镇为了完善财务管理，加强了对行政村的控制，比如，实行村财乡管制度和村工资标准由乡镇制定，这实际上以制度的形式把村干部的行政化进行固定。因此有的乡村一度沉寂的行政化领导方式死灰复燃。

事实上，农村基层党组织实行行政化的领导方式，是放弃自身的优势，舍本逐末。因为农村基层党组织是政党组织而不是行政组织，政党组织更多的优势是靠非行政权力去赢得群众。党的十二大报告特别指出：“党不是向群众发号施令的权力组织，也不是行政组织和生产组织。”[②]马克思主义国家学说认为，在社会主义国家的发展中，其职能逐渐由阶级统治转向社会管理为主。这启示我们，共产党对社会的领导与对国家政权的领导是有区别的。理论上讲，党依据宪法和法律进行社会动员，整合社会，但是在政府退出的社会领域，党不宜诉诸行政手段领导社会，只能用政党化的方式实施领导。政党组织与行政组织相比，政党组织主要不是靠权力尤其是行政权力开展活动，而主要以党员的人格魅力、政党威信开展工作，这种方式比“指挥”型的领导模式要好得多。从中国共产党的发展历程来看，中国共产党对党员的向心力，对社会的整合力和对群众的持久影响力，主要不是建立在权力的基础上，而是建立在党兑现对人民的承诺的基础上。正是靠全心全意为人民服务，为群众谋福利，中国共产党才获得了人民的持续认可和社

---

① 西方学者在研究非洲和东亚的政府腐败问题时提出过“掠夺性政府”的概念，近些年美国学者研究中国的农民负担问题使用了“掠夺性政府”的概念，特别是指中西部的县乡政府。他们认为政府攫取公共资源，但是不提供公共服务，本来为公众服务的机构变成了自养自肥。这种情况在少数农村还是存在的。

② 《十二大以来重要文献选编》(上)，人民出版社 1986 年版，第 51 页。

会认同。在很多情况下,当行政组织不便于开展活动的时候,政党组织恰恰可以填补“空白”,成为超脱于行政权力与群众之间的相对独立的政治力量。在行政组织无法触及的角落,政党组织可以以服务的姿态而不是以行政力量来“深入百姓家”,发挥行政组织不具有的独特优势。

◆(三)农村基层党组织的运行机制与农村治理新模式不融合

改革开放以来,国家在农村的制度安排出现重大转变,农村治理模式发生新变化。

第一,废除人民公社制度,基层政权从生产队一级撤出,恢复乡镇政权。政社合一体制下,农村基层党组织不仅直接掌握农村行政权和财政权,而且掌握着从生产计划到生产管理以及成果分配的经济管理权。所以农村基层党组织集政治、经济、文化和社会功能于一体,农村以基层党组织为轴心,围绕党组织网络而架构,具有“单位社会”①的特征。人民公社制度的废除,使生产队和村级组织有了一定的自主权。后来,部分地区试行乡镇党组织领导班子直接选举,并逐步扩大直接选举范围,乡村治理体制逐渐革新。

第二,实行家庭联产承包责任制,农民的经济自主权扩大。少数农村出现“土地到了户,不要党支部”的现象。“实行土地承包之后,农户获得了土地使用权,家庭的生产经营功能得到恢复,农户取代生产队成为经济活动的基础单位。村落组织则失去了管理农村居民的经济调控手段。”②由此,农民对村集体的依赖性降低,党组织与农民的关系发生松动。

第三,实行村民自治制度,形成村民自治组织与村党组织并存的二元政治格局。村民直接选举村干部,党管干部的原则在村庄遇到新考验,党的一元化领导格局被打破,农民的政治自主权扩大。至此,农村基层党组织虽然

---

① 有学者认为,改革开放以前中国几乎所有的社会组织都是单位组织。单位制度的特征主要是:国家全面占有和控制各种社会资源,处于一种绝对的优势地位,进而形成对单位的绝对领导和支配;单位全面占有和控制单位成员发展的机会以及他们在社会、政治、经济及文化中所必需的资源,处于一种绝对的优势,进而形成对单位成员的绝对领导和分配。参见李汉林:《中国单位社会:议论、思考与研究》,世纪出版集团、上海人民出版社2004年版,第6页。

② 陆学艺主编:《内发的村庄》,社会科学文献出版社2001年版,第5页。

是农村的领导核心,但直接掌握的资源已大为较少,以农村基层党组织为领导核心、以村民自治为主体,各类经济社会组织参与管理的“乡政村治”模式基本形成。①

第四,国家全面取消农业税,结束了中国几千多年来存在的古老税种,农村出现“千年未有之变局”。进入后农业税时代的农村,国家与农民的关系发生重大变化,党群关系也发生相应变化:过去党群之间的密切联系建立在直接利益链接的基础之上——直接掌握各种资源的配置以支撑领导核心地位,而农村改革使党组织与群众之间的利益链条出现断裂,农村基层党组织的功能实现空间进一步缩小。

面对农村治理模式的新变化,一些农村干部对农村经济和政治结构的变迁反应迟缓,纵向垂直指令式、封闭集中型的农村基层党组织运行机制依旧没有跳出计划经济时期的框架束缚,与农村基层政权组织、群众性自治组织的运行机制不契合,矛盾冲突时有发生。这突出表现在村支部与村委会的冲突以及乡镇党委、政府与村委会之间的不协调。一些乡镇党委通过村党组织体系向村庄传送政策法规的同时,渗透行政权力,替代村民自治组织的决策,挤压群众自治的空间。这在一定程度上加剧了农村基层党组织与其他组织之间的矛盾和冲突。

产生矛盾和冲突的原因是多方面的。从宏观层面讲,农村基层党组织与治理新模式不融合,很大程度上在于农村政治体制改革滞后于经济体制改革,农村党内民主建设滞后于村民自治的发展。这既与整体制度设计有

---

① 关于完善乡村治理模式的问题,目前研究者提出了很多建议主张:其一,“县政+乡派+村治”模式,即县成为国家在农村的基层政权,变乡为县的派出机构。村治的主要任务是搞好村民自治;其二,“县政+村治”模式。即取消乡镇机构,由县直接管理村,并适当将县的县政区划缩小;其三,“乡政+村公所”模式,即将乡镇政府建设成为一级完备政府。在乡镇政府下,设立派出机构——村公所;其四,“乡政+村治”模式,即村一级不设基层政权,乡镇属于国家在农村基层政权的最底端,乡镇以下实行村民自治;其五,“乡治+村政”,即乡镇实行自治,乡镇长由选民直接选举产生,同时在村一级设立乡镇政府的派出机构,在自然村、村民小组设立村社;其六,“乡政自治+村庄自治”模式,即乡镇领导人由乡村人民直接选举,乡镇在国家法律范围内享有独立的决策权和管理权,村民直接管理自己的村庄;其七,“乡治+村民自治”,即县以下都实行自治,撤销乡镇政府,建立自治组织,加强村级自治组织。

关,也与一些干部的观念落后有关。比如,认为农民文化素质低,条件不成熟,不宜发展农村直接民主;经济欠发达的农村,民主发育程度低;发展农村直接民主,不利于农村基层党组织的领导;发展农村直接民主只是一种工具,等等。这些模糊认识以及本身固有的体制束缚,一方面使得农村基层党组织没有摆脱一元化的领导方式,没有把村民自治组织当做一个相对独立的微型政治主体来对待,对村委会尊重不够,甚至潜意识里把村级组织看做自身的附属物。另一方面,一些农村基层党组织依旧把政策当做农村治理的主要手段,习惯于“我管你”、“替你做主”的单向思维,而不善于在宪法和法律范围内活动,依法执政、依法办事的能力不强。因此,党的领导与村民当家做主没能协调好,一些党组织在农村治理过程中与群众发生冲突,由此导致农村基层党组织的“核心地位”事实上陷入“边缘化”困境。摆脱这种困境,亟须更新观念,创新体制和机制。

◆(四)农村基层党组织的自身建设游离农村党员队伍的新变化

随着农村经济社会的稳步发展,农村党员队伍发生了新变化。

一是阶层分化明显。职业的多样化,使得过去农民阶级清一色的格局被打破,党员内部出现乡村干部、乡村企业管理者、私营企业主、个体劳动者、农村知识分子、兼业劳动者、农业劳动者、农民工、失业或无业人员等不同社会阶层。阶层分化,带来党员内部的收入差距拉大,富裕党员与生活困难党员同在一个党支部,其话语方式与利益诉求差异明显,党员的同质性被裂解,党组织的内部关系复杂化。由此,农村党员的社会地位、角色定位相应发生变化。这些变化进一步导致农村矛盾复杂化,家庭内部的矛盾、农户与农户之间的矛盾、村民小组之间的矛盾、村民与村干部的矛盾、村与村之间的矛盾、村与乡镇之间的矛盾交织叠加。

二是党员流动频繁。过去,农村呈封闭状态,农村党员守望田园,生活半径大多数局限于村庄。随着农村经济的发展,乡镇企业的异军突起和进城民工潮的兴起,促使党员有的离土,有的离乡,打破了传统固守三分地的生产习惯和生活方式。党员流动,一方面使他们由过去的单纯生产者变为具有法人地位的市场主体,由社员变为享有群众自治权的村民,既是农民,又是党员,成为多元思想并存的“矛盾统一体”。另一方面,党员流动给党员的教育与管理带来挑战。许多流动党员长时间生活在城镇和都市,很少回乡过组织生活,在工作所在地也基本不参加组织生活,成为“口袋党员”、“隐形党员”。农村社会流动使农村基层党组织开展党的活动面临困难,有些农村支部由于到会党员不足法定人数,会议表决、预备党员转正都难以进行,党的组织生活难以正常开展。

三是党员结构失衡。农村基层党组织党员数量与质量的矛盾比较突出。有的乡村采取行政动员的方式完成入党数量指标,有的地方则是长期不发展党员,村支书怕发展党员担责任,或者嫌麻烦,或者担心青年党员威胁自己的地位。市场经济的发展伴随着各种思想观念的交织,这对一些农村青年产生很大冲击,致使一些农村入党积极分子减少。大量青壮年、能人、经营能手外出务工,村庄只剩下空巢老人、留守儿童以及老弱病残农民,这导致党员队伍青黄不接,青年党员偏少,中老年党员过多。农村精英的流失不仅影响到党员队伍的生机与活力,而且使党组织负责人和农村带头人的选拔受到严重影响,村庄发展的人才资源和干部配置面临挑战。

面对党员队伍的变化,一些农村基层党组织力不从心,在自身建设方面比较乏力。

比如,农村干部队伍的保守与守旧意识。在经济结构、社会结构发生深刻变动的背景下,一些农村党员干部的观念并没有发生相应变化,依然停留于“以阶级斗争为纲”的思维框架和计划包办的惯性当中,“越穷越革命”的理念根深蒂固。党组织的活动不是围绕经济发展、增加收入、改革创新来开展,党员不敢富裕、无法富裕,更不能带动群众脱贫致富,因此党员干部在农村群众的威信大大削弱。改变这种局面,必须破除旧的观念,大胆创新,把党组织的建设置身于农村改革与建设的大舞台,增强组织的生机活力。

又如,对流动党员停留于静态管理。有的流动党员想过组织生活,但在城市找不到“组织之家”,回乡过组织生活,或者与工作时间相冲突,或者经济条件不允许,结果长期的“城市边缘化”使他们成为被遗忘的角落,党员意识随之淡化。农村基层党组织“守株待兔”式的党员静态管理办法,对此一筹莫展。面对党员思想呈现出独立性、选择性、多变性、差异性,一些农村的组织生活依旧局限于念文件等传统内容。有的党员好不容易参加党组织活动,但因内容单一,上党课、学习文件和思想教育难以激发他们的"兴奋点"。据上海的党员思想状况专题调查显示,约半数比例的党员认为党组织活动不新颖、效果不好;党组织政治思想工作的功能有待强化。① 可见,如何针对农村党员变化的实际,实施党员动态管理,是一个崭新课题。

再如,农村基层党组织的吐故纳新机制不适应党员先进性的发展需求。新时期我们党不但要保持先进性,而且要发展先进性。一方面,计划经济体制下发展农村党员,在坚持"德才兼备"的原则上主要发展"道德力量"党员,农民称为"好人"党员。但农村经济社会的发展对党员的先进性提出了新的要求,仅凭道德权威很难维系党员在农民心中的权威,农民对"能人"的认同超过对"好人"的认同。这客观要求农村基层党组织更新观念,优化党员"进口"机制,建设一支走在时代前列的党员队伍。另一方面,农村能人的问题又比较复杂,比如有的致富能手公益心强,带领很多农民脱贫致富,但本人以前有过失误,在农村人才缺乏的情况下,党组织对能否发展他们入党,没有把握。而有的致富党员当选村支书或村主任后,或者中饱私囊,或者没有带领农民致富。如何适应新形势新任务,正确解决能人入党、"富者为村官"等问题,培养和选拔一批体现新时期党员先进性、带领群众发展致富的农村带头人与村干部,是农村基层党组织自身建设的迫切任务。

三、国外政党基层组织功能实现途径的经验及启示

任何政党的活动,在某些方面都会表现出一定的共性。农村基层党组织既具有马克思主义政党的特殊性,也具有政党的一般属性。同样,国外其他政党的基层组织与农村基层党组织相比,也有某些相通之处。回顾和总

① 中共上海市委宣传系统"组织文化"建设课题组:《关于基层党组织"组织文化"建设的思考》,《上海党史与党建》2004 年第 10 期。

结国外基层党组织探索功能实现途径的经验教训，具有重要的现实意义。

◆（一）防止政党组织的官僚化

所谓政党官僚化，主要指：党内的权力运行呈单向式的指挥命令状态；组织活动具有封闭性的特点，组织结构僵化，对外界环境的反应迟钝，适应性差；过分强调人对制度的服从，人的理性服务于组织规章的工具性，个人活动空间小；上级与下级的信息不对称，资源配置不平衡，组织具有寡头化和专断的倾向。从世界政党发展史看，结构松散型、高度集中型和民主紧密型的政党，都有产生官僚化的可能。东欧工人阶级政党和其他结构集中型政党的官僚化痼疾较为明显，比如前苏联共产党长期党政不分，基层党组织直接给基层各类组织下达命令，集体农庄中的党组织不了解群众的需求。而西方松散型的政党在发展早期，官僚化较为突出，比如，美国早期的“政党分肥”和争夺官爵的现象削弱了政党联系群众的功能，后来随着政党现代化的推进，官僚主义才逐渐减少。

西方政党基层组织官僚化的逐渐淡化，在很大程度上与其结构设计和运行机制有关。其一，组织结构相对松散，上级组织与下级组织很少有直接的领导与被领导关系，党内骨干一般没有特定的组织隶属性，这就减少了基层党组织活动僵化的可能。比如，美国、英国政党的上级组织很少对下级组织直接发号施令，也很少直接调任党的骨干。其二，党的地方组织和基层组织很少有直接的“命令—服从”关系，党组织内部注重平等自由，尊重个体选择，组织成员的自主空间很大。地方组织也不一定听命于全国党的领袖。全国性的基层党组织之间呈现开放性，信息共享，横向交流频繁。基层党组织的负责人与组织成员之间通过协商、沟通等方式保持联系。其三，西方政党的组织与社会其他组织，绝大多数不存在组织层面的联系，更没有组织意义上的隶属关系和支配关系。[①] 比如，美国政党在社区的基层组织——草根组织，与社区非政府组织、非营利组织和民间社团之间的联系不是组织隶

① 郭亚丁：《政党差异性研究——中国共产党与西方政党的比较》，中国经济出版社2005年版，第106页。

属性联系,而是通过游说、服务等方式将党的政策融入社区发展之中。英国工党和保守党无论是执政期间,还是在野期间,纷纷致力于党的社区政策宣传。其四,党组织与政府之间没有截然的党政分开,党的骨干常常兼任政府职务,但不以组织的形式介入政府的运作。否则,“党组织作为组织行使政府职能,不但使党组织离开了沟通群众的位置,变得国家化、行政化,而且使民主政治中代表者与被代表者之间、授权者与被授权者之间、权力与责任之间的关系变得紊乱,导致官僚主义。”①

总体上看,西方政党的组织结构多数呈松散状态,有其自身的特殊性。比如,西方政党大多在市场经济与和平的土壤中形成,“阶级斗争”思维相对淡化,选举色彩较浓;政党产生于政府之后,国家力量限制政党的力量,党政融合的可能性小。应该说,这些特点源于他们的具体国情。西方政党的纪律松散和结构之间的横向灵活沟通、组织成员的相对自由活动,利弊兼而有之。其弊在于:执行效能较低、集中力量办大事相对较弱、凝聚党员欠缺、社会整合力度过小。其利在于:基层党组织自主权较大、个人行动的空间因为相对较大而有利于调动党员的积极性;基层党组织与社区组织的非组织性隶属关系,有利于政党功能定位的清晰。特别是政党草根组织的内部,尊重成员的个性,注重感化与沟通,而对外部组织侧重横向交流和良性互动,有利于防止组织的官僚化。

中国的国情、党情具有特殊性,对于西方政党基层组织的一些做法,我们既不能完全照搬,也不宜简单抛弃,而应根据自身的实际,推进基层党组织的革新。比如,中国共产党在严格执行民主集中制的基础上,可以拓展党组织与党员的互动空间以及党组织与党组织之间的横向协作、党组织与其他组织的沟通合作,这样有利于提高基层党组织对基层环境的适应性。当然,强调党组织的横向协作,不是抛弃纵向管理的组织体制,否定个人服从组织、下级服从上级、少数服从多数、全党服从中央的组织原则;注重基层党组织与基层社会组织的互动沟通,不是否定党组织在基层社会中的领导核

① 王长江:《现代政党执政规律研究》,上海人民出版社 2002 年版,第 129 页。

心地位。当前农村各种势力、各种力量的博弈成复杂态势，少数农村基层政权为非法势力、地下势力所把持，成为非法利益的角逐者和黑恶势力的保护伞。在这种情况下，农村基层党组织要处理好与其他组织的关系，既要给农村基层党组织下放权力，又要坚持民主集中制，不能让小农意识和无政府主义、绝对平均主义复活；鼓励农村党员畅所欲言，但不能形成党内派别，一盘散沙；突出农村基层党组织的服务功能，但不能把服务农村群众异化为"尾巴主义"，落在农民的后面。总之，农村基层党组织适当推进自身的现代转型，有利于应对基层的变化，防止党组织的行政化和党员干部的异化。

◆（二）完善党群沟通联系机制

党群关系是政党活动的核心内容，这在政党基层组织中表现得尤为明显。无论是何种性质的政党，几乎都注重党群之间的沟通。美国政党最基层的组织叫"投票区委员会"，又称"草根组织"。每一投票区委员会设男委员和女委员各一人。凡是政党竞选的一切社交活动和服务工作，他们不但必须参加，而且要采取主动和积极的态度从中引导。在贫瘠的地区，美国政党基层组织为终日忙碌的选民举办各种消遣活动，让他们免费参加娱乐，甚至用汽车接送，并且随时为选民排忧解难，周济贫困，介绍工作，争取把社会服务工作做好。①

新加坡人民行动党基层支部的工作主要表现在议员联系民众的制度化。比如，支部负责人一般都是国会议员，在每周一次的选民接待日时，佩戴党徽的议员，在选区支部内与选民见面。议员每次接见民众，支部都要做大量的准备工作，如接待民众，或帮助前来求助的居民填写登记表，帮助议员处理有关函件等；议员到选区居民家中走访，支部成员全程陪同。② 平时支部主要向居民传达政府信息；向政府反映民众的意见和建议；协调举办大型群众性活动；促进邻里和谐，培养积极公民，组织并推动社交、文化、教育及康乐活动；举办电脑、烹饪、书画、音乐、舞蹈等各种类型的培训班，以提高

---

① 周淑真：《政党和政党制度比较研究》，人民出版社2001年版，第45—46页。

② 李路曲：《新加坡人民行动党是如何处理党群关系的》，《马克思主义与现实》2005年第2期。

居民技能等。[①] 由于人民行动党的支部秘书和支部委员工作热情，各个支部与选区内的居民建立了制度化、经常化的联系，因此支部受到了广大民众的敬佩和拥戴。

越南共产党最基层的组织叫乡坊，越共 80% 的党员集中在乡坊。乡坊党组织每年要组织群众大会对当年人民委员会及其主席的工作进行评议，乡坊党委书记必须在乡坊群众代表面前进行批评和自我批评；对由人民议会选举产生的主要职务——人民议会主席和人民委员会主席还要通过群众投信任票的方式对其进行评议。古巴共产党的重要领导干部上班第一件事就是阅读群众来信，并经常听取群众意见，及时改进工作。古共还有一个不成文的规定，各级领导在没有紧急事务的情况下，不得拒绝沿途群众搭乘领导专车的要求。[②]

各种政党都强调基层组织在联系群众中的突出作用，其要义在于政党是把国家与社会联系起来的联动机制。政党既不能等同于国家，党政一体，又不能等同于社会，代民做主。要使社会与国家的联动机制转动起来，政党必须在社会与国家之间找到一个契合点，这个契合点就是党群沟通的制度化。政党执政合法性的增强，很大程度上来源于基层党组织赢得社会的制度化支持。基层党组织不仅需要深入群众，了解群众需求的变化，而且必须对群众的诉求及时作出回应，比如在公共场合基层党组织负责人与基层民众开展社会协商对话，定期收集民众的舆情信息并向群众反馈。这些制度化的沟通设计，以尊重民众、对“纳税人”负责为目标，因此，在那些政党身上，“主权在民”并非纯粹是水中望月、雾里看花。尽管西方国家政党在实践中多少存在虚伪的一面，但其党群沟通的制度设计不完全是空中楼阁。新加坡人民行动党的成功实践表明，在一党长期执政的条件下，探索党内民主和党外监督的有效途径是完全可能的。这启示我们，通过制度化的渠道

---

① 刘阳：《从政党的组织结构和组织制度看新加坡人民行动党长期执政的原因》，《当代世界与社会主义》2005 年第 6 期。

② 中共中央组织部党建研究所：《党建研究纵横谈（2005）》，党建读物出版社 2006 年版，第 350 页。

密切党群关系，增强为人民服务的刚性，减少弹性以防止执行不力，是一党长期执政的核心所在，是赢得群众认同的力量源泉。

对中国共产党来说，基层党组织在联系群众方面尤其具有优势，因为基层党组织有着优良的传统，党员长期与群众直接接触，具有党群沟通的政治优势和组织优势。但是，这种优势不是与生俱来的，也不是一劳永逸的。这种优势在长期执政的条件下要一如既往地保持下去，既需要增强党员的群众观念，更需要通过制度设计把这些群众观念转化为现实的群众路线和服务群众的生动实践。只有不因党员干部的变化而变化，不因党员干部想法的变化而变化，基层党组织才能更好地服务基层群众，把群众团结在党的周围。只有这样，党群之间的血肉联系才能恒久，中国共产党才能更好地成为群众性的政党，成为牢不可破的马克思主义政党。对于农村基层党组织来说，加强党组织与农民的制度化联系，通过制度安排增进干群之间的理解与支持，使乡村干部的行为置于农村群众的监督视野下，是凝聚群众的有效途径。

◆（三）扩大党员权利，增强基层活力

党员是党组织的细胞，党员的权利实现程度，直接关系到“组织活性”，中外政党在这方面无一例外。英国工党 1997 年起建立新的决策机制，扩大普通党员的参与权。比如，把党员投票制度从党内选举扩大到政策选择，如党章第四条国有化条款的修改、党的竞选宣言，都通过党员投票来确定。英国保守党 1997 年年会，改变过去普通党员和基层干部在制定党的政策和选举领袖等重大事务上参与不足的局面，规定成立选举团选举党的领袖，选举团由议员和普通党员代表共同组成，党内重大决策须经全体党员投票决定。[①] 德国社民党强调自己是“成员党”，即以普通党员为主体的党，为此启动“红色电脑”与“红色手机”计划，准备将该党的 12500 个基层组织全部联入内部信息网，并通过移动通讯终端向所有党员发布有关消息。近年来法

① 王长江：《中国政治文明视野下的党的执政能力建设》，上海人民出版社 2005 年版，第 235 页。

国社会党也采取了不少措施。比如,党的领导人的选举由党代表选举改为全体党员投票选举;党的所有决议交由全党表决,在各基层支部经常组织讨论会,就重大时事问题征询党员意见;党的全国领导人深入基层,每年向党的基层支部书记作工作报告,以增强上下之间的沟通和交流。[①] 绿党的一切领导机构都由基层直接选举产生,决策权属于党的基层组织。比如,绿党每年召开一次的全国会议不是由各州的党组织,而是由地方和基层党组织直接选举的代表参加,就政治问题和政策作出决议。并且规定,县以及县以下党组织召开的会议,全体党员均可参加。绿党的党员和党外人士都可以向各级绿党机构、绿党官员直接提出建议或问题。[②] 越南共产党全国代表大会的报告,会前提前发给全体党员进行修改,让基层党员提意见。在基层党委的换届选举中,越共突破了以往只有村级党支部书记进行直选的方式,有选择地在一些地方进行乡坊党委书记的直选试点。[③]

世界政党基层组织的自我革新,引出了一个问题:为什么不同类型、不同性质的政党都注重保障和扩大党员的权利?其原因在于,政党的党员,来自不同的区域、不同的行业,价值观念和思维方式实际上是有区别的,入党动机尽管理论上应该一致,但在现实中是有差别的。正因为有差别,所以需要不断革新,与变化了的实际相适应。党员加入某个政党,除了奉献和工作,还有合理的利益诉求。如果党员自我需求长期无法实现,如果在党内被边缘化而得不到应有的尊重,那么党员对党的向心力便要下降。20 世纪许多国家的政党,不少党员对党的政策主张、意识形态等逐渐失去兴趣,党的活动参与频率低,关键在于党内民主的不足削弱了党的吸引力,有的政党由此出现大规模退党的现象。当前,我们党的一些农村基层组织在维护党员权利,保障党员合理利益方面比较乏力,导致党员的忠诚度下降,少数基层党组织在争取群众方面输给了其他基层组织。2004 年,瑞金市委组织部收

① 唐君、辛易:《国外政党执政镜鉴》,浙江人民出版社 2005 年版,第 240 页。

② 王长江:《中国政治文明视野下的党的执政能力建设》,上海人民出版社 2005 年版,第 240—248 页。

③ 俞海芸:《越南共产党的基层民主制度建设》,《当代世界》2005 年第 9 期。

到一封特殊的来信。写信人是一位有46年党龄、曾担任过19年村党支部书记的困难老党员，因主客观原因，他逐渐淡化了对共产主义的信仰，成为一名宗教活动的组织者。他在信中写道："我受党教育40多年，今天走到了这一步，我既感无奈更感无助。40多年来，我一直对党充满感情，但是在我最需要党的时候，党却好像把我忘记了。"①所以，无论是组织结构分散的政党，还是组织体系非常严密的政党，都面临相同的问题：怎样发扬党内民主，保障和扩大党员的权利，增强组织对党员的凝聚力。

党内民主是党的生命，没有基层民主，就难以增强基层活力。十七大报告强调，要坚持党员主体地位。这一重要论述不是抽象的。坚持党员主体地位，应该具体落实到基层党组织的日常工作中，维护和实现基层党员的具体权利。离开具体的权利，党员义务的履行便会困难重重，党员很难相信他们的根本利益能够实现；同样，离开现实权益而抽象谈论党的纲领，他们很难坚信远大理想能够实现。科学社会主义之所以是科学而不是幻想和空想，就在于责任与义务建立在权利实现的基础上，信仰建立在现实的基础上。具体到基层党组织，就是要做到：党员是党内的主人；党员在党内一律平等；党员能够参与和管理党内事务；个人服从组织，同时组织也关爱党员。正是从这个意义上说，基层党组织要通过有效的途径，让党员在增强责任使命感的同时享有主人翁感，把党员的党性和个性有机统一起来。具体到农村，就是要运用包括现代通讯在内的各种方式保障和扩大党员权利，把对农村党员的教育管理融合到党内关怀中去。惟其如此，党组织才能凝聚党员，并通过党员凝聚群众、整合社会。

---

① 周建：《瑞金市改进党员教育管理工作的做法与思考》，《党建研究内参》2007年第9期。

第三章

由游离中心到围绕中心：农村基层党组织在推动经济社会发展中实现功能

长期以来，一些农村基层党组织游离党的中心任务开展党建工作，或者摒弃党的自身建设而孤立地围绕中心开展工作，或者机械地、封闭地抓党建而忽视中心工作，致使党组织的功能实现不充分。改变这种状况，农村基层党组织必须由游离中心向围绕中心转变，即把党建工作同党的中心工作紧密联系起来，使党组织的政治优势与农村生产力相结合，与农村经济基础相适应，运用政治资源科学优化和配置农村的经济社会资源，围绕推动农村经济社会发展这一中心任务加强农村党的建设。

一、把握农村党建工作与经济社会发展的结合点

农村基层党组织的诸多功能，一方面其属性存在于党组织的内部，另一方面其内容又指向党组织的外部环境，党组织的内部环境与外部环境的关联互动，要求农村基层党组织实现自身功能，重在把握农村党建工作与农村经济社会发展的结合点。

◆（一）围绕经济社会发展加强农村党建工作的必要性

1. 围绕经济社会发展加强农村党建工作，是保持党的先进性的要求

党的先进性不是自封的和与生俱来的，并不因为有了制度文本、法规文本就自然而然体现了先进性。党的先进性是具体的、历史的。党的先进性

总是同党在一定历史时期或历史阶段的中心任务联系在一起,随着时代的发展而变化。因此,离开时代主题谈党的先进性没有意义,把党的建设同时代发展提出的新任务对立起来没有出路。唯物史观认为,生产力是最革命最活跃的因素,是社会发展的最终决定力量,也是社会经济制度、政治制度与意识形态变革的内在依据。生产力的发展要求是历史发展方向的基准。能否反映并代表这种要求,是衡量一个政党是否先进的根本标准。毛泽东曾指出,中国一切政党的政策及其实践在中国人民中所表现的作用的好坏、大小,归根到底,看它对于中国人民的生产力的发展是否有帮助及帮助之大小。中国共产党作为中国先进生产力发展要求的代表,是党的先进性一个重要表现。尤其在历史转折的重大关头,中国共产党更要代表时代发展的要求,不断打破生产力发展的桎梏,促进先进生产力的发展。从党的纲领目标来看,社会主义的本质之一是解放生产力,发展生产力。社会主义作为较资本主义更先进更合理的社会模式,其立论的重要根据在于它能更快速、更高效地解放和发展生产力。当前,"我国仍处于并将长期处于社会主义初级阶段的基本国情没有变,人民日益增长的物质文化需要同落后的社会生产之间的矛盾这一社会主义主要矛盾没有变"①,这一矛盾在农村表现得尤为突出,能否解决这个矛盾关系到农村基层党组织在农村的威信。因此,农村基层党组织的先进性,不仅表现在发展党员、开展党的活动上,而且体现在推动经济社会发展上。

2. 围绕经济社会发展加强农村党建工作,是实现农村现代化的要求

推进现代化建设是新时期我们党面临的三大历史任务之一。现代化孕育着稳定,而现代化的过程滋生着动乱,"处于现代化之中的政治体系,其稳定取决于其政党的力量,而政党强大与否又要视其制度化群众支持的情况,其力量正好反映了这种支持的规模及制度化的程度。"②中国是后发现

---

① 胡锦涛:《高举中国特色社会主义伟大旗帜,为夺取全面建设小康社会新胜利而奋斗——在中国共产党第十七次全国代表大会上的报告》,人民出版社2007年版,第14页。

② 塞缪尔·P.亨廷顿:《变化社会中的政治秩序》,三联书店1989年版,第377页。

代化国家,工业化和城市化趋势一定程度上导致农业和农村发展的相对滞后。随着现代化因素的注入,农村逐渐出现新问题和新矛盾。一方面,农村社会在转型过程中,原有的政治结构、权力结构和行政方式、价值理念尚未彻底改变,而新的生产方式、利益关系和新的思想观念还没完全形成,封建遗风尚存,农村内部分化加剧,利益诉求多样化,支撑农村新秩序的国家权威和政党权威出现一定程度的削弱,基层政权由此呈现复杂态势。这使得中国农村现代化与西方发达国家有很大不同,与拉美国家的现代化模式也有较大区别。为此,推进农村现代化建设,需要农村基层党组织这个领导核心力量,维护农村的发展秩序和保持社会稳定。另一方面,从经济学角度看,农业现代化的本质是资源的优化配置,以丰裕资源替代稀缺资源,通过资源的合理流动产生公平效益。实现农村资源的科学重组与配置,保持农村各种力量的关系均衡,需要农村基层党组织围绕经济社会发展统观全局、协调农村各组织、各群体的复杂关系,引领农民走向现代化。

3. 围绕经济社会发展加强农村党建工作,是贯彻落实科学发展观的要求

科学发展观的第一要义是发展,落实在农村党的建设中,就是要农村领导班子成为贯彻党的理论和路线方针政策、善于领导科学发展的坚强领导集体,农村党员干部成为科学发展观的忠实执行者与社会和谐的积极促进者。为此,农村基层党组织应紧紧围绕发展开展工作,以经济建设为中心,促进农村全面发展,此其一。其二,科学发展观的核心是"以人为本",这要求农村基层党组织要关爱党员,发挥党员队伍在先进性建设中的主体作用;把立党为公、执政为民作为工作的目标指向,以维护农村群众利益作为农村党建工作的价值取向,发挥农民在社会主义新农村建设中的主体作用,在推动经济社会发展的基础上,增加农民收入和社会福利,使农村基层党组织的全部工作符合群众的新期待。其三,科学发展观的基本要求是全面协调可持续,这要求农村基层党组织不断拓展自身的组织空间和工作载体,以能力建设和先进性建设为主线,整体推进思想建设、组织建设、作风建设、制度建设和反腐倡廉建设,通过整体推进农村党的建设,促进农村的经济建设、政

治建设、文化建设与社会建设,健全"让党员受教育、农民得实惠"的永葆党员先进性的长效机制,实现农村的科学发展和党组织的可持续发展。其四,科学发展观的根本方法是统筹兼顾,这要求农村基层党组织从我国总体上进入了以工促农、以城带乡的发展阶段这一背景出发,围绕统筹城乡发展的目标,增强党建工作的开放性,把党的组织触角向城市延伸,利用好农村资源与城市资源,促进城乡经济社会发展一体化。

4. 围绕经济社会发展加强农村党建工作,是增强党在农村执政基础的要求

在政党政治格局中,经济资源是极为宝贵的执政资源,对经济工作的控制是世界各国执政党的共同选择。对中国共产党而言,领导国家政权不能脱离农村的经济根基,加强对经济工作的领导是实现党的领导的重要载体。随着改革开放的深化,经济体系在整个社会生活中的地位越来越突出,人们对政党组织与经济体系的关系的认识也日益多样化。一方面,思想领导、政治领导、组织领导是党的领导的主要方面,但不是党的领导的全部内容。提高党驾驭市场经济的能力,成为加强执政能力建设的迫切要求。2010 年 10 月召开的十七届五中全会特别强调,必须加强党的执政能力建设和先进性建设,不断提高党领导经济社会发展能力和水平。因此,推动农村经济社会发展,是农村基层党建工作的重要内容。另一方面,围绕经济社会发展加强党建工作,又必须改善党对经济工作的领导,提高领导水平,党组织不能干预微观经济活动。就农村基层实际来看,大量农村事务与经济事务紧密联系在一起,领导农村经济是农村基层党组织的实施领导的物质基础。尽管村民自治组织对村级经济事务具有管理权,但党组织依旧拥有对农村经济发展的领导权。经济基础决定上层建筑,建立在以经济建设为中心这一基础上的发展,才能更好地实现农村的全面发展。农村基层党组织只有坚持对农村经济的领导,才能巩固党在农村的执政基础。

◆(二)找准农村党建工作与经济社会发展的结合点

"从来就没有救世主,也靠不了神仙皇帝。"农村基层党组织一心一意谋发展,首先要围绕农村经济发展开展党的活动,带领农村党员和群众解放

思想，增强群众齐心协力，自我发展的能力，突破各种条件的束缚，找准领导农村经济发展的结合点。

1. 善于宏观领导而不是成为市场主体

长期以来，一些农村党建工作与经济工作呈现“两张皮”，有的“党只管党”，有时“忙于领导经济建设，包办代替行政工作，放松了对党员的管理教育”，结果“不利于提高党的领导水平，反而降低了党的领导作用”①。就领导经济建设而言，作为政党组织的农村基层党组织与经济组织是有区别的。农村基层党组织推动农村经济发展，不是直接经营经济实体，直接管理厂房企业，成为市场主体，也不是对农民生产的微观行为进行“无微不至的关怀”。过去部分农村基层党组织成为“谋利型”组织和经济实体，直接介入微观经济领域，不仅挤压了经济组织的生存发展空间，而且使自身成为农村社会的矛盾焦点。在市场经济的制度框架内，农村基层领导班子要转变观念，找准领导农村经济工作的切入点。农村基层党组织是领导力量，应该明确“领导”的定位，而不是异化为“管理”、“经营”角色。就是说，既不能与农村党建工作割裂开来，又要避免包揽经济（以党代政），直接干预农村经济的微观领域和直接管理经济（党政不分）；要从对农村生产进行直接指挥、直接决策的角色转换为农民的引路人、“参谋长”的角色，由招商引资向为招商引资创造发展环境转变，由规定农民种植哪些农作物，向为农民提供政策指导转变。随着市场经济体制的进一步完善，农村基层党组织应该从“全能主义”模式中解放出来，把主要精力用于把握农村经济社会发展方向、解决农村经济影响全局发展的重大问题，制定乡村经济发展的长远战略目标和总体规划，提出实现这些目标和规划的建议措施，为农村经济社会发展创造良好的政治环境、经济环境和社会环境，彻底改变“捡了芝麻，丢了西瓜”、陷入日常琐碎事项、习惯于“战斗行动”而不习惯于规划谋划的传统行动模式。“围绕中心、服务大局”，应该体现为出主意，出谋划策，更大范围内整合城乡资源，统筹和协调各方力量，把研究当地市场与研究本省、全

① 《建国以来重要文献选编》第14册，中央文献出版社1997年版，第806页。

国以及国际市场结合起来,提高农民规避风险的能力;为各种社会组织参与农村公共物品的供给创造良好的乡土环境,为吸引民间资金和社会资本发展农村社会事业推进农村经济管理体制改革,创造良好的宏观发展环境。

2. 找准本地发展的好路子

找准本地发展的好路子和经济增长点,需要把党建标准与发展生产力标准有机统一起来,找准党的组织资源与本地经济优势的结合方式。不同的农村,其优势是相对的,有的具有区位优势,有的具有资源优势,有的具有后发优势,关键是把这些优势转化为发展优势。要根据自身的实际和具体特点,遵循市场经济规律,把握经济发展的周期性,防止违反经济发展的阶段性特征,以行政强力干预市场。中国的农村发展不平衡,不同的村有不同的特点。落后地区的农村应科学对待发达农村的经验,不能囫囵吞枣,东施效颦。有些村基础差、底子薄,既没有资金投入,又没有厂房出租,引进项目无从谈起;有的村借债办工业项目,但因市场开拓难,举步维艰,债务累累;有的先富起来的村,走粗放型的发展路子,资源消耗大,环境破坏大,可持续发展面临困难。为此,农村基层党组织要认清自身的优势和劣势,形成宜工则工、宜农则农、宜商则商、宜副则副的发展思路。利用农村集体闲置的房屋、设备、土地资源,引进适合本村实际的项目和资金,盘活固定资产,实现集体资产保值增值;发展和壮大本村特色产业,建设龙头企业,形成专业化生产基地;以工业化和城镇化带动农业产业化,增强农民在非农产业就业的能力,转移剩余劳动力,以城带乡,以工促农。以乡镇政府、村部驻地或市场集镇、群众集聚地为中心,发展二三产业。对资源优势明显的乡村,可以采取个人投资经营、集体入股的方式发展农副产品加工业,形成农村商品集散地。具有土地资源优势的乡村,可以吸引外部资金、技术、人才到本地建厂办企业;对村集体房屋、山区集体土地和荒山荒坡、机动土地对外承包、租赁,通过土地入股,以股份合作或联合经营方式发展乡村集体经济,等等。

3. 把握农村产业结构调整的方向

当前农村产业结构存在的突出问题是农产品总体品质不高、农业区域结构雷同、农产品加工程度较低、各农村之间的产品市场争夺激烈。为此,农村基层党组织应从宏观上发挥导向功能，引导大家改变各自为政的状况，改造传统的行业生产组织，使之成为现代产业经营组织，将一家一户的小规模生产组织起来，延伸产业链条，推进生产、加工、销售一体化，形成大生产、大流通的格局和牢固的利益共同体，发挥组织协同效应和集合规模效应，实现农业的整体规模效益。(1)落后地区在农村工业基本为零的情况下，可以深挖农业内涵，树立大农业的理念，积极引导农民走农、林、牧、副、渔综合发展的路子，大力发展名、特、优、新、珍等不同种类的农产品。只有开发具有自身优势的农产品，才能使农产品在市场上有一个相对稳定的价格，避免大起大落，农民的收入才能稳步增长。(2)中等发达地区可以继续发展以劳动力密集或技术含量低、容易就地取材的农村工业，把适宜在农村发展的相关产业回归到农村。(3)发达农村要发挥村集体雄厚的优势，积极以非农产业的资金反哺农业，依靠非农产业的集体积累来改造农业，加快现代农业建设，防止农业生产的下降和农业基础地位的动摇。(4)收入主要来源于农业的地区可以根据农民的意愿稳步推进土地规模经营，在继续提高土地生产率，发展高产、优质、高效农业的基础上，找准非农主导产业，非农产业与农业形成利益关联机制，增加农业的比较收益，带动农业的发展。(5)非农产业薄弱的地区要根据本地的资源优势，选择具有特色的农业，通过产业化经营促进农村非农产业的发展。总之，在相当一段时期内，既不能完全寄希望于农村非农产业，也不能放弃传统农业，而要双管齐下。

4. 引导农民进入市场

实行家庭联产承包责任制后，农业生产力得到解放，农民获得了生产经营的自主权。但是，一家一户的经营模式在发展市场经济的大环境中遇到了新问题。农业属于弱质产业——面临自然风险和市场风险，农民市场经营能力普遍偏低，在市场大潮中处于弱势地位，增产不增收、“谷贱伤农”的现象时有发生。虽然理论上是家庭经营与集体经营相结合，但实际上传统村组集体经济组织“统”的功能严重削弱，村组集体组织没有解决农民的产前、产后服务的问题。农民难以进入市场，融入农业社会化大生产体系，小生产与大市场的矛盾比较突出。比如，农民与农产品购销商签订了购销合同，按合同规定，购销商预付收购款，农产品成熟后农产品的所有权和采收权归购销商所有。但等到农产品成熟时市场价已远远高于合同价，农民发现自己吃亏了，便要求购销商加价，否则阻拦采收。有的地方，几个乡镇几个村的农民联合起来阻挠购销商采收农产品，由此酿成群体性事件。事件背后的深层原因在于，作为三大市场主体的农户、经销商、龙头企业，在农业产业化链条中其地位是不对等的——经销商和龙头企业处于垄断、半垄断地位，而农户在销售市场上几乎没有发言权，抵抗市场风险的能力很弱。尤其是农产品实行规模种植后，常常面临卖难和贱卖的问题。然而在市场经济条件下，农村基层党组织不能用行政和组织手段干预市场，乡镇政府财力不足补不起农民，直接为农户担保贷款也不合适，调控市场和平衡市场主体利益的手段又缺乏。在这种复杂情况下，有的地方政府以制定指导价的名义直接干预市场价格，但政府介入市场后又陷入“不干预会伤农，干预又存在政府越位”的两难境地。为此，农村基层党组织一要遵守市场经济法则，按经济规律办事，不能越俎代庖。二要为农民提供市场信息，并帮助农民分析市场行情，抵御市场风险，解决市场信息不对称的问题。三要产销协会的党组织发挥思想政治工作的优势，协调各经销商的关系，并通过经销商和龙头企业中的党员，带头照顾农户利益，实现利益共享。

5. 为农村经济发展开发和储备农村人才资源

随着市场经济的发展，农村转移出去很多青壮年、技术能人和致富能手，老人、儿童、一般劳动力和病、残、弱成为留守农村的主力军。有的地方80%以上的人才集聚在党政机关和事业单位，分布在乡村一线的骨干人才不足1%，农村人才不足成为制约农村发展的瓶颈。为此，农村基层党组织要善于把组织资源与农村经济资源对接起来，使农村基层党组织成为农村优秀人才的储备库和集聚地。要鼓励农村党员带头学习技术和经营管理知识，带头闯市场，成为致富能手，使党员在推动农村经济发展中发挥先锋模范带头作用。对于农村致富能手中的优秀分子，农村基层党组织要做好思想政治工作，培养入党积极分子，为党组织输入新鲜血液。随着统筹城乡发展战略的推进，城乡社会流动进程加快，人才自由流动的空间进一步扩大。

为此,农村基层党组织应该充分利用这一战略机遇,拓宽视野,打破过去仅限于从本乡本土选拔乡村干部的做法,打破城市与农村的地域界限和农业人口和非农人口的身份界限,打破农业与工商业的产业壁垒,"不拘一格选人才"。在挖掘培养乡村本土人才的基础上,采取社会化的选拔机制,注重从农村致富带头人、退伍军人、回乡青年、外出务工经商人员、技校毕业生中培养选拔村干部,有计划地公开选拔村干部。另外,可以发挥集体优势和政治优势,扩大专家和技术人员向农民传授实用技术的规模,使农民从生产周期长、投入高但效益低的传统模式中解放出来,为农村培养更多的致富能手、种养能手、农村市场经纪人,架起农村生产与市场对接的桥梁。

二、在创新农村经济制度和经济组织中实现功能

农村经济组织、经济制度与农村经济发展具有良性的互动效应:农村经济制度与经济组织的变迁推动着经济的稳步发展,同时经济水平的跃升又从不同侧面改善经济组织的功能和推动经济制度的调整。农村基层党组织是农村社会的领导核心,处于农村经济制度、经济组织与经济发展的连接点上,担负着带领农民推进农村经济制度和经济组织创新的重要职责。

◆(一)推进农村经济制度创新

农村经济制度包括农地制度、经营制度、金融制度等诸多制度。其中,直接涉及农村基层党组织的活动权限的,主要是农地制度——土地是农民的生命线。因此,推进农村经济制度的创新,核心是创新农村基本经营制度、农村征地用地制度。

1. 完善农村基本经营制度

以家庭承包经营为基础、统分结合的双层经营体制是农村改革的重要制度成果,其最大优点在于农民承包土地,自主经营,这对解放农村生产力,增加农民收入发挥了重要作用。但是,随着市场经济的发展,目前的家庭联产承包责任制不能完全满足农村群众的需要,出现一些新问题。(1)国家法规对农村土地所有权的具体归属的界定不清晰。2004 年修正的宪法第

10条第2款规定,农村和城市郊区的土地,除由法律规定属于国家所有的以外,属于农民集体所有;宅基地和自留地、自留山,属于农民集体所有。①尽管宪法和法律对土地的所有权有原则的规定,但产权实际运作存在缺陷,农民集体土地所有权的具体归属尚不清晰②。从村一级集体经济来看,集体是由农民构成的,法律虽然规定了农村土地属农民集体所有,但是由谁行使土地的所有权,却没有明确规定。所有权的具体归属的模糊性,不适应农村经济变化的新形势,满足不了农民的新需求。(2)土地流转的具体规定不完善。宪法规定:任何组织或者个人不得侵占、买卖或者以其他形式非法转让土地。相关法律规定,集体土地的所有权不能在不同集体(乡镇和村)之间进行转移,本集体以外的成员不能直接承包该集体的土地,土地承包权的转让期不得超过承包期。农村土地产权的不完整,使得农村土地使用权的合理流动在操作过程中仍不畅通。农民没有完全享有土地的占有、使用、收益和处置权,事实上导致农民对土地的长期投入信心不足,同时也限制了城市资本向农村的市场转移。从长远来看,这会影响农业和农村的发展,波及国民经济的稳定。

为此,农村基层党组织要根据农村经济社会发展的新变化和农民的新要求,引导农民以探索实践推动农村基本经营制度的创新。

一是稳定农村土地承包关系。农村基层党组织要依法执政或依法办事,在承包期内不得采取行政手段,强行收回土地承包权,也不能通过流转改变土地农业用途,或者以变相方式侵犯农户土地承包经营权。在此基础上,要正确执行农村政策,认真开展延续承包后的完善工作,确保农村土地承包经营权证到户;加强农村土地承包规范管理,建立土地承包经营权登记制度;探索土地承包纠纷的仲裁工作,维护农户权益。

---

① 《中华人民共和国宪法》,《人民日报》2004年3月16日。

② 新中国成立初期,党中央曾经准备实行农村土地国有制,但考虑到当时农民急于分到土地的愿望,遂实行了农民使用、集体所有的农地制度。而当时一些东欧社会主义国家,如波兰、南斯拉夫在实行产品经济的时代,农用土地绝大部分归农民所有,然而这并没有改变东欧国家农村经济的社会主义性质。因此,同样是社会主义国家,具体制度的设计应该依本国实际而定,不能盲目照搬。

二是推进土地使用权的有序、有效流转。经济全球化背景下，面对比我国经营规模大几十倍甚至上百倍的发达国家的家庭农场竞争，农村基层党组织可以引导农民推进土地使用权的合理流转，促进土地的适当规模经营，提高土地资源的配置效率，以抵抗国际市场的风险，避免“大鱼吃小虾”的现象。要按照“自愿、依法、有偿”的原则，健全土地承包经营权流转市场，完善土地流转合同、登记、备案制度。

三是防止土地调整中出现农村内部收入差距扩大的倾向。从实际情况来看，有的农村为了增加村集体收入，引进工商企业和龙头大户实施农业经营，长期租赁耕地，农民失去生存的依托；有的把农户对土地的承包权等同于使用权，土地流转后农民失去了实际的使用权或者承包权，出现了失地、失业和失去社会保障的困难农民。还有的地区出现大资本排挤小农户的现象。为此，农村基层党组织要确保农民对土地的占有、使用、收益和处置权，土地的流转尽量在农户之间进行，防止土地适当规模经营异化为土地大规模兼并，或者变相成为土地私有，农民沦为新型无产者、雇农和贫农。

2. 改革农村征地用地制度

如果说，土地所有权的归属问题影响到农民经营的积极性，那么一些农村基层党组织对农民土地使用权的侵占和土地权益的侵犯，则直接影响到农民的生存。现在，少数地方政府和乡镇党委打着“公共需要”的牌子，或者以“实现农民的根本利益和长远利益”为借口，随时征用农用地。党中央对此有一个判断：“一些乡村随意改变土地承包关系，强迫流转，侵犯了农民的承包经营权；有的把土地流转作为增加乡村收入的手段，与民争利，损害了农民的利益；有的强行将农户的承包地长时间、大面积转租给企业经营，影响了农民正常的生产生活；有的借土地流转之名，随意改变土地农业用途。”①按照法规，市县没有土地的审批权，但实际上许多土地征用都是由市县审批的，由乡村擅自批准或者出售的。有时政府为了推动经济发展，采取种种手段替代或者绕过土地管理部门处理土地征用和管理问题。政府管

① 《中共中央关于做好农户承包地使用权流转工作的通知》，《人民日报》2002年11月5日。

理土地在制度执行上的不严格，背后凸显了制度设计的缺陷和政绩观的扭曲。

一些农村基层党组织和基层政府不仅侵占农民的土地使用权，而且损害农民的利益，给农民的征地补偿费很少。《土地管理法》规定，征地补偿费用必须包括土地补偿费、安置补助费以及地上附着物和青苗补偿费，但农民实际的补偿只有土地附着物和青苗补助费。据有关部门统计，多数地方征地款分配比例为，农民得10%～15%，集体得25%～30%，政府及其他机构得60%～65%，土地开发商拿到的地价中的72%是政府各项税费①。这表明"以地生财"成为地方政府重要的筹资手段。而且，就是这样低的征地补偿费，有的地方还克扣、拖欠，连"青苗补偿费"都没拿到，这为社会埋下了不稳定的因素，引起了农村干群关系的恶化。对此，农村基层党组织要发挥好农民代言人的功能，切实保障农民的土地权益。第一，规范征地程序，提高补偿标准。严格按照法规程序办事，及时、足额发放补偿费用。第二，健全对被征地农民的社会保障制度，不能让农民无地无依靠。第三，严格农村集体建设用地管理，不能采取"以租代征"等变相方式提供建设用地。第四，规范城镇建设用地，城镇集体组织不能在乡村搞新"圈地运动"，城镇居民不能以经济上的优势到农村购买宅基地，城镇建设用地的增加必须与农村建设用地减少挂钩，真正从城乡一体的高度保护农民的家园。

◆（二）处理好农村基层党组织与集体经济组织的关系

总体上，全国农民生活不断改善，但农村集体经济比较薄弱，尤其落后农村的集体经济基本处于"空壳"状态，"无钱办事"的问题较为突出，党组织的威信下降。在新的历史起点上，农村基层党组织如何发展壮大农村集体经济，处理好与集体经济组织的关系，需要深入探索。

1. 把握农村基层党组织与集体经济组织的职责权限

应该说，作为执政党的基层组织，农村基层党组织对集体经济组织具有领导权属题中应有之义，即使在村民自治的制度框架下亦不例外。《中国

① 林嵬、韩世峰：《2007年中国经济的六大期盼》，《半月谈》2007年2月25日。

共产党农村基层组织工作条例》在规定农村基层党组织是农村各项工作和各种组织的领导核心的基础上，明确规定“乡镇党委讨论决定本乡镇经济建设和社会发展中的重大问题”，“村党支部讨论决定本村经济建设和社会发展中的重要问题”。而且，条例还单列“经济建设”一章，详细规定了领导农村经济工作的具体范围。这表明，党章和《中国共产党农村基层组织工作条例》，都规定了农村基层党组织领导农村集体经济组织的权力。

但是，农村基层党组织领导集体经济组织并不意味着直接管理组织内部的具体事务。就是说，领导权不等于管理权，不是包办一切，具体管理经济活动的是村集体经济组织。村集体经济组织原则上是经济组织，享有独立的经济活动自主权，不仅表现为对日常事务的讨论，而且还可以独立作出决定，负责日常经营管理，比如管理企业、土地、山林、房产等设施；为农民提供产业化服务；从事集体经营，确定集体收益，等等。因此《中国共产党农村基层组织工作条例》第三章第九条在赋予农村基层党组织对经济建设的“讨论决定”权时又规定：“需由村民委员会、村民会议或集体经济组织决定的事情，由村民委员会、村民会议或者集体经济组织依照法律和有关规定作出决定。”可见，党组织应当尊重集体经济组织依法独立进行经济活动的自主权，保证集体经济组织和村民、承包经营户、联户或者合伙的合法财产权和其他合法的权利和利益。

从乡镇一级来看，党政组织与经济组织的功能边界应该严格区分，不能出现新型的政企不分和变相的党企不分。乡镇党委、政府不能直接举办经济实体，乡镇党委书记不能掌控乡办企业。因为这会造成政企不分，不利于改善党的领导，同时对农村民营企业的竞争也不公平。尤其是乡镇党委、政府对企业的过渡干预，由市场的“守夜人”异化为市场的“夜行者”，不利于企业遵循市场经济规律，形成健康的农村经济发展秩序。而且，乡镇党政领导干部直接从事商业活动，为“寻租”、“设租”提供了土壤，容易滋生腐败现象或不正之风。

2. 农村基层党组织要尊重集体经济组织的经济实体地位

当前，一些村集体经济组织的行政化较为严重，在实际运行中往往接受乡镇政府的指令,协助政府开展工作。在特殊情况下,有时乡镇党委、政府利用行政权力调拨村集体资产,或者以借款的形式抽取集体财产,强制命令各村集体经济组织以高于市场价的价格购买物品,其差价留在乡镇。这样,村集体经济组织事实上成为了准公共行政组织——在经济上直接支持乡镇公共事务,同时负责村一级公共设施支出。由此,村集体经济组织面临实现经济效益和政治效益最大化的双重目标。但是,这一目标很难实现。因为作为经济组织,经济效益与政治效益的成本收益边界是不同的,追求经济效益,村集体经济组织必须遵守市场经济规律;而作为准行政组织,村集体经济组织在服从乡镇公共建设需要的同时,往往与经济发展规律不契合。出于乡镇的压力,村集体经济组织有时把政治行为摆在突出位置,与上级保持高度一致,结果出现经济功能行政化,角色错位,背离服务农民的目标。所以,现实中许多农村集体经济组织并不是独立从事经营活动,而是依附于农村基层党组织或村委会,呈现出党政不分或者政企不分的现象。改变这种现状,需要农村基层党组织在制度规定上明确支持村集体经济组织回归经济实体的功能定位,回到经济运行的正常轨道。

从集体经济组织的治理结构看,村集体经济组织是一个具有独立法人资格的企业,是市场主体。村集体经济组织是由村民组成的,村民对村经济拥有最终所有权,村民是村集体经济资产的管理者和监督者。当村集体经济组织改制后,其经济实体的角色更为突出,独立参与市场运营的要求更强。为此,对改制后的村集体经济组织而言,农村基层党组织要支持农村集体经济股份合作社、土地股份合作社、资本型股份合作社等实行了股份合作制的经济组织按照现代企业制度独立运作,遵守《公司法》,严格按照股份制公司的组织治理结构进行管理。村集体经济的市场行为和经营活动,应该由股东大会、股东代表大会、董事会、监事会来管理。一方面,村党组织不再直接介入农村股份合作组织的经营管理,企业应按照现代企业制度实施管理,企业领导人由董事会聘任,向董事会负责,董事会向全体股东负责。村党组织依照相关法律和经济组织章程,推荐优秀党员干部当选股份合作组织领导班子成员,进入领导层的党员干部,尤其是党组织书记要依法参与决策。党员干部在农村集体经济组织中要发挥模范带头作用,推进管理方式和管理体制的创新。这样,通过党员干部的决策途径把党组织的领导核心作用延伸到改制后的农村集体经济组织当中。

3. 找准农村基层党组织领导集体经济组织的切入点

一是农村基层党组织重在领导集体经济组织的资产运作。在农村集体经济组织改制后,农村基层党组织应退出资本运作领域,不再直接参与企业的生产经营,而是通过盘活存量资产,开拓新的经济增长点。比如,利用地理环境优势,发展物流业,发展农贸市场等,开辟村级经济小区。就是说,农村基层党组织要把注意力转向宏观上的政治领导,改变以前对集体企业直接下行政命令的领导方式,在引导、协调、服务、监督上下工夫。例如,村党组织通过向业主和员工宣传党的路线、方针、政策,引导企业健康发展;协调劳资关系,维护企业和员工的合法权益,保证企业稳定发展;为企业提供政策服务;监督集体企业遵守国家的法律规章,依法经营。总之,侧重对集体经济组织的政治方向领导,有利于农村基层党组织向政党角色的回归,而不是把自身等同于行政组织或经济组织,这与市场经济的发展规律是契合的。

二是根据实际情况推行党组织与集体经济组织交叉任职。村集体经济组织是具有自主权的经济组织,在法律上是相对独立的法人。而村党组织是村庄的领导核心,对村集体经济组织进行领导,但这并不意味着村党组织书记就要直接负责集体经济组织。村党组织书记是否兼任村集体经济组织负责人,完全依据各地实际和村党组织书记的个体素质而定。根据发展农村基层民主的要求,村集体经济组织负责人的产生、集体经济收益的管理与分配,不能行政指定,而应由集体经济组织的成员选举产生。有的农村集体经济组织负责人由村党组织书记兼任,有的由村委会主任兼任,有的村两委都不兼任。村党组织书记或者副书记兼任村集体经济组织的负责人,有优点也有缺点。其优点在于,在贯彻党的路线方针政策和遵守国家法律方面,村党组织更擅长把握政治方向。当党组织书记本身就是经营能手时,有利于完善组织管理,为举办农村社会公益事业奠定扎实的经济基础。不足之处在于,当村党组织或村委会换届,书记换人时,村集体经济组织的负责人也随之更换,企业领导人不是随着市场和企业状况的变化而变动,而是随着党组织换届而变化,这与市场信息的变化不同步,容易导致企业经营的不稳定。因此,党组织与村集体经济组织的交叉任职,要视各地具体情况而定。

三是加强对集体经济组织中的干部管理。发挥村干部尤其是党员干部在集体经济组织中的作用,是党组织领导集体经济组织的切入点之一。村干部是村务管理者,代表和维护多数村民的利益。但在市场经济条件下,村干部又是一般劳动者和市场主体,在维护集体利益的同时也会按照市场经济规律追求个人的合法利益。这样,在参与市场运作过程中,村干部个人利益与集体利益有可能产生冲突。因此,要防止村党组织班子成员利用在企业兼职的便利牟取私利,或者以集体经济组织的代表身份,操纵集体企业。另外,当村干部作为村集体代理人时,出于"经济人"的理性考虑和追求"利益最大化",政治利益往往与乡镇党委、乡镇政府紧密相连,因此村干部有时还会偏重于代理乡镇利益,而削弱村集体利益的代理功能。解决这些问题,需要农村基层党组织予以高度重视,保证村干部履行好维护集体经济利益的职责。

◆(三)处理好农村基层党组织与新经济组织的关系

农村新经济组织是针对农村传统集体经济组织而言的,包括非公有制经济组织和农民专业合作组织等类型。农村非公有制经济组织,主要指非集体所有经济组织,以个体经济、私营经济为代表。农民专业合作组织,不同于集体经济组织,不同于传统的合作组织,也不同于个体经济和私营经济,是改革开放过程中出现的一种新型经济组织。

1. 加强农村非公经济组织中的党建工作

改革开放以来,伴随着家庭联产承包责任制在全国的实施,个体、私营经济等非公有制经济组织如雨后春笋,迅猛发展。所谓个体经济,指个人或者家庭成员共同生产经营的组织形态,通常称之为个体户。所谓私营经济组织,指自然人投资设立或由自然人控股、以雇佣劳动为基础的营利性经济组织。私营经济组织分为私营独资企业、私营合伙企业和私营公司。私营公司又分为私营有限责任公司和私营股份有限公司。

与领导农村集体经济相比,农村基层党组织领导农村非公经济,更缺乏经验。因为农村个体、私营经济与农村集体经济有不同之处。如果农村基层党组织把农村非公经济当做农村集体经济来领导,容易出问题。一方面,计划经济体制下的运行惯性,使得一些农村基层党组织形成了一种思维模式:只有当农村中的事务属于"我的",我才能管好,别人的东西我不会管,也管不好。所以一些农村基层党组织对农村非公经济的领导,事实上或者放任不管,或者要管的话就当做自己的东西来管,结果陷入"一管就死,一放就乱"的局面。另一方面,有的农村基层党组织认为农村非公经济是非集体性的,因此把非公经济组织与农村集体组织对立起来。比如,认为发展非公经济是与集体经济争资源、市场,乃至争夺群众阵地。当非公经济组织在生产资源配置等方面确实同集体经济组织发生矛盾时,往往牺牲前者的利益。还有的党组织认为农村非公经济的总量分量不足,与发展农村公益事业没有关系。总之,面对非公经济组织的发展,有些农村基层党组织或旁边观望、束手无策,或被动介入、强行干预,或采取歧视的态度。

以私营企业党建为例。私营企业对党组织的领导提出了新课题。

(1)私企的经营独立性与党的领导方式的矛盾。私营企业具有私人性的特征,属于业主自己的财产,产权清晰,自主经营。同时,私营企业不像公有制企业那样有直接的主管上级,产权的私有化使得企业与上级部门的行政隶属链条断裂,上级部门无法按照计划经济体制下的模式直接控制私营企业的经营生产。由此,党过去通过行政主管上级控制企业的纵向权力链被切断。在私营企业中,党组织通过行政权力、以第一决策者的身份来实现党的领导这一传统做法遭遇困境。

(2)私企的资本逐利性与党的领导目标的矛盾。逐利性是私营企业的突出特征,即企业主使用一定的生产资料自负盈亏,以谋取利润为目的。私营企业发展的第一动力来自于资本回报,在此基础上才有可能"回报社会"。由于党组织同私营企业没有直接的资产纽带关系,党组织的活动目标是为了贯彻落实党的路线方针政策,维护职工权益,注重社会性与政治性。然而,私营企业的发展目标是谋取利润的最大化,在业主看来,党的政治行为与企业的经济行为是直接冲突的。在很多情况下,现代企业制度的规则决定了资本逻辑往往挤压政治逻辑,企业的经济行为压倒党组织的政治行为,甚至一些党组织的运行机制在私营企业中被企业的资本逐利性目标所同化。

(3)党员的雇佣性与党性的矛盾。私营企业中的党员大多通过市场渠道招聘而来,被企业主雇佣。这样,党员把生存摆在第一位,经济理性占主导,而把参加党的组织生活降至次要地位。当企业的经营活动与党的政策和国家法规出现抵触时,私营企业中的党员首先选择继续为企业服务。尽管很多党员也想"听党的话",但是有时贯彻政治要求与服从经济要求难以两全其美,当企业主与党组织书记发生分歧时,党员常常无奈服从企业主的命令,否则被企业主解雇。

(4)党组织的政治核心地位与体制边缘化的矛盾。从体制内的角度看,中央对私营企业党组织的明确定位是"在广大职工中发挥政治核心作用"。[1] 国家对私营企业主的政治地位的定位则是"中国特色社会主义建设者",这些政策法规性的政治供给为党组织在私营企业中发挥政治核心作用提供了制度环境。但是,私营企业的特殊性又使得党组织处于实际边缘化的地位。一是党组织负责人本身也具有雇佣性质,而不是党的组织体系的自上而下的任用授权,因此与国有、集体、事业单位党组织相比,私企党组织的资源获取能力比较低,党组织负责人比公有制单位的党组织负责人的实际地位也低。二是私营企业党员的雇佣性、流动性、分散性,使党员意识淡化,党组织凝聚党员的能力较低,组织活动开展难。三是私营企业的私有性、独立性,导致党组织的活动场所、经费支持等方面对企业主的依赖度太高,组织的发展依托于个体的支持容易被边缘化。四是党组织工作的可持续性受到私营企业关、停、并、转和起落沉浮的生命周期影响。在私营企业中,党组织负责人的经济能力重于政治表现,职业前景高于政治前途,这就

① 参见中共中央组织部印发的《关于在个体和私营等非公有制经济组织中加强党的建设工作的意见(试行)》,载《党的基层组织工作常用文件选编》,党建读物出版社2003年版,第718页。

决定了企业的业务中心工作容易掩盖或者挤占党的政治核心工作。

上述私营企业党建的特殊性，要求农村基层党组织在私企中要以"有为"赢得"有位"，紧紧围绕推动企业在党和国家的制度框架中发展、维护职工权益来探索功能实现途径。

第一，找准党组织的活动目标与企业发展目标的结合点，为企业提供服务。与国有、集体单位不同，农村私营企业党组织没有直接控制经济资源和行政资源，也不像国有企业党组织那样，党组织负责人必须法定进入企业决策层。在这种情况下，党组织要在私企中有地位，党组织必须通过为企业发展提供服务，使企业主认为党组织有存在的必要。比如，党组织围绕企业长远发展目标和近期发展效益，把党员组织起来，群策群力，为企业决策层提供建议参考。决策层实施目标规划后，党组织号召党员和职工执行企业计划。又如，党组织利用自身的组织优势，做好与工商行政部门的沟通工作，营造同公有制经济组织平等发展的政治环境。

第二，通过建立企业工会，协调劳资关系。农村私营企业的成员来自乡镇、村落，以农民为主体。但是，长期以来乡村私营企业中的农民工组织化程度不高，有些根本没有组织工会的意识。利益表达渠道的不畅通，导致部分乡村的劳资关系紧张，这影响到农民职工的利益，也影响到企业的形象与发展。对此，党组织可以与企业主协商，在企业中建立工会。工会既不是完全站到企业主的对立面，也不是简单的工人俱乐部，而是连接职工与企业主利益的纽带，成为党的外围组织。工会负责人参与企业管理与决策，使工会成为员工与企业主之间的对话协商组织。这样，一些由党组织直接出面不便解决的劳资纠纷，可以由工会出面协调，党的政策也得以贯彻。

第三，发挥党员模范作用，带领企业职工促进企业合法、健康发展。党组织作用的发挥，很大程度上依托于党员在农村私营企业中的表现。农民党员在私营企业中只有成为骨干力量，成为促进企业发展与依法经营的实践者，才能赢得企业主的认同，体现党组织的价值。结合私企的特点，党员在企业文化建设上可以发挥思想政治工作优势，采取业余、小型、分散的组织活动方式，把政策法规渗透于文化活动中。生产经营骨干中的党员，把遵循市场经济规律与遵守党纪国法结合起来，对其他职工起示范带动作用，本身就是党的领导的体现。

2. 引导和培育农民专业合作组织

随着市场经济的发展，农民专业合作组织不断涌现。“如果说，改革开放初期，农村党组织领导的对象是千家万户分散的农民，领导的内容是选准一条发展经济的好路子，那么现在，面对的将是越来越多的自愿组织起来的各种合作组织和村民自治组织。这将是农村经济发展的再次重大变革和政治结构的重新组合。对此，党组织如何处理与农民专业合作组织、村民自治组织的关系，将成为今后农村党组织领导的重点对象和崭新内容。”①2009年党的十七届四中全会特别指出，要求于在农民专业化合作社、专业协会、产业链、外出务工经商人员相对集中点，建立党组织的做法。这就要求我们要深入研究农民专业合作组织等新经济组织的特点，以基层党组织建设带动其他基层组织建设。

（1）农民专业合作组织的特点。农民专业合作组织是农民继家庭联产承包、乡镇企业、村民自治之后的又一大创造。2006年10月31日，第十届全国人民代表大会常务委员会通过了《农民专业合作社法》，进一步明确了农民专业合作社的市场主体地位，对现实中的农民专业合作组织的规范发展及其政策扶持问题做了原则规定。农民专业合作社是农户在保留独立的产权和经营自主权的基础上，专门为成员搞好经营而服务的合作组织。“合作社是为了本社成员赚钱，而向成员提供必要的服务，成员与合作社是一个有组织的利益共同体，具有规模集成、技术传递、智慧共享、市场信息集合、作业同步、能力互补、产业开发、诚信培育等功能。”②

与过去的供销合作社、传统合作组织相比，农民专业合作组织侧重自愿组合、而非行政主导、强制推动。与传统的集体经济组织相比，农民专业合作组织出售的商品是自己生产的，具有自产自销的性质，而集体经济组织销

① 梁妍慧：《党的基层组织建设：难点与创新》，《学习时报》2008年1月7日。
② 刘登高：《壮大产业的一项组织制度》，《教学与研究》2007年第1期。

售的产品不一定是组织成员自己生产的。此其一。其二,专业合作组织的农民进出自由,退出组织的时候可以相应取回自己的股份,而集体经济组织的农民一旦退出村庄,则一无所有,并且以后重新回归村集体的难度非常大,村集体经济组织接纳新的成员的门槛高。其三,农民专业合作组织可以跨村、乡镇乃至跨县市,而村集体经济组织建立在行政村、自然村和村组的基础上,不能跨区域。其四,农民专业合作组织允许个体权益的分享,所有权可以切割,而村集体经济组织的所有权属于一个整体,不可分割。其五,农民专业合作组织属于经济实体,强调为成员服务的个体性,而村集体经济组织不仅具有经济性,而且具有传统的社会主义公有性,是农村社会主义的一个重要载体。①

总体上看,农民专业合作组织是农民个体为了维护各自的利益,而自发成立的组织,相对集体经济组织来说具有"个体"性质,而相对个体、私营组织来说,又具有"集体"性质,属于"农民的联合"。农民专业合作组织的发展意味着农民更大程度上、更大规模上走出了村庄,走向了市场。他们两三个、十几个,甚至几十、几百个联结在一起,形成了规模效应。这不仅打破了家庭联产承包、集体经营的局面,而且打破了农村利益表达的格局。以往在决定农村经济发展和村中重大事项时,村中的认识差异主要表现为个体认识间的差异。但是农民专业合作组织出现后,多个农民利益主体联合起来形成了具有不同利益要求的多个利益团体,其生产行为、经营活动和生活状态也游离传统意义上的村集体经济组织。由此,当涉及村务重大问题时,原来农民个体上的认识差异就演化为团体差异,从"家庭竞争"转为"组织竞争"——组织与组织的较量,形成农民的"集体行动"。

(2)农民专业合作组织对农村基层党组织的影响。农民专业合作组织提高了农民的组织化程度,由此,化解矛盾的协调成本降低,党组织同专业

① 有的研究者提出,合作制与集体制的基本区别是:合作社是农民为了自身的利益而自愿组织起来的,它是以承认个人财产权利为基础的;集体化是国家为了全民的利益而以行政手段强制推行给农民的,是以国家权力为支撑的。参见蔡养军:《中国乡村集体企业经验的制度考察》,中国法制出版社 2004 年版,第 54 页。

合作组织负责人的协商成本大大低于逐一做思想政治工作的成本。从经营角度看，专业合作组织的出现，提高了农民抵抗市场的能力，有利于缓解“小家庭”与“大市场”的矛盾。比如，湖南省60%的蔬菜、70%的柑橘、80%生猪是通过专业协会和流通大户销售的。① 与此同时，农民专业合作组织对农村基层党组织也提出了新考验。

其一，专业合作组织在经营权、人事权和财产权上与农村基层党组织的职能相分离，农村基层党组织依靠组织手段对其发挥作用的权力空间和活动空间缩小。比如，由于专业合作组织在一定程度上与村集体经济组织并驾齐驱，因而农村经济制度体系的作用日趋减弱，农村基层党组织动员农民的能力下降。这就使农民对集体经济组织的依赖性降低，进而对农村基层党组织的依赖性降低，导致以传统村集体经济组织为依托的农村基层党组织发展经济的领导地位受到挑战。

其二，专业合作组织的发展导致农村内部的利益关系复杂化。比如，农民专业合作组织主要吸纳以从事某种农产品生产为主业的、达到一定生产规模的专业农户，因此资本追逐利润、追逐规模效益成为合作组织的偏好，这就在一定程度上排斥了小规模的兼业农户，容易出现经济领域的“寡头铁律”——大户控制小户、大户控股的现象。重视大农户而轻视小农户，重视专业农户而忽视兼业农户带来的后果的是，农户与农户之间的冲突在新的层面以新的面貌展开，这使农村的人民内部矛盾复杂化，对农村基层党组织的利益表达与利益综合功能提出了新要求。

其三，农民专业合作组织需要农村基层党组织提高引导农民进入市场的能力。相对小农户、兼业农户来说，农民专业合作组织具有一定的市场优势，但相对农业产业化龙头企业尤其是农业跨国公司来说，农民专业合作组织仍属于劣势。比如，浙江有个西蓝花销售合作社，社员有几百个种植西蓝花的农户和12个西蓝花加工厂。农户把西蓝花交售给加工厂，加工厂进行简单处理后出口给日本。农户社员每年要提供六百多万头西蓝花，但每

---

① 杨泰波：《致力于推进农业结构调整》，《求是》2007年第3期。

100 块钱销售利润中，农户才获得六七块钱。[①] 可见，农户得小头，龙头企业得大头，专业合作组织在市场经济的汪洋大海中像条小鱼，依然属于脆弱组织。这就需要农村基层党组织提高驾驭市场经济、抵御市场风险的能力，有效增加农民收入，支持和促进专业合作组织的发展。

(3)改善农村基层党组织对农民专业合作组织的领导。第一，党组织领办农民专业合作组织，提高农民的组织化程度。一开始，农民专业合作组织完全是农民自发组织起来的，这种智慧和力量很强大，带动了合作组织的发展。但是，这些组织大多数规模小，草根性和地域性色彩很浓，通过亲缘、地缘关系运作，市场空间有限。而且初创阶段，农民的参与率相对较低。农村党组织领办专业合作组织后，通过健全经济规则、决策机制和利益分配机制，明确责、权、利的关系，打破了单一服务的局面，增强了合作组织的发展后劲。有的农村依靠政治优势，党支部书记牵头发起成立农民专业合作组织，建立资源共享、生产互助、利益均沾、风险共担的运行机制，借助产业链把农民组织起来，成为市场利益共同体。这就进一步提高了农民之间团结互助的合作能力，解决了分散经营与市场变化的矛盾，推动了农村产业结构的优化和经济结构的调整。一般来说，一个行政村的党组织以创办一个农民专业合作组织为宜，党组织班子成员可以根据实际情况兼任合作组织班子的成员。经济发达的农村，可以由乡镇党委领导，乡政府牵头协调，建立跨村的农民专业合作组织。比如，按照某一优势产业建立合作组织（如苹果产业协会），在特色产业建立合作组织（如剪纸刺绣协会），在产业薄弱环节建立合作组织（如大米加工协会）。由农村基层党组织创办或领办农民专业合作组织，有利于把党组织的政治优势与专业合作组织的经济优势结合起来，改善农村生产布局，推进农业产业化。

第二，党组织引导农民专业合作组织完善管理机制。当前农民专业合作组织虽然数量不少，但在机制和制度建设、管理方面存在诸多问题。比

① 参见常洁：《小农户与大政府、大市场的博弈——访中国社会科学院农村发展研究所所长张晓山》，《农业发展与金融》2006 年第 5 期。

如,有的专业合作组织管理不规范,运作呈松散状态;有的不向农户收取会费,对会员的具体经营也不负责,与农户之间没有直接的利益关系;有的合作组织仅仅为农户成员提供初级、简单的服务,与农户之间没有风险责任关系,没有形成真正的利益共同体,应对风险的能力不强。这就要求农村基层党组织发挥组织协调和沟通优势,加强对专业合作组织的引导和扶持。比如,请农村科普员讲解农业政策;定期组织技能培训;聘请果技专家传授病虫防治知识。总之,农村基层党组织领导农民专业合作组织,侧重的是发挥思想引导、工作指导和政策动员功能,带领村委会、民兵连等村级组织参与合作组织的建设,依法支持专业合作组织独立开展工作,稳步健康发展。

第三,党组织向农民专业合作组织推荐党员干部,通过党员凝聚群众。一般来说,对于民营经济、私营经济和个体经济引入的、以农民自发联合成立为主的专业合作组织,农村基层党组织主要通过农村自治组织做好管理工作。待条件成熟后,在农民专业合作组织中建立党的组织,进行组织覆盖。由于有的专业合作组织管理疏散,缺乏活力,成员市场意识不强,产品打不开市场,因此发挥专业合作组织中的党员先锋模范作用尤为必要。党员可以向合作组织的成员宣传党的路线方针政策,增强其诚信经营意识、合作意识和规则意识;可以带领成员闯市场,跑销路,熟悉农产品市场的各个运销环节,实现生产与市场的对接。比如,有一个农村党支部,一个月内组织党员为种植农户销售南瓜1万多吨,有效增加了群众的收入。所以,党组织为专业合作组织推荐人才,让党员提高农户的经营能力,抵御市场风险,能够赢得农民的信赖。

三、促进农村和谐

领导农村经济发展不是农村基层党组织的唯一目标。财富与经济的增长不会自然而然地带来福利的普遍渗透,经济的发展并不必然表现为社会的和谐。在不断增强经济基础的同时,农村基层党组还要运用利益平衡机制,促进农村和谐。这也是农村基层党组织领导经济发展的政治逻辑。

◆(一)发展农村社会事业是促进农村和谐的重要途径

功能实现的途径是具体的而不是抽象的,农村基层党组织要充分发挥各项功能,必须致力于农村社会事业的推进,通过改善民生成为农村的坚强堡垒。

1.发展农村社会事业是体现中国特色社会主义本质的内在要求

社会和谐是中国特色社会主义的本质属性之一。公平正义是社会和谐的重要特征,也是构建和谐社会的重要内容。但是长期以来,农村社会事业的发展远远滞后于城市,城乡分割的二元体制对农民很不公平,广大农民没有与市民享受同等待遇,这与社会主义的本质属性是相违背的,在很大程度上会挫伤农民的积极性。社会主义的另一个本质是邓小平提出的"消灭剥削,消除两极分化,最终实现共同富裕"。显然,"消除两极分化"意味着公平正义,这既是科学社会主义的基本原则,也是中国共产党执政的价值选择——"代替那存在着阶级和阶级对立的资产阶级旧社会的,将是这样一个联合体,在那里,每个人的自由发展是一切人的自由发展的条件。"①反之,没有社会公平,社会主义的本质无从谈起,社会主义的优越性也无从谈起。没有农村社会事业的发展和农民的福利保障,就没有公平正义可言。

现代政治学理论认为,公平主要指社会赋予公民的经济、政治、文化等方面的利益得到长期尊重和平等实现,如权利、机会、规则的平等。随着现代化的推进,公平更多地指向制度、司法、分配等方面的公平,包括社会资源的配置合理(收入分配合理、国民教育的均等性)、尊重和保障人权(法学意义上的公民权利和社会权利)、社会保障体系的健全、政治规则的共同创设与平等遵守。因此,在推动农村发展的过程中坚持公平正义的原则,降低社会底层获取各种资源尤其是经济社会资源的门槛,让农村群众共享发展成果,是执政党义不容辞的责任。对农村底层群众而言,不仅在法律面前人人平等、获取资源的机会均等和享受法定的公民权利,而且在遇到重大困难时能够及时、足额得到社会救济和道义支持,更多地感受到社会主义的温暖。

---

① 马克思、恩格斯:《共产党宣言》,人民出版社1964年版,第46页。

这些基本的公平要求涉及农村广大群众的根本利益,这是我们党坚持立党为公、执政为民的必然要求,更是社会主义制度的本质要求。

2. 发展农村社会事业是加强农村社会建设的客观要求

农村基层党组织的功能实现要服务于经济建设这个中心,但又不是单纯地推动经济发展。尽管经济建设能够为农村社会事业提供一定的物质基础,但农村社会建设作为一个相对独立的发展空间,受到诸多因素的制约。社会建设同经济建设、政治建设和文化建设一道,构成中国特色社会主义事业"四位一体"的总体布局。在马克思、恩格斯看来,生产力与生产关系、经济基础与上层建筑、社会各阶层群体之间的关系,会影响到社会发展的形态和社会性质。社会建设就是要完善社会有机体,把生产力、生产关系和上层建筑有机统一起来,不断优化社会系统。我们党基于唯物史观和自身的实践,把"社会建设"单列出来,具有特殊的意义。对农村基层来说,虽然社会的各种要素和各群体之间整体上是和谐的,但农村的生产关系还存在不适应生产力的地方,"农民真苦、农村真穷、农业真危险"的境况尚未根本扭转,农村的社会发展滞后于经济发展的不平衡状况仍未改观,社会发展的程度在一些地区仍然呈低水平状态。据国务院发展研究中心农村部对地域涉及25个省市的114个县的118个村中的1000多个农户的调查显示,过去3年中死亡人口中有78.6%在家病故;在医生建议住院的情况下,43%的农民患者不愿意住院,而其中83%又因为经济上的原因所致。① 事实表明,改革开放以来市场化的过程伴随着利益分化和社会参与主体的多元化,但市场化力量本身很难产生基本公共服务的均等化,社会发展不会因为市场经济的快速发展而自然实现。这就要求作为核心领导力量的农村基层党组织,发挥主导作用,发展农村社会事业。

发展农村社会事业的实质,就是在不断解放和发展生产力的同时,不断改善农村生产关系,构建社会共享机制。进一步来说,就是要把促进农村经济发展同改善人民生活和促进社会进步统一起来,在满足人民日益增长的

① 陈锡文、韩俊、赵阳:《我国农村公共财政制度研究》,《宏观经济研究》2005年第5期。

物质需求的同时,提供多样化的公共服务。在硬件上,表现为农村公共投入的增加,社会公共服务与经济发展保持同步增长;在软件上,表现为农村邻里关系的和谐与社会结构的优化。应该看到,加强农村社会建设是贯穿中国特色社会主义事业全过程的长期征程,是在发展的基础上正确处理各种社会矛盾的历史过程。农村既是国家的行政基础单元,又是中国社会的细胞,社会问题特别复杂,解决起来难度大。这既需要中央政府与地方更加重视农业基础建设,以改善民生为重点,扩大公共服务,又需要农村基层党组织带领群众从最基础的公益事业做起,协调利益关系、完善社会管理、调处社会矛盾,使农村各阶层之间的利益更加一致,农民与农民、农民与干部、农民与党组织、组织与组织以及人与自然之间更加和谐共处。

3. 发展农村社会事业是建设社会主义新农村的战略需要

建设社会主义新农村,是我们党在国家现代化建设进入新阶段的背景下提出来的。"现代化是指近代资本主义兴起后的特定国际关系格局下,经济上落后国家通过大搞技术革命,在经济和技术上赶上世界先进水平的历史过程。"①新中国成立后,我们党实行了赶超型的现代化发展战略,其实现途径突出表现为农业支持工业,乡村支持城市。这种发展战略既使综合国力大幅度跃升,也客观上造成了农村的落后尤其是农村社会事业发展的滞后。正是在这种背景下,我们党在新世纪新阶段,深刻总结我国长期以来现代化建设的经验与教训,并吸收人类现代文明进步的新成果,提出了建设社会主义新农村的战略部署。从一定意义上讲,新农村建设是我们党对国家与农民的关系的再调整,是对农民的再组织化,即从城乡一体化的角度,打破传统农村社会的封闭性。新农村建设的"新",一个重要方面体现在社会结构、社会管理、社会组织和社会公共事业的新发展,减小农民的心理落差,满足群众的新期待。在农村外部,让国家财政的阳光普照农村,增加农村公共产品和公共服务的制度供给;在农村内部,要求农村基层党组织带领农民齐心协力谋发展,扩大农村公益事业的发展空间。这样,通过国家惠农

---

① 罗荣渠:《现代化新论——世界与中国的现代化进程》,商务印书馆2004年版,第9页。

政策，打破农村公共品长期供给不足的局面，为农村基层党组织开展工作提供有力保障，为改善农村干群关系，创造良好的政策环境。所以，新农村建设作为现代化建设框架中的政治供给，旨在优化社会整体结构，推动农村社会事业的发展，实现乡土社会向法理社会、传统社会向现代社会的转型。

应该看到，当前农村社会事业的发展同农民的需求存在较大差距。据四川省委组织部课题组在四川渠县开展的问卷调查表明，80%以上的村无比较稳定的集体经济来源，73.5%认为乡村无力兴办社会公益事业。在四川遂宁市的调查显示，群众认为村党支部发挥领导核心作用"一般"、"较差"、"差"的占33.5%；①有些农民说，农业税改革前乡镇干部经常往村里跑，但不干实事；农业税取消后，一些乡镇干部不往村里跑，根本不干事，"党支部没什么用"。尽管这种现象尚属少数，但给我们敲响了警钟。正如邓小平所指出的，如果经济发展了，但是社会风气下降了，贪污、盗窃盛行，那么改革开放不能说是成功的。农村社会事业的落后，不仅反映了国家对农村人力资本投资的不足，而且反映了如何认识人的生命价值、坚持"以人为本"的问题。这既关系到党在农村的威信和执政基础，又关系到农村下一代的成长和民族的未来。从国家与农民的关系来看，发展农村社会事业不仅仅是农村党组织自己的事情，而且中央和地方政府也承担着重要职责。因为农村基层党组织面临的宏观背景是弱势农业与强势工业并存、先进城市与落后农村并存、少数市民与多数农民并存。因此，国家在解决农村社会事业发展问题中应占主导地位，特别要增加政策供给。在此基础上，发挥农村基层党组织的战斗堡垒作用。一方面，农村公益建设往往规模小，投资分散，中央政府和省级政府很难直接操作，更多的工作需要农村基层党组织去具体落实和组织协调，保证党在农村的政策能够得到全面执行，让农民切实得到实惠。比如，粮食直接补贴真正发到农民手中，中央税费改革转移支付真正用到转移税费改革上，农村征地补偿不折不扣发放，等等。另一方面，农

① 中共四川省委组织部课题组：《推进农村基层民主过程中的利益冲突与协调问题研究》，《马克思主义与现实》2003年第2期。

村基层党组织要分配好村级集体资源，增加农民的社会福利，提高生活质量。

◆（二）善于通过农村民间组织促进农村社会和谐

农村民间组织指农村群众为了共同的利益追求而自愿组成的非营利性社会组织。从国家制度来看，民间组织分为法律认可和法律未认可两种类型。从组织类型来看，民间组织分为社会团体、民办非企业单位和其他非正式组织。从狭义角度来看，农村民间组织主要指除了党政组织、准行政组织和各类经济组织以外的非营利性社会组织。很多民间组织虽然在法律上没有得到认可，但国家也没有明令禁止，并且现实生活中往往为农民所认同。

农村民间组织的兴起，与农村社会转型期正式组织的式微有很大关系。计划经济时期，农村基层党组织奉行"全能主义"的领导模式，党政一体，国家与社会高度融合，民间组织生存的空间很小。改革开放后，社会国家化的局面被打破，农村基层党组织的权力从很多领域相继退出，由此农村社会出现权力真空地带，被边缘化的、隐藏多年的民间组织迅速填补了部分真空领域，并对农村基层党组织产生深刻影响。当正式组织没有及时、有效引导民间组织的发展时，往往容易出现不利于农村稳定的情况。比如，一些家族组织在农村社会根深蒂固，以血缘或亲缘关系形成特殊群体，在村民选举中不同程度上拉帮结派，损害选举的公正性；由宗族组织衍生而来的少数宗派组织，以利益关系而秘密结社，往往在体制外表达利益；一些长期存在的宗教组织以宗教信仰自由为名，大规模聚结，个别地方宗教大会的影响超过党支部会议和村民大会的影响；少数民间组织异化为非法组织。随着社会的发展，一些民间组织在参与村庄事务过程中逐渐代替村级组织的部分功能，在村庄治理中分割体制性权力，对农村基层党组织的权威形成挤压态势，从而造成村级正式组织的权威衰落。

对于农村民间组织的负面影响，究竟该怎样看？有的农村基层干部认为，在社会转型期，农村民间组织把农民组织起来，农民"闹事"更容易了，一旦与政府对抗，后果不堪设想。应该说，这种担忧不无道理，但辩证地看，民间组织的迅猛发展是一把双刃剑，有弊也有利。当前，农村正式组织的力量虽然很强大，但农民利益表达的途径还不畅通。对农村民间组织如果引导恰当,不但不会“添乱子”,反而能减少农村基层党组织的运行成本。再者,企图强行打压或剿灭民间组织事实上很难,因为农村民间组织不是偶然产生的,也不是改革开放以后才出现的,其内生性和存在的长期性决定了它的生命力。民间组织自古及今,长期潜伏,即是例证。所以,在民间组织与农村基层党组织长期并存的条件下,引导和利用农村民间组织比堵塞要好得多,关键是如何把它整合为农村的进步力量和维护社会稳定的力量。

从国家与社会的关系来看,农村民间组织的发展反映了农村民间社会的发育壮大。马克思认为,家庭和市民社会是国家的真正的构成部分,是意志所具有的现实的精神实在性,它们是国家存在的方式。家庭和市民社会本身把自己变成国家。它们才是原动力。从中国社会来看,农村民间社会长期发育不足,农民的行为规范主要由国家规定,尤其是新中国成立后农村基层党组织主导农村社会,农民的行为基本上是“整齐划一”,同一性非常突出,自主性和个体性被隐藏,“人的全面发展”不足,农村民间组织一直处于地下状态或边缘状态。市场经济的发展和村民自治的稳步推进,释放了自由空间,农民行动的张力由此扩大,农村相应出现更多的自主空间和管理“空白区”,民间组织在这些灰色地带,通过非正式规则发挥着规范成员行为、内部自律和沟通协调的整合作用。麻省理工学院政治学系的一位学者曾经在中国几个地方的村庄实地调查了一年时间,发现在非正式组织发挥作用好的村庄,正式组织的问责性也明显增强。

中国乡村与“公共领域”比较起来,一直属于“私域”范畴。“家族从血缘和地缘的角度出发,规定人与人之间的义务和责任,调节长幼、男女、尊卑的等级。”[1]古代中国虽然“县止于政”、“官不下县”,但农村基础秩序较为稳定。传统乡村的民间力量把农民组织起来,维持了农村社会的伦理秩序,国家对农村的统治呈现自然乡土的特征。这启示我们,社会道德教化完全依靠国家力量,向农民“理论灌输”,不能完全解决问题。事实上,国家行政力量不可能渗透于乡村的每一个角落,现代社会治理的趋势是逐步减少国

---

① 王铭铭:《村落视野中的文化与权力》,三联书店出版社 1997 年版,第 77 页。

家对基层的行政渗透，执政党对部分社会资源的松绑，客观上促成国家道德教化力量的收缩，因此一些自主空间恰好可以由农村民间组织来填补。其成员既是活动的自我组织者，又是活动成果的共享者。在价值理念上，它强调利他主义和人道主义，注重道德教化与道德践诺的统一，不仅关心组织成员的问题，还把利他主义拓展于其他村民，形成互帮互助的和谐氛围。因此，作为道德伦理的教化力量，乡村民间组织是弥补国家教化权力收缩的不足，实现农民自治自主的重要元素。

1. 通过建设民间组织促进农民的道德自律

农村民间组织由于其乡土性，不可避免留有不良陋习，如绝对的礼教尊崇、权利意识的掩盖、主体精神的压制。这些传统对促进农村家庭的聚合与社会的和谐是很不利的，所以农村基层党组织要推动民间组织的现代转型，完成传统与现代的对接。社会主义荣辱观与社会主义核心价值体系在农村民间组织中如何形成"气象"，有赖于农村基层党组织的引领。现代新型农民是当前中国最大的道德实践群体，对农村社会的现代转换起着支撑作用。因此，农村基层党组织要发挥民间组织在农村道德教育中的承载功能，把道德教育融于农村社会管理当中，引导群众在农村公共活动中自我管理，强化自律。这样，通过农村民间组织的重塑，推进农村社会结构的变动，提升农民的道德水准，促进乡风文明。以老年人协会为例。现在多数年轻人常年在外，村中更多的是"空巢"老人。因此，把老年人组织起来，对于维护农村秩序，具有重要意义。比如，组织文化体育活动，包括用协会的集体收入免费组织老人去医院体检，去旅游，或练健身操；处理宗族事务，如管理祠堂、修族谱、修《村志》，代表本村与外村宗族协商处理矛盾；教育青年，传承村史及为人处事的基本道德；受村集体经济组织委托，管理村上市场，维护社会秩序。在重要传统节日，组织村里的老人聚会联欢。这些措施客观上有助于为农村党组织分忧减负。

2. 利用民间组织降低动员群众的成本

国家与公民的高度联结，容易导致民众与政府的冲突，而执政党也容易成为社会矛盾的焦点，一旦农村社会出现各种问题，农村群众很容易把矛头对准农村社会的领导核心——农村基层党组织。如果国家与公民之间有一个强大的中间地带充当国家与农民的缓冲带,调节各种矛盾,则有利于农村稳定。民间组织就属于这种缓冲带。利用民间组织来做农村群众的工作,有利于减少单个原子化的农民与社会的冲突,降低解决矛盾的成本,把矛盾解决在基层,从而增强农村社会的弹性,达到和谐与平衡。尤其通过做好民间组织负责人的工作,可以提高群众动员能力。比如,在新农村建设中,有的农村创立了“新农村建设农民理事会”,公推责任心强、办事公道、热心公益事业的村民和老党员作为理事会成员,根据村民的意愿实施和管理新农村建设事项。又如,江西省新农村建设农民理事会已达到12000多个,这些农村民间组织解决了很多不便由村级党组织和村委会出面解决的事情,成为党政组织的好帮手。①

3. 创新农村民间组织的建党模式

除了加强对民间组织的宏观领导外,可以在规模较大的、条件发展成熟的农村民间组织中建立党组织,由全体党员民主选举产生工作班子,打破过去行政化的运行模式。比如,在管理农村新社会组织中的党员时,采取双重管理模式,即党员原有组织关系不变,仍保留在居住地党支部,在新组织中可以有选择地参加组织生活,不另缴纳党费,但协会党员必须参加各项活动。这种协会党支部、农村文化团队党支部,不同于一般意义的党支部。它是社会形态的,不是传统的组织、人事、行政上的。它依托成员间的横向社会关系,采用说服、协商、合作等手段开展工作,不依赖行政权力,也不依赖政党权威,而是主要靠党员的人格魅力和素质来发挥党在农村民间组织的影响力,这是对“自组织化”的民间组织实施“柔性领导”。农村文化团队里没有天然领导人,不分上下级关系。协会党支部是服务性的,不是强制性的,没有“领导”的感觉。支部成员是团队里的骨干、积极分子,掌握队伍活动的地点、内容,了解队员的情况,及时化解矛盾,保证协会的健康发展。党

---

① 陈国裕:《积极探索欠发达省新农村建设的路子——江西省委书记孟建柱答本报记者问》,《学习时报》2007年2月5日。

支部以对社会提供服务的理念,来取代计划经济时代刚性的管理思路,实施对协会的柔性引导,有利于维护社会的稳定。

4.引导农村民间组织自我管理

虽然农村民间组织发展很快,但自我管理能力还不高,活动制度化程度低,尤其民间组织之间缺乏沟通,农村公共活动呈现低度整合状态。因此,农村基层党组织加强对民间组织的引导非常重要。这种引导,主要体现为发挥农村基层党组织的组织优势,与农村民间社会形成互动态势,着力解决农村民间组织理论上的自主性与实践中的行政性的矛盾。比如,农村党员在与农村群众的交往中,以人格魅力赢得群众的认同与信任;发挥辅助作用而不是主导其活动,支持民间组织自己组织一些公共活动,引导群众参与公共生活;为组织的活动主题、内容提出建议;解决民间组织发展中遇到的、自身很难解决的实际问题,如场地、经费问题。在引导、协调、支持过程中,农村基层党组织的政策导向既渗透于农村民间组织中,又保持民间组织的相对独立性。这种领导方式,既是回应民间力量发展的产物,也是规范民间组织自治的手段,既改变了非正式组织随意发展、"自发"的生存状态,又改变了以往行政强制管理的现象,使领导真正成为一种服务。

第四章

由行政化到政党化：农村基层党组织在引导、示范、服务中实现功能

农村基层党组织的行政化，指党组织把自身等同于行政组织，或者代替行政组织行使功能，通过科层体系、行政指令、直接指挥等方式开展工作。行政化的运行路径主要是单向的，很少征求对方的意愿，这种强迫性的活动方式往往引起群众的不满或反抗。而政党化，指农村基层党组织明确自身的政党定位，依靠引导、示范、服务等方式实现自身功能。政党化的运行路径是双向的，注重横向协商，以非权力运行为主，强调及时回应对方的诉求。由行政化向政党化转变，实质是农村基层党组织的领导方式由过去的指令型向引导型、指挥型向示范型、管制型向服务型转变，最大限度发挥我们党做群众工作的优势，实现党的功能。

一、农村基层党组织在引导中带领群众

所谓引导，指主体在尊重客体意愿的前提下，运用各种方式与对方平等沟通，启发劝导，引出思路，指明方向。与强制命令、违背对方的意志相反，引导侧重的是指引、诱导、带领，具有温和柔性、间接影响、潜在熏陶的特点。引导分为思想引导、文化引导、利益引导等类型。引导的实质是摆脱党组织对行政权力的过分依赖，尊重群众的主体价值和首创精神，破除领导就是直接管理各种事务的观念，实现代民做主、替民做主向由民做主、非行政化的

战略转变。引导意味着农村基层党组织过去直接控制经济社会事务的空间必须压缩,农村群众的个体价值和权利实现空间需要扩大,农民的自主意识和主体意识进一步激活。引导群众,体现了现代政治沟通原则,坚持了以人为本的党群沟通理念。农村群众是农村基层党组织生命的核心支点,只有引导群众而不是单纯命令群众,才能赢得农民的衷心拥护。

◆(一)思想引导

思想引导是我们党的政治优势之一。对农村基层党组织而言,加强思想引导而不是发号施令,需要尊重农民,掌握群众语言,把握农村实际。

1. 要尊重农民

从党的历史来看,我们党对群众工作是高度重视的。毛泽东告诫全党:“我们一定要警惕,不要滋长官僚主义作风,不要形成一个脱离人民的贵族阶层。谁犯了官僚主义,不去解决群众的问题,骂群众,压群众,总是不改,群众就有理由把他革掉。”①毛泽东强调不要骂群众,压群众,其本质是尊重群众的主体地位,通过尊重群众赢得群众的支持。邓小平曾指出:“农村家庭联产承包,这个发明权是农民的。农村改革中的好多东西,都是基层创造出来的。”②江泽民说:“乡镇企业异军突起,是中国农民的又一个伟大创造。”③在这里,邓小平、江泽民强调了群众的智慧。角度虽然不同,逻辑的归宿则是相同的:正是群众的智慧和力量给了我们党的发展力量,因此我们党以及党的干部没有理由不尊重群众。现代政治学中有一个基本观点:尊重民意才能获得民众对政治体系的认同。在西方,这被称为政治合法性或执政合法性,“人民的声音是上帝的声音”。在古老中国,“民贵”成为为官者的一种政治伦理,而不尊重民意被描述为“防民之口,甚于防川”。在中国共产党看来,党的思想政治工作是党的生命线,想问题、办事情要看“群众答应不答应、高兴不高兴、拥护不拥护、赞成不赞成”。在长期执政的条

---

① 《毛泽东选集》第五卷,人民出版社 1977 年版,第 326 页。
② 《邓小平文选》第三卷,人民出版社 1993 年版,第 382 页。
③ 《十四大以来重要文献选编》(上),人民出版社 1996 年版,第 6 页。

件下，尊重民意是增强党的执政基础的方法途径，也是执政能力提高的重要体现。

历史表明，尊重群众对我们党是多么重要。尊重农民原本属于党的基本常识，但在一些农村却成为稀缺资源，成为农民的奢侈品。现在，一些农村基层党组织布置任务、传达政策仍然习惯于给农民下行政命令，很多情况下不征求农民意见。口吻，是颐指气使的口吻；态度，是居高临下的态度。有的乡镇党委负责人进村，下车伊始，“自以为老子天下第一”，不是先听群众的意见和呼声，而是所到之处，发议论，下指示。一些农民反映，“现在最盼望遇到啥事，干部会跟咱们商量，会跟咱们掏心窝子说话”。尊重群众，按理来说是马克思主义中的ABC，但为什么一些干部执行起来那么难？为什么过去做群众工作是我们的优势，而现在有的地方却成为劣势？

原因是复杂的。其一，执政前与执政后相比，党的历史方位发生了变化。各级领导干部直接掌握了公共权利，而公共权利具有强制性、垄断性、利益性和腐蚀性，这就容易产生官僚化的倾向，脱离群众的危险不断增加，并成为执政后的最大危险。其二，少数干部脱离群众导致的危险，不像革命战争年代那样，马上会带来全军覆没和直接的生死存亡。党执政时间越长，这种危险的周期性、潜伏期也越长，并且少数干部不正之风带来的风险低于其收益，这就导致一些干部麻痹大意，甚至作威作福。其三，目前我们主要实行的是代议制民主，由人民委托领导干部行使权力。但是少数干部却把人民委托的权力视为自己的囊中之物。同时，在委托授权过程中，一些地方的民主发展质量不高，在实践中出现变相任命制。由于个别地区权力授受关系颠倒，权力监督特别是权力制约的力量还不强大，干部主要由上级任免，因此干部对上负责与对下负责的统一性不够。其四，中国是一个有着几千年历史的大国，长期处在封建社会，缺乏民主政治的洗礼，一些群众自身的封建残余意识仍然存在，干部的双重人格没有全部消失，父母官“为民做主”的思维根深蒂固，这为少数干部的高高在上、官僚主义提供了土壤。这些因素使得一些农村干部习惯了“管制”方式，对农民下强制命令比较多，而尊重群众不够。

毛泽东早就指出："不能靠历史吃饭，不能靠威势吃饭，要以理服人，不能以力服人。"①历史表明，靠威势维系领导地位是靠不住的。领导不等于单纯下命令，被领导也并非都是服从。在乡镇，很多问题既具体又复杂，靠行政权力无法圆满解决，需要党组织做耐心的说服动员工作。只有站在群众中间，以群众的立场思考问题，以群众的姿态沟通引导，而不是强制性地推行，党的路线方针政策才能变成群众的自觉行动。也只有循循善诱，采取引导的方式处理群众中的内部矛盾，才能得到群众的理解和支持。从根本上讲，尊重群众要健全体制机制，加强党群联系的制度化，让不尊重农民的干部付出代价。在此基础上，解决一个对群众的感情问题。只有真正把群众当做主人和亲人，群众再小的事，干部也会当做天大的事；反过来，如果对群众没有真情实感，认为农民"愚、贫、弱、私"，看不到农民的创造性和力量，那么很难贴近群众。在这些干部看来，群众天大的事也是小事，甚至根本不当一回事。正是在这个意义上，胡锦涛总书记告诫全党"群众利益无小事"。

2. 要把握农村实际

长期以来农村的思想政治工作，灌输和说教占了很大比重，这种方式曾经发挥了重大的作用，但在市场经济条件下遇到了新的挑战，有时引起农民的排斥。其根源在于，一些干部脱离农村实际，没有真正了解农民、理解农民，不知道农民内心的所思、所想。现在一些关于农村的媒体宣传离农民的距离比较远。很多农村的广播形同虚设，针对农民的报纸越来越少。据全国农民报协会调查，现在真正面向农民的只有三十多家报纸，中央、省市的机关报虽然也涉及一些农村信息，但是量非常小。这与农村人口占全国的比重是不相称的。农民个人订阅的少，以村为单位订阅报纸，许多不能及时送到村里。即使送到了村里，由于一些机关报的话语方式与农民的阅读习惯不符合，农民对这些报纸不感兴趣，很多报纸在村委会成为一种摆设。从

① 中共中央文献研究室：《毛泽东传（1949—1976）》，中央文献出版社2003年版，第656页。

电视媒体来看,全国几千个电视频道,专门的农村频道很少。农民从媒体渠道获知“三农”信息十分有限,这就造成很多政策难以深入到农民当中,权威信息在农村衰减,部分农村成为政策的“信息孤岛”,党在农村的思想阵地缩小。

毛泽东曾说,我们读了很多马克思主义的书籍。但是,要注意别把“农民”这两个字忘了。这两个字忘记了,就是读一百万册马克思主义的书,也是没用的。美国一位学者认为,一个国家要发展,必须研究农民,“对农民缺乏了解造成了许多发展规划的失败”,“在不发达国家,农民构成了人口最基本部分,因此农民是变迁机构的首要目标。只有影响了广大的农民,发展规划才能实现。”①但是,读懂农民、了解农民是很不容易的。长期生活在农村与在农村挂职感受不一样,农村挂职与农村调研又不一样,挂职和调研总体上还是“局外人”和“观察员”,在农村生活与在农村蹲点生活的体验程度毕竟有区别。有位作家在农村挂职了十年,深有感触地说,自己曾经是以城里人的优越感来审视农村,但真正接触到农村生活,深入到农民的内心世界之后,才知道了自己的肤浅。

江苏省一位乡党委书记,大学毕业后分配到县机关工作了十余年。为了到基层施展才能,踏踏实实为农民办实事,2004 年通过全县乡镇党委书记公推公选当上了乡党委书记。两年后,这位乡党委书记却四处想办法往县机关调,说是“不管什么职位,只要能走就行”。他说,农民的事我实在是做不来。我费尽心思设计得好好的方案,农民一句也听不进去;他们想的事,我又感觉是目光短浅不值得劳神费力,结果这一年下来没干成什么像样的事情。他说,基层为官,首要的是保平安,防止老百姓闹矛盾出事故。可是,一些事情我感觉会出大麻烦,兴师动众部署半天,后来发现农民们其实毫不在乎。我看着以为鸡毛蒜皮的琐事,农民们却闹出大风波。几棵树苗的小争执排解不好就有可能闹出人命来。② 这种现象的发生,与基层干部

---

① [美]埃弗里·M.罗吉斯:《乡村社会变迁》,浙江人民出版社 1988 年版,第 321 页。

② 钟玉明、郭奔胜:《“三门干部”要握好百姓的手》,《瞭望》新闻周刊 2006 年第 28 期。

把握农村实际不够有很大关系。要对农民内心有深入了解，必须了解农村的真实、全面的实际情况。邓小平说："教育一定要联系实际。对一部分干部和群众中流行的影响社会风气的重要思想问题，要经过充分调查研究，由适当的人进行周到细致、有充分说服力的教育，简单片面武断的说法是不行的。"①这一论述，是很有针对性的，对我们把握农村实际，做好群众工作具有重要指导意义。

3. 善于与群众沟通

引导群众，除了要把握农村实际之外，还要善于掌握群众语言，同农民进行心灵沟通。现在很多农村基层干部是20世纪70年代以后出生的，尤其近年来一大批大专院校毕业生到农村服务，这批新生代文化水平高，但对农村和农民的了解不够。部分基层干部不善于运用群众语言与农民打交道，聊不到农民心里去，也不知道如何与农民相处。他们开会时能说一套套的鸿篇大论、时髦词汇和专业术语，但与农民的话语方式却格格不入；他们提出很多规划、思路，但与农村的实际不对路。他们的工作方法和处理矛盾的方式与群众的愿望、要求有很大的距离，把握不住农民的心理，其兴奋点与群众的关注点不重合。

实践表明，干部与农民打交道，仅说"普通话"是不够的，"党八股"更是不行的。邓小平一针见血地指出："会议多，文章太长，讲话也太长，而且内容重复，新的语言并不很多。"②对农村党员干部来说，要引导好农民，必须熟悉群众语言和农民的话语系统，把处理机关内部关系的能力转化为做群众工作的本领，把制度设计与农民的思维习惯、农村变化结合起来。只有少些"机关衙门"色彩，多些乡土味，才能更好地与群众打成一片。

社会转型期，农村社会结构发生深刻变动，农民、干部也发生深刻变化，农村事务越来越复杂。农民有很多困难，农村干部也有很多苦衷。现实生活中，既存在农民误解农村干部的现象，也存在干部误解群众的现象。更多

① 《邓小平文选》第三卷，人民出版社1993年版，第144页。

② 《邓小平文选》第三卷，人民出版社1993年版，第381页。

时候，双方各执一词，怀着猜忌、戒备心理和怨气干工作，结果一些矛盾越积越深，成为矛盾的“蓄水池”，最后爆发外泄，酿成各种事件。之所以过去的鱼水关系在少数地方异化为油水关系甚至水火关系，与干群沟通不够有很大关系。在改革发展过程中，农民越来越重视自身的利益，其中少数农民借土地征用的机会，提出过分的要求，索取超标准的补偿款。同时，也有少数干部侵占和损害农民的利益。这两种现象，一旦被情绪化地放大，便容易产生误解。消除这些误解，需要农村干部“向上攀登理论，向下深入实际”，深入农民的内心世界。

北京有一个村庄，由于村党组织和村委会事先缺乏规划，农民随意建房，结果村中间的老百姓几乎出不了门，生产、生活都受到影响。村干部下决心规划出三条主要街道，彻底解决村民的出行难问题。但想到这事要砍树，要动房子，村集体又没那么多钱给补偿，干部又含糊了，决定先吹吹风再说。没想到干部上门征求群众的意见后，沟通效果非常好，家家拍手称赞。群众说，干部是在给老百姓办实事，我们还有啥说的。事实表明，干群之间沟通是可能的，是非常重要的。这也说明，农民是朴素的，是通情达理的。只要命根子——土地不随便被侵占，或者补偿不是太低，绝大多数农民是不会提出过高要求的。真心为群众办事，群众心里是有一杆秤的。群众是不是能正确处理个人利益与集体利益的关系，首先在于干部是不是为群众谋利益。当一些干部埋怨群众不听话，是“刁民”时，首先干部要反思自己是不是像话，是不是“公仆”。只有自己心里装着群众，才能更好地代表群众。做好这些，干群之间才能增进理解。对于执政党来说，执政基础的增强不仅意味着执政绩效得到群众的认可，在一定意义上讲，也意味着干部在失误时能得到群众的理解和谅解。

◆（二）文化引导

农村文化是在农村社会生产方式基础上，以农民为主体，建立在农村社区的文化。农村文化是农民文化素质、价值观、交往方式、生活方式的反映，随着农业社会的产生而产生，由农业生产的专门化而形成，随农业生产力的发展而逐步完善。当代农村文化是社会主义文化与乡土文化的融合体。主导文化与乡土文化相辅相成,相互影响。主导文化要在农村很好渗透和扎根,往往需要乡土文化的因子渗透。对中国农村来说,乡土文化精华与糟粕俱存。针对农民的局限性,马克思有过形象描述:“法国国民的广大群众,便是由一些同名数简单相加形成的,好像一袋马铃薯是由袋中的一个个马铃薯所集成的那样。”①这就是说,乡土文化夹杂了小农意识的成分,杂乱而分散。乡土文化中的不良成分与农民的文化认识水平有关。毛泽东说:“农民——这是现阶段中国文化运动的主要对象。所谓扫除文盲,所谓普及教育,所谓大众文艺,所谓国民卫生,离开了三亿六千万农民,岂非大半成了空话?”②

社会转型期,农村的社会主义文化占主导地位,同时传统文化解构与复兴并存、非正式文化与农村文化“真空”同在。比如,民俗文化无人领头发起,有的地方社会主义先进文化的宣传没有进入农民的生活世界。随着市场经济的发展,建立在经济基础之上的现代价值理念和生活方式正在侵蚀传统的乡土社会,农村“熟人社会”和“差序格局”在悄悄裂变,农民祖祖辈辈流传下来的生活理念逐渐边缘化。尤其是进城务工的农民,受到都市现代化的强烈冲击,现代传媒和社会的流动正改变着农民的生活方式和构成农民生活方式的文化形态。这样,农村文化旧的传统被打破,现代文化未完全建立。因此,农村基层党组织应引导农民改变封建落后的文化因子,把优秀的农村民俗文化,融入社会主义核心价值体系当中。

与改造农村落后文化相联系的另一个问题是农村宗教问题。农村宗教问题是一个异常复杂的问题。宗教既有积极作用,又与宗族、邪教势力交织在一起,对农村产生了多方面的影响。在南方,修宗谱、建祠堂,兴盛不衰。在西部,很多村有寺庙,逢庙必进,见神烧香,而农民见到文化站很少进去。从陕西延安到榆林,再到宁夏西海固和甘肃庆阳,无论是从汽车窗口看到的公路附近村庄,还是随机走访的山村,都有一个共同点:“村村有寺庙、见神

① 《马克思恩格斯选集》第1卷,人民出版社1995年版,第677页。
② 《毛泽东选集》第三卷,人民出版社1991年版,第1078页。

就祷告。”一些地方还存在“门徒会”、“实际神”等邪教组织，对群众物质、精神危害很大。[①] 有的农村基层组织相对薄弱，乡镇党委、政府求稳怕乱，纵容了宗族势力的膨胀，部分弱势群体寻求宗族势力的“帮助”。很多村的祠堂、寺庙很豪华，而农村基层组织的办公条件很差。少数宗族和宗教组织开展活动时，一声号召，群众云集，而村党组织议事开会，响应者寥寥无几。更有甚者，一些宗教与宗族联手，或者披着“宗教”的外衣开展活动，干扰基层政权。

农村宗教、宗族的复兴，既有农民文化程度、认识水平的原因，也与一些农村基层党组织服务群众、关心群众不够有关。江苏省100多万基督教徒中，因疾病无法医治而信教的大约占70%。[②] 2007年西部某村，受附近县办煤矿采煤影响，村庄地面出现严重裂缝、沉陷现象，部分村民房屋和窑洞开裂、塌陷，村民代表向城关镇党委反映问题，党委和政府没有及时救助灾民。于是一些受灾农民纷纷跑到村内的神庙里焚香跪拜，祈求神灵庇护。许多乡镇文化站名存实亡，或者有场所无活动，农民精神生活单一，文化生活缺失。在一些发达农村，也存在重经济、轻文化的倾向，一些不健康文化悄然出现。所有这些，与党组织在农村思想文化阵地缺位和党的群众工作乏力有关。

为此，农村基层党组织需要改进文化引导的方式，增强群众对党的向心力。

1. 针对农民的特点开展文化引导

对摆脱贫困和走向小康的农民来说，大部分需要的是非高消费、非超前性、有时代气息的乡村文化。当前农村剩余劳动力比重还较大，尤其乡村老人、妇女、儿童占的比重更大，他们有相对多的农闲时间开展文化活动。对这些农村群体进行文化引导，应符合他们的思维习惯和价值偏好。比如，开发和提供村民交流沟通的公共场所；利用农闲时间、民间传统节日、庙会、乡

① 《陕甘宁部分农村地区：地下宗教“复活”》，《新华每日电讯》2007年2月11日。
② 中共中央组织部党建研究所：《党建研究纵横谈》，党建读物出版社2002年版，第156页。

间茶坊、集市开展富有民俗传统的文化活动;运用群众喜闻乐见的形式,把党的路线方针政策融入老年祝寿会、春节团拜会、腰鼓、秧歌文艺表演当中,引导乡村民间精英增强乡土文化的时代性。

2. 乡土文化与社会主义文化相契合

毛泽东说:"菩萨是农民立起来的,到了一定时期农民会用他们自己的双手丢开这些菩萨,无须旁人过早地代庖丢菩萨。共产党对于这些东西的宣传政策应当是:'引而不发,跃如也。'"[①]其潜台词是,强行取缔和禁止都是不妥的,应该引导农民正确对待宗教。移风易俗,树立新风尚,促进乡风文明,需要一个过程。要搭建载体,通过建立村文化活动中心和乡镇文化中心,让农民有机会吸收更多的"文化新空气"。要引导群众增强"村落共同体"意识。对贫困乡村来说,社区内部的公共精神是非常重要的资源,村庄穷并不可怕,最可怕的是穷志气,丢失公共精神。通过培养农村公共精神,可以增强农民的自我发展意识。

3. 支持民间艺术团体发展农村文化

鉴于有些农民的业余生活主要是喝酒、打牌、看电视,"信仰流失"严重的现状,农村基层党组织可以不直接对农民做工作,而是组织和支持成立村文艺宣传队,用民间文艺的形式向村民宣传党的政策。因为农村民间艺术团体是农民自己发起成立的组织,成员大多数是农民业余爱好者,他们熟悉方言,了解农民,通过农民自编自演的文艺节目,具有"量体裁衣"的特点,更有针对性。过去抓农民政治学习,就靠开会、硬性宣传,但农民对政策法规还是知之甚少。而农村民间艺术团体到村组农家、田间地头、集镇茶坊,将党的政策故事化、口语化,用身边的事教育身边人,生动形象,农民爱听。同时,农村民间艺术团体利用文化活动的聚集效应,与农民接触,带回群众的心愿,乡镇党委从中了解舆情,及早发现问题。总之,这种双向互动的文化传播方式,契合农村的特点,有利于党组织开展农村文化建设。

---

① 《毛泽东选集》第一卷,人民出版社1991年版,第33页。

◆(三)利益引导

在发展社会主义市场经济的条件下开展群众工作是农村基层党组织面临的一个新课题。人民群众是看实践的。市场经济推动社会发展的动力不是虚幻的理想,而是在科学理想之下引导人民为自己合法利益而奋斗。离开一个个具体利益,农民很难相信他们的根本利益能够实现,只注重长远利益的宣传而忽视现实利益的维护,也得不到农民的支持。共产党只有正确地表现人民所意识的东西,才能引导和凝聚群众共同奋斗。因此,农村基层党组织领导群众加快发展,靠命令不行,靠纯粹的理论宣传也不行,而要把思想引导与利益引导结合起来,引导农村群众看到利益期望,并得到实惠,使期望成为现实。

1. 增强农民利益预期

新时期,农村基层党组织如何动员农民建设自己的家园,遇到了新考验。特别是农业税免除后,原来来源于村提留的收入减少,村庄社会事业建设面临困难。尽管目前全国农村普遍推行了一事一议制度,向农民筹资筹劳举办村级公益事业,但实践中很多村实行这一制度阻力不小。少数村民反对某些公益建设,拒绝出资出力,并对其他村民产生影响,结果反复争论之后往往没有结果——议而不决。显然,在这种情况下如果采取行政命令,只能是事与愿违。

为此,有的基层干部埋怨农民"素质低、合作能力低"。应该说,这话有一定道理,但根源在于农村干部做群众工作的本领不够强。农民暂时不愿出钱出力,并不等于农民的素质低。很多时候"群众的眼光是雪亮的",也是理性的。农民筹资筹劳,心里会琢磨:最终能否从中受益?能获得多大利益?农民在一定意义上都是"经济人",有的虽然文化程度低,但同样有理性头脑,都希望以最低的成本获得最大的收益。当个人收益低于社会收益时,在经济学上就会产生负外部性,即农村群众希望把部分成本转嫁给别人或者集体单位,有的甚至无偿享受公共利益。所以,农村基层党组织要发动群众筹资筹劳,要善于调动农民的利益预期心理,让农民得到实惠,得到看得见的利益。换句话说,要让农民有一个共同享受发展成果的利益预期和实现憧憬,通过利益“共享”,实现和谐“共建”。

第一,发动村民参与公益事业建设,应该让群众畅所欲言,允许争论和保持不同意见,也允许有一个思想转变过程,不宜操之过急。第二,让村民筹资不能超过他们的承受能力,农村重大基础设施建设应以国家投入为主,而不能把发挥农民的主体性作用变成事事由农民筹资筹劳。第三,采取严格措施,保障筹资款项切实用于公益事业建设,使群众看到“阳光作业”后对利益回报有信心。第四,既让群众能获得长期共同成果,也让群众在公益事业建设中获得直接收益,让农村公益事业建设的利润尽可能留在农村,让农村群众投劳出力的同时,适当挣钱,满足农民的内在需求。第五,对于个别思想上一时想不通的农户,一方面耐心劝导,另一方面帮助他们发展产业,得到实惠。这种引导机制符合农民的预期心理,比行政命令的领导方式更有效。

2. 协调农村利益关系

现在,不同的农民组织在一起,形成不同的利益群体,不仅他们的利益诉求多样化,而且利益实现的途径也多样化。有的拥有合法的劳动收入,有的则拥有合法的非劳动收入——依靠房屋出租、集体分红甚至股份投资合法致富。这使得原本处于隐性状态的农村贫富差距拉大。农业税取消并实行“一免三补”政策后,农民种地热情高涨,农村土地流转纠纷随之增加。一是已经转让出土地使用权的农户想收回土地,而承包户不愿交还多年耕种的土地,农户与农户之间产生矛盾;二是过去有的农户把耕地退回给村委会,村委会将其耕地转包给了其他农户,现在这些农户又想收回自己的耕地,这就产生了农户与村委会的矛盾;三是乡镇政府侵占村集体的土地权益。有的乡镇以建农贸市场为名,借地生财,村民对乡镇不满,由此产生了乡与村的矛盾。据国土资源部统计,2002 年上半年,群众反映征地纠纷、违法占地问题,占信访接待部门受理总量的 73%。这些问题与其他问题叠加在一起,使农村利益关系更为复杂。

“解铃还须系铃人。”农村基层党组织要发挥利益协调功能,引导农民以理性合法的形式表达利益诉求。一要做好事前的利益诉求工作。农村基层党组织负责人或者班子成员在实施政策前，应经常登门拜访农民，征求他们的意见，并收集信息反馈给有关部门。所有政策的出台和实施，应把土地、住房、医疗、再就业问题和社会保障问题放在首位，真正改善民生，维护农民的切身利益。二是当利益冲突发生后，农村基层干部要做好协调工作。比如，某村几家住在村里蓄水池旁边的农户因担心下雨时排水冲垮房屋地基，便将排水通道堵了，而周边的房主担心雨水排不出去，发生了纠纷。为此，农村基层党组织召集村民代表、矛盾双方、党员代表和民事调解人员一起讨论，最后根据"谁受益，谁出钱"的原则，将排水方式由地上改为地下，安装排水管道，周边受益的农户也承担相关费用。最后，各方都实现了利益，他们对党组织的沟通协调很满意。

3.提高利益引导艺术

一位哲人说过：货币是思想的逻辑。这启示我们，宣传不是纯粹意识的产物，而是利益关系的反映，宣传群众是为了把思想问题与利益问题对接起来，使思想动员建立在扎实的现实基础之上。对农村基层党组织而言，实现这一目标，至少要注意以下几点。

第一，利益关系的复杂化，并非必然导致社会冲突。做农村群众的思想工作，既要"给人民以看得见的物质福利"，又要引导农民在追求自身利益的同时不能否定别人的合理利益，坚持"和而不同"的共赢原则。

第二，农村社会转型期间，发展成果与发展责任相伴相随。已经富裕起来的农民从改革中已享受到发展成果，在这个基础上农村基层党组织应当引导他们分担相应的社会责任，防止"为富不仁"，帮助其他落后农民改善生活。对于农村困难群体来说，则应引导他们力戒情绪化的批评，多提建设性的意见，生活困难党员在力所能及的范围内分担一些责任。

第三，对农村群众之间的分歧和争议，农村基层党组织不宜简单下结论和"各打五十大板"。有时争议的双方都有道理，有时农村群众的利益诉求要在一个时期后才能得以证明，因此农村基层党组织要心平气和、理性看待各种利益争端。或者组织农村群众沟通协商，增进彼此的理解，逐步形成共识；或者暂时把争议悬置起来，深入调研，交由实践评判。

第四,农村基层党组织存在自身的组织目标,这些目标与农村群众的根本利益是一致的,但也存在微妙差别。农村基层干部不能混淆“公利”与“私利”的界限、与民争利。要防止党组织自身成为既得利益集团,这是做群众工作的底线。冲破这条底线,将掉入万劫不复的深渊。对此,必须未雨绸缪,防患于未然。

二、农村基层党组织在示范中组织群众

示范,指作出某种可供大家学习的典范。农村党员和党组织的示范,指向群众直接展示自身的行动能力和行为道德,在群众中树立一种规范,成为群众效仿的模范。与引导相比,示范侧重的是主体的实践形态,而不是思想理论层面。“一个实际行动比一打纲领更重要。”对于农村基层党组织而言,向群众做示范,就是要由过去的“指挥群众干”转变为“亲自动手干”,由“旁观者”转变为“实干者”。示范的过程,就是先进性的释放过程,即通过党员和党组织的示范带动,以点带面,由党员带动群众、进而由群众带动群众,达到党员和群众集聚、组织资源与社会资源聚合的目标。从这个意义来讲,示范具有释放先进性的辐射效应和团结群众的聚合效应。其目的在于通过党员的行动逻辑,把党的纲领转化为群众的自觉行动,将农村基层党组织定位于社会和人民当中,增强党组织与社会结构的契合度。

◆(一)示范的功能

应该说,示范不是一个新概念,也不是一个新做法。长期以来,中国共产党人依靠示范带动作用,把群众凝聚在党的周围。古巴共产党领袖卡斯特罗有一句名言:社会主义是榜样的科学。[①] 这种榜样作用充分体现在共产党靠示范带动作用,凝聚人心。这是党的政治优势。一般来说,在党员和党组织有威信的地方,群众对党员是佩服的,而党组织涣散的地方,往往群

① 转引自中共中央组织部党建研究所:《党建研究纵横谈(2005)》,党建读物出版社2006年版,第392页。

众对党员不敬佩。过去我们党之所以有威信,关键靠两条:一条是群众对党员是佩服的,另一条是群众对干部是信任的。离开这两条,党的群众基础将面临危险。改革开放以后,一些农村基层党组织威信不够,恰恰在于淡化了忧患意识,忘记了优良作风,示范功能处于“休眠”状态。为此,在新的历史条件下,农村基层党组织要突出党员的示范功能,发挥行政命令不具有的优势。

第一,行政命令把干群关系单纯看成是上下级的关系,而示范意味着党员干部不把群众当做自己的工具和附属物,而是把群众视做“大家庭”的共同成员,党员自己动手,带领群众一道共同奋斗。这种威信比权力更有号召力。在长期的实践中,农村基层党组织的权威,不是建立在直接指挥和管理的基础上,也不是依靠袖手旁观来实现,而是党员把先进性的符号象征转化为活生生的实践,形成了无形的威信力量。新时期,示范作用不仅不能忽视,而且应该加强,因为当前党群关系呈现出新的特征。在计划经济体制下,农村群众的利益主要通过集体配置来实现,而在市场经济体制下则主要通过社会、市场配置来实现;在革命战争年代,党的利益与人民利益是一致的,而在长期执政的条件下,二者除了有共同利益之外,还有微妙的区别,党组织和个体之间的利益融合与利益博弈同时存在。这就决定了农村基层党组织与农村群众之间不仅是领导与被领导的关系,而且还包括双方的合作互动关系。其中,通过示范带动,形成党员与群众的互动,就是一种合作方式。但是,从实践来看,长期执政的环境使得少数农村干部习惯于依赖权力开展工作,靠强迫手段领导群众,结果农民对乡村干部只是“臣服”而不是“诚服”。一些村庄的党员示范带动能力弱,直接影响了党在农村的威信。有的党员不如群众,有的混同于群众,有的被称为“群众党员”——“党员不党员,只差党费钱”。这些现象对农村基层党组织来说,都属于政治风险。防范和减少这些风险,需要党员向群众做示范,凝聚群众共同奋斗,形成道德感召力和政治带动力。这种力量一经形成,能够赢得群众的内心崇尚、自觉认同和社会支持,比行政命令更具有稳定性和持久性。

第二，行政命令侧重于以指挥的形式组织群众，而党员示范意味着党员干部亲自动手，做群众的行动表率，把个人的发展同群众的发展紧密联系在一起，以先富带动后富，体现党员先进性。胡锦涛总书记2006年4月在山东省寿光市调研时指出，农村基层党组织和党员的先进性就是要体现在带领农民致富上。原因很简单，社会主义的本质之一是实现共同富裕。通过党员的示范带动体现社会主义优越性，是我们党的价值归宿，也是增强党的群众基础的重要途径。在发展社会主义市场经济条件下，农村党员掌握科技知识和提高市场经营能力，合法致富，发挥榜样作用，有利于增强那些心存疑虑、不敢冒市场风险，或者致富无门的农村群众的信心。长期以来，我们坚持个人利益与国家利益、人民利益的一致性，但是在一定程度上往往是根本利益覆盖了具体利益，集体利益掩盖了个人利益。在“党的利益高于一切”的影响下，在一段时期内，共产党员公开谈论个人利益和率先致富成为一种忌讳，在政治生活中谈“财”色变。应该说，作为共产党员，个人利益服从全局利益是必须坚持的党性原则。但是，个人利益服从全局利益不应成为否定合法的个人利益的依据，也不应成为合法致富的禁区。正像“贫穷不是社会主义，社会主义要消灭贫穷”一样，贫穷不能代表农村党员的先进性；恰恰相反，发展农村党员先进性，要率先致富，以先富带动后富。执政以后的共产党员，与革命战争年代有很大不同——农村党员已不是传统意义上的“无产者”，而是拥有合法财产的建设者。党员通过自身致富成为激励农民的榜样力量，同时也向社会传递出新的信号——农村党员要敢于合法致富，勇于带动大家共同致富，这是对示范内涵的拓展，是新时期农村党员先进性的突出时代特征，也是发展党的先进性的重要体现。

第三，行政命令具有官僚科层制的制度理性，如同一台按部就班的运转机器，而党员的示范工作，富有人性化，多数属于义务性工作，常常需要党员付出必要的牺牲——付出时间、奉献资金、贡献技术，有时甚至牺牲自己的利益和生命。这种先锋模范事迹所折射出的人格魅力，对群众本身就是一种触动，比指挥命令更有感染力和凝聚力。农村党员展示和奉献出自己的经验,在理论层面上没有问题,但在实践中却会遇到问题。因为在发展市场经济的大气候中,利益意识与党性意识既有共生的一面,也存在冲突的一面。农村党员作为市场主体,同其他农民一样都面临激烈的市场竞争。现实生活中,信息不对称是市场经营中的一个重要法宝。党员要打破"秘不示人"的祖训,打破技术独享,把信息分享给群众,亲自做示范,有时会利人不损己,有时会损己利人,有时甚至是"毫不利己、专门利人"。因此,要把自身的经验、多年经营的市场关系和能带来资本增值的技术要素,无偿地贡献出来,对农村党员来说很不容易,在市场经济体制下更为不易。这需要宽阔的胸襟和坚强的党性。正因为不容易,所以党员示范对群众的冲击力非常大,这些人格力量为群众脱贫致富提供了物质技术支持和精神支撑,成为宝贵的财富。陕西佛坪县陈家坝镇陈家坝村农民王继东,潜心钻研新型香菇栽培技术,扩大自家的香菇栽培规模示范,免费开办技术培训班,培训村民600余次,把知识和经验毫无保留地传授给乡亲们,在他的示范带动下,有40余户村民全面掌握了栽培技术,全村生产的香菇远销上海、福建、广州等地,一些困难户相继脱贫致富。① 在全国许多地方,党员的人格魅力,直接转化为群众对党组织的持久向心力,农村基层党组织的功能得到充分发挥。

第四,行政命令很多情况下表现为行政干预、越俎代庖,把带领群众扭曲为替代群众,干部无形中把自己变成行动的主体,而示范重在启迪群众并激发其潜能,发挥农民的主体作用。唯物史观认为,人民群众是推动历史前进的主体,领袖能够加速或延缓历史的进程。同样,农村优秀"领头雁"对社会变迁具有推动作用。这种推动作用突出表现为"村看村、户看户、村民看支部",农村党员干部亲自做给群众看,带领农民干,把群众的潜力充分挖掘出来,达到培育新型农民的目的。党员干部的示范带动所以能改变农民的面貌,其机理在于,干部先释放自身的能量,然后激活农民的能量,进而激活群众的主体精神资源,提高农民的自我发展能力。美国经济学家舒尔

① 参见吴燕峰:《佛坪陈家镇:推广袋料香菇多亏示范户》,《当代陕西》2007年第6期。

茨认为，农民具有企业家的才能和企业家精神，并且“妇女在分配她们自己的时间，以及在利用农场产品和购入商品于家庭生产方面也是企业家。”①舒尔茨的这一论述道出了农民的优秀潜能。党员示范的作用，正是建立在农民具有优秀潜能的基础之上。但是，这一认识并不是每个干部都能认识到的。直到今天，还有少数干部对农民的潜质重视不够，甚至把“素质低”作为农民的代名词。事实上，农民当中有千千万万个诸葛亮，关键在于是否善于发现他们。多数农民缺乏的不是潜能，而是缺乏机会尤其是缺乏起点公平的机会，缺乏高质量的培训。通过专门训练，农民的聪明才智能够化为现实生产力。我们常说的“教育农民”，这个论断是就农民文化水平低、存在一些落后思想而言的，但这并不意味着农民天生就愚笨，素质低，更不意味着道德素质低。改革开放以来，一些农民在社会课堂经受锻炼，成长为企业家的事实表明，农民不仅是人力资源，而且通过训练可以成为人才资源。“教育农民”的逻辑前提，恰恰在于承认农民具有潜能，“孺子可教”，能够把农民的潜在优势和企业家潜能开发出来，把农村巨大的人口压力转化为人力资源优势，这正是党员示范的意义之所在。

◆（二）示范的基本原则

农村基层党组织要做好对农民的示范工作，需要坚持代表性、可行性和激励性的原则。

1. 示范要有代表性

示范不是“作秀”，不能变成“政绩工程”，示范的成果最终要体现在大规模的有效推广上。示范的典型性不等于代表性，典型突出并不意味着带有共性，代表性更多体现为经验和价值的普适性。只有具有代表性，示范才能经得起历史和实践的检验，既能立得住，群众又能学得来，形成辐射传播效应。

现实生活中一些农村不同程度上存在两种情况。一种是有些示范工程表面上似乎标新立异、具有创新性和理论依据，实际上玩文字游戏，搞术语

① 王宏昌：《诺贝尔经济学奖金获得者演讲集》（中），中国社会科学出版社1997年版，第70页。

炒作和“理论包装”，目的是引起上级领导注意，有的甚至追求“数字出官”。这种示范，群众学不来，也得不到实惠。示范的另一种不良现象是示范点的代表性不够，“造血”功能差，可持续性不强。有的群众说：“由领导扶起来的典型，我们学不来。”为什么？因为很多示范点是领导干部甚至主要领导干部的联系点。这些示范点的典型性较为突出，对于落实领导干部联系群众制度具有重要作用，也为推进干群沟通的制度化提供了发展平台，在一定时期具有轰动效应。但是，这种示范选择的代表性不足，“长官意志”太强。另外，还有一些示范点或者区域优势明显——区位上得天独厚，或者政策优势明显——有项目资助和倾斜。辩证地看，这有利于部分区域农民的增收和农村发展，但毕竟项目和资源有限。资源的相对稀缺性，决定了不可能每个村庄都能配置到这些项目资源。特别对落后乡村来说，有的村由于交通不便，一年到头没有领导干部去，也没有项目倾斜，农村基层党组织去县市争取几万元，好比“蜀道难——难于上青天”。

所以，党组织应尽可能避免拔高求全、样板戏式的示范模式，党员示范应防止重视集中式示范而轻视日常基础性工作，力戒重视个别党组织的典型作用而轻视各个党组织的普遍作用，尤其要防止出现“马太效应”。所谓“马太效应”，指根据市场资源的收益流动原则，发达地区吸附和聚集资源的能力强，其基层党组织获得的资源较多，而落后地区资源吸纳能力较弱，造成富者愈富，穷者愈穷。如果示范中嫌贫爱富，欠发达农村成为资源遗忘的角落，那么经济发展中的“马太效应”会进一步加剧农村的落后，使农村二、三产业发展更加滞后。这将陷入恶性循环，违背示范的初衷。

2. 示范要有可行性

示范要从各地农村的实际出发，切实可行。一切从实际出发、实事求是，是我们党的核心思想路线。示范带动也是如此。发达地区走以农村工业为主导，以高效农业为基础，建设现代农业的路子。但是落后地区由于条件不具备，暂时不适合走这样的发展路子。示范不能一步到位、一蹴而就，盲目追求“经验推广”。有的示范，哪怕能带动几户人家致富，就是了不起的贡献。同样，只要村级示范基地，能带动几个村、十几个村富裕起来，就是实绩。比如，有些省市的科技示范乡镇提出“一村一品”的产业发展规划。这个规划作为一种产业战略无疑是正确的，对调整农村产业结构具有指导意义，但在具体执行中不能“一刀切”。有条件的村可以“一村几品”，条件不足的地方则“几村一品”，甚至一个乡镇打出一个品牌都不容易。具体模式的选择主要取决于自身的条件和市场的需求态势。落后地区农村基层党组织的典型示范，既要在资金、技术和市场开发上发挥领头作用，又要在产业产品的发展路子上指出方向。有些乡镇，从制度上规定每位农村党员都要有自己的创业项目，把党员干部推向带头创业的第一线，这种做法的出发点是好的。但是，为了推动经济社会的发展和密切干群关系，而简单机械地划定项目指标，对有些乡村未必适合，实践中可行性不大，阻力倒不小。比如，新农村建设示范点，有的主要在修路、架桥、盖新房上做文章，这在示范前期具有激发村民干劲的作用，但对发达农村不一定适用；有的村侧重于产业示范、产品示范，但如果没有致富产业，仅有环境条件也难以为继。所以，示范应该具有可行性，反映出在资源、禀赋、资金、环境、个体素质等方面没有特殊优势的条件下，脱贫致富的成功经验，反映出符合农村实际，符合农村市场经济发展规律的探索历程，这对群众来说更有说服力。

3. 示范要有激励性

马斯洛需要层次理论认为，人有自我实现的需要，激励能实现人的需求。因此，要达到发挥农民主体作用的目标，增强示范带动的实效性，离不开激励机制。比如，有的地方规定，申请示范点应先依照乡镇提出的示范标准初步整治，组织农村群众投工、投劳，运砂石，修整路道，种树绿化，清理垃圾。然后各个村展开竞争，提出示范申报。乡镇或县市根据申报单位的条件纳入示范支持对象。示范村和示范户发展了，其他村民看到了发展前景，纷纷向他们学习，这样带动整个村和乡镇的发展。示范村和示范户的人均年收入高于非示范村后，县市予以表彰奖励，这样可以激发农民的积极性，农民由此效仿集聚。有的地方，比如，江西、浙江，凡是村庄整治验收合格且被评为市（地）级先进的，政府采取“以奖代补”政策，给予8—12万元奖励，被评为省级示范村的还可以得到省、市政府的奖励，总额可达20—30万元。

而有的地方，由于激励机制不妥当，其示范功能发挥不充分。比如，在新农村建设示范点中扶持建沼气池，为了发挥农民的主体作用，鼓励农民自己先投资筹建，待有关部门对其验收合格后给予物质奖励，但奖励的物质仍然是沼气灶，这对农民是一种浪费，挫伤了农民的积极性。所以，示范激励一定要切合群众的需求实际。总的来看，农村基层党组织的示范激励措施，重在调动党员群众的积极性，使农村党员干部成为乡风文明的示范者、先进文化的传承者。党员通过率先破除陈规陋习，带头移风易俗，传承民间优秀文化，有利于带动农民实践社会主义核心价值体系，形成文明乡风。

◆（三）示范的主要模式

当前，农村党员和党组织的示范模式主要包括中心户示范、党群联合体示范和党组织基地示范等模式。

1. 中心户示范模式

中心户示范模式，就是在一个行政村或者自然村，选择有文化、有潜力或者有经营能力、懂技术的党员，作为村里的示范中心，支持该农户生产经营，领头发展，然后以中心示范户为圆点，通过党员的现场示范，向党员四周农户辐射，带领群众发展。中心户示范模式的优点在于选择示范对象相对容易，一般每个村都有自己的“能人”，群众熟悉并且具有可比性。

中心户分为科技致富中心户、道德风尚中心户、政策文化宣传中心户、民事调解中心户等类型，一个中心户负责带动若干户家庭。条件不足的村可以设立一个中心户。中心户的示范带动，重在对农村群众介绍实用技术、经营经验、政策法规的运用和创业致富技能，以促进农民自主创业，推动外出务工农民返乡创业。

为了增强示范效果，确保质量，示范中心户的考核指标应具体可行，党员有规可循，群众有章可察。比如，陕西省洛川县针对农民的实际，制定了党员综合示范户的具体衡量指标：(1)政治素质好，比如，积极参加集体学习和各种公益活动，按时缴纳党费；联系一名入党积极分子，帮扶一名贫困户。(2)科技致富好，比如，熟练掌握一、两门农业实用技术和基本技能，参加农函大学习,具有农民技术员职称;围绕苹果产业,在沼畜业、贮藏业、加工业、运输业等一个或几个致富项目中处于领先地位;自愿为群众传授致富技术,乐于接受群众参观示范项目。(3)遵纪守法好,比如实行计划生育,不搞封建迷信活动,不信教,不参加宗派宗族斗争,不赌博,不参与集体上访;依法生产经营,按时足额缴纳各种税费。(4)生活质量好,比如,孝敬老人,邻里团结;改善居住条件,安装有线电视和电话,自来水入户,达到房前屋后绿化、庭院硬化美化,室内净化亮化,生活水平现代化。(5)示范作用好,比如,在基础设施建设、村容村貌整治中,带头投工、投劳、投资;带头致富奔小康,家庭人均纯收入高于全村平均水平的30%以上;社会诚信度高,被评为文明诚信经营户。① 这些考核指标符合农村实际,针对性较强,受到农村群众的欢迎。

2. 党群联合体示范模式

党群联合体示范模式,指在农村基层党组织的协调下,由党员牵头,具有一定致富能力、讲信用的农户自愿组合,在不改变生产资料所有制和分配关系的前提下,成立党群联合体。联合体主要包括基层党支部牵头成立和党员自行发起两大类,其中后者更为普遍。

党群联合体有两个主要特点,一是联合领域广泛,合作经营范围涉及种植、养殖、加工、运输、流通、服务、旅游、建筑、开采等农村经济生活的各个行业、各个领域,成为农村经济、农民增收新的增长点。二是联合方式灵活多样。比如,广西的“党群致富联合体”包括项目扶持型、技术指导辐射型、龙头带动型、合股经营型、混合型等类型。② 据统计,辽宁省2004年建立了11.5万个党群共同致富组织,参加党员有33万名,占全省有劳动能力农民党员的80.6%,参加农户256万户,占农户总数的48.1%。党群共同致富组织通过党员发挥领头雁作用,依照利益共享和风险共担的原则,把农户自

① 资料来源于笔者2006年对陕西洛川县的实地调研。

② 韦英思:《创办“党群致富联合体,搭建农村党员发挥先进性作用的平台”》,《桂海论丛》2007年第1期。

愿地组成共同体,带动农民增收致富。与中心户示范模式相比,党群联合体示范模式的突出特点在于把党员与群众牢牢结成了利益共同体,唇齿相依,血肉相连,利益调节机制明显,弥补了道德弹性的不足和个体示范力量的欠缺,形成介于个体行为与组织行为之间的示范格局。

3. 党组织示范基地模式

在全国产业化效应掀起后,一些乡村生产处于“小而全”状态,产品集中于种养业,农产品以原产品、初加工品为主和单户生产为主,不仅生产的集中化程度低,而且增收幅度缓慢。在这种情况下,个体示范户只能从微观上而不能从宏观上、只能在狭窄的生产经营圈中而无法在规模扩散上带动大批群众致富。于是,为弥补中心户示范模式、党群联合体示范模式的不足,以党组织名义牵头成立的示范基地,应运而生。

党组织示范基地是以村党组织为主体,由县市或者乡镇党组织牵头成立的示范区域。示范基地包括科技示范基地、产业孵化示范基地和经营流通示范基地等类型。其主要任务是根据自身优势和资源条件,依托某种优势产品,形成产业集聚,拓展产业空间,进行专业化和市场化生产;帮助农村群众学习生产知识和市场知识,提高农民的素质;把产品开发与加工、流通相结合,走生产科技化与产品标准化的路子。

党组织示范基地的具体工作主要有:聘请农业、科技、党校等相关部门的专家对农民进行养殖、剪裁等培训,培养科技大户、营销大户;请技术人员到基地进行现场指导。对此,农户反映说:“到田间来讲课,很直观,容易懂,我们学习方便。”党组织还邀请省直涉农部门的领导到示范基地座谈交流;组织村党组织书记报告会,让发达地区的村党组织书记现身说法,运用成功的经验与失败的事例开展比较示范;从培训妇女骨干入手,通过妇女骨干的示范引导,带动广大妇女致富;组织本地农民到发达地区学习,开阔视野。有些示范基地在党组织的领导下,由村民投票确定本地区的贫困户,然后由村民代表共同制订帮扶计划,由党员直接参与村级扶贫规划的实施,带动贫困农户致富。目前,全国许多省市围绕发展主导产业,建设了一大批科技含量高、示范带动能力强、设施齐全的科技示范培训基地,带动大量群众脱贫致富。这种以党组织为核心，以乡村为单位，以基地为载体，集体示范、群众协同的示范模式，有利于发挥区域优势，形成规模效应，尤其在落后村庄开展示范工作，效果好，群众认同度高。

三、农村基层党组织在服务中凝聚群众

服务指为集体或别人的利益或为某种事业而工作。作为实现特定功能目标的方式和途径，服务指为了满足个体或者组织的需求而提供相关的物品、资金、信息、技术或精神消费。一般来说，服务包括物质服务（如经济需求、民生需要）和非物质服务（如精神享受、民主诉求）两个方面。服务群众是我们党的优良传统，也是赢得民心的重要手段。增强农村基层党组织的服务理念，要使党员干部认识到执政党的党员同一般政党的成员要求不一样，即中国共产党人承担着为群众提供优质服务的重要职责。在群众诉求发生重大变化的今天，农村基层党组织要善于换位思考，由过去以自我为中心的权力运行逻辑向以群众为中心的社会服务逻辑转变，将抽象的组织关怀转化为具体的服务供给，通过服务于农民的民生改善和精神生活需求凝聚群众，增强党的权威。

◆（一）健全农村党员服务群众的工作体系

2006 年 7 月，中共中央办公厅印发了《关于做好党员联系和服务群众工作的意见》，对党员服务群众工作专门做了规定。在新的历史条件下，农村基层党组织贯彻落实中央的要求，应体现时代性，富于创造性，拓宽农村党员服务群众的渠道。

1. 党员承诺

党员承诺，指农村党员主动向农村群众承诺，为群众解决各种问题，用实际行动诠释党的先进性。从承诺的主体来看，承诺包括个人承诺、多个党员共同承诺、党组织集体承诺、多个党组织联合承诺等形式。从承诺的内容来看，承诺分为实事承诺、岗位承诺、自律承诺、特殊承诺。有的党员承诺管护路旁的小树，有的承诺在群众办红白喜事的时候义务烧饭做菜，有的承诺

义务为本村群众检修电路,有的承诺教群众种蘑菇,等等。这些事,看起来是小事,却事关重大。正是这种小小的承诺,唤醒了沉睡多年的党员意识,强化了他们的党员荣誉感。

恩格斯曾经引用拿破仑的话说,两个马克留克兵绝对能打赢三个法国兵,而一千个法国兵则总能打败一千五百个马克留克兵。为什么随着人数的变化会发生如此戏剧性的结果?其原因在于结构的不同组合,影响着事物的功能,拿破仑军队的整体战术抵消了他们单个格斗能力不足的弱点。战术与结构组合在一起,形成战斗力。不同的组合机制和制度安排,决定办事的效率和效果。同样,党员数量与党员承诺制度结合在一起,制度安排的变化增强了党组织的功能,进一步释放出党员先进性。

党员承诺的本质在于,为党员先进性的发挥提供了制度平台,创造了一种公共环境,把党员先进性与自我价值的实现结合起来了。第一,公开承诺以“公共精神”的形式出现,促成了党员心理预期的实现,增强了党员的公共意识,“政治人”与“经济人”的二元角色得到有机统一。第二,把党员义务置于群众的监督下,把动力与压力结合起来了。承诺的公开与默默无闻做事是有区别的,因为它由“软任务”变成“硬任务”,形成了一种外在的公共舆论压力,柔性的先进性转化为制度刚性,更多的时候不是无意而为,而是有意而为之,甚至“必须执行”。第三,党员承诺制把做好本职工作与为党工作统一起来了。党员是群众,但又不等同于群众;社会职业不等于党内义务,做好本职工作并不能代替党性锻炼。作为先进分子,在做好本职工作的同时,还应为群众服务,履行党员义务,这才无愧于共产党员的称号。第四,党员承诺制强调的是“主动承诺”,但这种承诺以党员的实际能力为限度,力所能及为村民服务。从这个角度看,承诺是形式,兑现是根本,农村党员要以实际行动赢得农民的信赖。

2. 设岗定责

设岗定责,指农村基层党组织为在村里或党内没有担任职务的党员提供岗位,规定责任,为群众办事。比如,党员在村民议事理财小组、公益事业协会、农村专业组织、村道德促进会等各类组织中承担一定的任务,或者宣传党的政策，或者调解家庭纠纷，或者带领群众学农业技术，等等。农村基层党组织为农村无职务党员设岗定责，解决了“名正言顺”、内容与形式相统一的问题。长期以来，农村无职党员存在“无权管事、不便理事、无法办事”的状况。有些能力强的党员，想为大伙办点事，但担心“名不正，言不顺”，被人家笑话，说闲话，因此积极性没有调动起来，先进性没有发挥出来。农村是一个熟人社会，他们的自我荣誉感很强，通过设岗定责，提供公开的载体，能够增强党员的自豪感。

与党员承诺不同，设岗定责是一种组织行为。农村基层党组织以组织的名义为党员搭建服务群众的平台，通过组织压力的形式，要求无职党员履行党员义务。设岗定责主要针对农村工作的薄弱环节以及党组织认为需要加强的重点环节，因需设岗。在党组织领导班子看来，设岗定责是组织对个体的约束与要求；在无职党员看来，设岗定责是自身特长与群众需求的契合。所以，农村无职党员的设岗定责，是组织主导与党员自愿相结合，以组织主导为主。设岗定责之所以能受到群众的好评，就在于党员岗位责任区的设置符合群众的实际需求，并激活了无职党员潜在的党员意识，农村基层党组织通过这些岗位职责，把党组织对党员的要求与群众对党员的期望连接起来。设岗定责，意味着选择了一个岗位，就选择了一份责任，使党员责任刚性化，目标任务具体化，构建起“看得见、摸得着、可操作”的作用发挥平台。

无职党员选岗尽责的过程，是主动参与村务管理的过程，也是推动农村民主管理的过程。无职党员无私奉献，使困难农民“生活宽裕”的愿望成为现实。设岗定责也因此成为党组织、党员与农村群众的连心桥。设岗定责制度，一方面让党组织对党员的思想取向、能力素质、特长爱好有了进一步认识，对党员有了更深的了解，同时也为党组织考核党员提供了直观、具体的评价依据，增强了党员教育和管理的针对性和实效性，推进了农村党员管理工作的制度化和规范化。另一方面，无职党员承担了责任，改变了党务村务由少数人承担的局面，增强了党员的主体地位，填补了农村改革后因村干部减少而形成的工作“真空区”。

3. 志愿服务

志愿服务，指党员积极参加所在地建立的志愿者队伍，开展多种形式的便民、利民活动，义务参加党员服务站或服务点的工作，参加政府或社会团体组织的扶贫、支教、保护环境和关心下一代等志愿者服务活动，以及参与帮助生活困难群众的捐赠活动。与党员承诺、设岗定责相比，志愿服务和党员义工的弹性相对要大些，在时间上没有期限压力，在空间上不受区域限制，服务内容、服务形式依据自身的实际灵活开展。同时，志愿服务没有组织上的强制要求，也没有硬性指标的考核。就是说，志愿服务侧重的不是组织压力和公开许诺，而是对党员义务的自觉认知和实践，“慎独”的色彩浓厚。

在发展社会主义市场经济的条件下，党员的先进性具有明显的时代特征，合理正当的利益需求是调动党员积极性的重要手段，也是保持党员先进性持续释放的重要途径。但是，共产党员的真谛在于除了追求个人的合理利益以外，更重要的是要有一种精神追求，具有无私奉献精神。在利益关系复杂化的时代，利益导向不能代替奉献意识，市场经济原则不能覆盖党性原则。共产党员是共产主义的信仰者，大公无私的内在品质是党员先进性的核心体现。“人是要有一点精神的”，志愿服务的背后是一种无私的精神境界，体现了公民道德与共产党人道德的有机统一。

4. 结对帮扶

结对帮扶，指农村党员与农村群众对口帮扶，结对共建，带动群众脱贫致富和共同发展。结对帮扶的前提是农村党员本人能力强，能够发挥先锋模范带头作用。这种服务形式的突出特点是契合“熟人社会”的乡土环境，党员和群众之间彼此熟悉，党员可以根据自身的实力、价值偏好和行为习惯，有针对性地选择帮扶对象，自由选择空间较大，排列组合的效能较高。比如，河南荥阳市在农村开展“双联双增”活动，即支部联村，党员联户，增加农民收入，增进党群关系。党员联户，就是农村带头致富能力强、带领群众致富能力强的双强党员，结对联系有能力而无实力的农户或者纯劳力型农户，通过信息技术服务、资金帮扶、帮助务工就业，使农户守土增收，离土创收,然后辐射带动更多农户增收创收,形成滚雪球式的发展格局,不断扩大致富群体。①

结对帮扶可以根据各地实际、党员个人的实际,形式多样化。一是双强带动型,即党员在实施新项目、开发新品种、推广新技术中带领群众共同经营。二是强弱结对帮扶型,即有经济实力的党员结对帮扶有能力无实力型农户。三是强强联合型,即党员和农户之间互学互帮,形成规模效应。四是党员合作互助型,即由党员联系若干农户,在资金、技术、市场信息、产品销路等方面合作互助,提高农民进入市场的组织化程度。

应该指出,党员承诺、设岗定责、志愿服务、结队帮扶是新时期党员服务群众过程中积累的宝贵经验,但不是党员服务群众的全部形式。农村党员还应根据环境的变化和农村经济社会的发展,完善党员责任区、党员先锋岗、创新争优等服务模式,探索党员服务群众的新途径。

◆(二)创新农村党代表服务群众的制度载体

农村党代表直接面对党员和群众,是联系党与农村群众的中介,担负着服务群众的重要职责,如何发挥农村党代表的作用,关系到农村基层党组织的功能实现。党的十七大报告指出:"完善党的代表大会制度,实行党的代表大会代表任期制。"这一制度设计对于创新农村党代表服务群众的组织载体,具有指导意义。

一是建立健全乡镇党代会党代表直接选举制度。要切实做到农村党代表"从群众中来",由乡镇全体党员直接选举产生。农村群众对党代表至少应该熟悉,"群众公认",如果群众对党代表很陌生、甚至未曾谋面,那么党代表的资格及其代表质量,就会受到影响。现实生活中,一些农村党代表的公开性不足、直接选举不足,从制度上拉大了农村基层党组织与群众的距离。改变这种现象,可以改革和完善党代表候选人的介绍方式,增进党员对党代表候选人情况的了解;增加农村无职务党员党代表在县市以上党代会

---

① 河南社科院课题组:《大胆创新农村基层党组织的设置方式与活动方式》,《中州学刊》2005年第4期。

中的比重,适当减少党代表中党员领导干部的比重,增强党代表的群众性和广泛性,扩大党代表联系群众的活动空间。

二是明确农村党代表的职责。现在一些乡镇党代表只是习惯于开开会、过年领慰问品,其“代表意识”不强,与农民的联系不够。有的对党代表的功能、职责等问题认识不足,有的想发挥作用,但乡镇党委对乡镇党代表在闭会后的职责没有详细规定,活动方式受到限制。一些县市以上的农村党代表,在联系农民方面的职责没有制度化的科学设定,功能发挥也不充分。实行党代表任期制后,应进一步明确党代表的职责定位,区分党代表与人大代表的职责,为农村党代表提供“用武之地”。党代表不仅要宣传党的路线方针政策和上级指示精神,而且必须“到群众中去”,反映农村群众的需求,成为农民的代言人。

三是建立农村党代表归类分组机制。乡镇党委可以对全乡镇的党代表分成若干组,比如,根据不同党代表的所在区域,设立农村党代表小组、经济党代表小组、新村民党代表小组和社区党代表小组;根据乡镇事务,划分经济建设、精神文明、党风建设、文教卫生、环境与社会发展等党代表小组;根据党务事项设立思想建设、组织建设、作风建设、制度建设工作小组,将每名乡镇党代表归入相应小组。在划分小组的基础上,党代表以小组为单位,发挥党代表自身的特长,开展调研、议事活动。

四是建立党代会闭会期间农村党代表巡查工作制度。实行党代表任期制后,县级以上党委应该出台相关文件规定,为农村党代表定期巡查农村各项工作确立党内法规依据。农村党代表只有有权力巡查具体工作,掌握乡村第一手资料,才能更好地反映农村群众的诉求。为了提高巡查质量,党代表可以设立专门的意见收集箱、公布电子信箱或者信函联系方式,不定期向本村、乡村企业或者农村小区的群众收集意见,并及时向乡镇党代会和党委反映。

五是建立农村党代表提案制度。农村党代表在调查研究过程中,对于群众反映的问题,可以向党代会提交提案或者年度建议,对乡镇党委和有关部门的工作提出意见甚至批评,提案需经本单位群众认可或者签名。事后,党代表要向本区域党员通报提案反馈情况，并向群众作代表履职报告。一般情况下，党代表对农村群众的申请事项，必须有问必答，回应他们的诉求。

六是地方党委应健全党组织联系党代表，党代表联系党员，党员联系群众的联动机制。(1)强化作为领导干部的党代表的公共服务理念。党代表对农民不能嫌贫爱富，不能厚村干部而薄普通村民，也不能对集体所有制企业、农村私营企业实行差别化服务，应该平等相待。(2)提高服务质量。当前，担任领导职责的农村党代表服务农民的主要途径，是负责联系协助一个村的工作，或者协调管理几个村的工作。这种服务群众的途径成本低，效率高，不足之处是深入不够，质量不高。在此基础上，党代表应改变被动服务的局面，主动下访农民，增强服务态度的主动性；提高服务质量的层次性，排查矛盾，解决问题；加强服务意识的前瞻性，创造条件提供农村群众事先没想到的服务。(3)加强农村党代表之间的沟通，共同做好农民利益诉求的上传工作。乡镇党委应构建全乡镇党代表联系群众的立体网络，整合农村党员服务点、党代表服务站的服务资源，形成党群联系的网络化。

◆(三)构建农村基层党组织服务群众的新格局

随着时代的发展，农村基层党组织服务群众的模式也在不断发展——由过去的直接单一化模式发展为综合服务模式、社会化服务模式和有偿服务模式。

1. 农村基层党组织提供的综合服务模式

农村基层党组织可以在农贸市场、村落和农民工集结地建立党员服务站。党员服务站应该设置意见箱、热线电话、举报电话甚至利用电子信息网络等手段，方便群众反映情况和发表意见，提高党员服务群众的质量。村级党员服务站的负责人可以由村党支部书记兼任，由村党组织负责管理。乡镇党员服务站可以实行乡镇、部门双重管理，乡镇党委负责组织协调、人员选聘工作，部门负责业务培训、管理指导和经费保障工作。服务站应组织人员定期把现行的农村政策通俗地向农民宣讲，让农民及时了解当前的政策，懂法守法；受理群众需要到乡镇、县区办理的各种日常事务，使党组织真正成为党在农村的战斗堡垒和领导核心。落后乡村的农村基层党组织为村民提供的服务应该根据自身实际，量力而行。没有条件建立党员服务站的村，可以成立党员服务点。经费不足而无法建立村文化室或图书馆的村，可以建立村文化中心户，以中心农户为场所，开展服务活动。村级服务站或服务点应该对农村困难群众进行分类立卡管理，重点提供服务。集体经济薄弱的村，设法向民政部门申请，依托上级力量为弱势群体开展社会救助服务。

根据各地实际，农村基层党组织还可直接依托乡镇服务全程代理中心，为农村群众提供服务。凡是涉及农民生活、生产等切身利益问题的事项，制定专门的办理程序，通过支部和党员把服务内容、办理时限、申报材料、承办责任以及代理环节全部告知所有农户，不漏空白。农村群众的所有来信由咨询处负责，所有来访群众由咨询处接待，乡镇服务全程代理中心每天安排一名带班领导和一名值班人员，对群众提出的问题和要求办理的事项实行首问责任制，一一登记；实行责任承办员制度，承办员挂牌上岗，公开姓名、职责，详细回答农村群众的疑惑和质询，并及时向农村群众反馈办理结果，直到农民满意为止；建立代理员考评制度，把代理员岗位作为村级后备干部的锻炼舞台。

服务全程代理中心，表面上看内容很简单，但深层的变化是对内容进行了重新的排列组合，提供的是个性化、人本化的服务。在乡镇党委的直接协调下，政府职能部门把与农民生产和生活有关的行政事务，集中起来办公，农民直接到服务全程代理中心办理有关事项，不仅提供了工作效能，而且使乡村干群关系发生很大的变化。因为过去农民办理结婚登记、宅基地审批、户口登记、计划生育等事项，要跑很多行政职能部门，同干部打交道面临很多困难。乡镇服务全程代理中心成立后，实行了资源整合，群众不用东奔西跑，也不用经过很多行政环节，而是由代理员全程办理，党群之间的联系链条由此缩短，干群沟通呈现制度化，“为人民服务”与“让人民满意”有机统一起来了。这是乡村党组织职能转变的现实选择，也是改进农村党的领导方式的发展方向。

党员服务站和服务全程代理中心的背后，是农村基层党组织依托一定的组织载体向农民提供的服务，属于组织行为而不是个人行为，也不同于社会中介组织提供的服务。党组织服务供给的重点，是个人很难提供、社会中介组织无力提供、不便提供的服务，是个人、企业能够提供但成本太高的公共服务，总的原则是方便群众。这也是农村基层党组织存在的价值理由。这种制度化的服务方式，要坚持下去，需要农村基层党组织创新理念，不能把提供公共服务作为乡村的附属性工作来抓，把以经济建设为中心与提供公共服务对立起来。以经济建设为中心并不意味着公共服务附属于经济建设，因而偏重经济发展而使公共服务边缘化是不对的。此其一。其二，农村基层党组织开展服务要遵循经济规律，人文关怀应把握适度的原则。有的地方由乡镇党委直接出面，为农村党员担保，向农村信用社贷款，县市组织部负责贴息，发展种养产业，这种人文关怀的出发点是好的，但越出了党组织的功能边界，也不符合市场经济的运行法则。其三，从科学发展角度看，无论是党员服务站，还是乡镇服务全程代理服务中心，都应有成本意识，实现公共利益最大化。这就需要节省资源，整合乡镇服务中心、村民事务代理中心、农贸市场服务点等社会资源，综合利用，提高服务效率。

2. 乡镇党委领导下的社会化服务模式

乡镇党委具有服务功能，但这并不意味着乡镇党委事事都要在一线服务，也不意味着乡镇党委是服务群众的唯一主体。乡镇党委有时退一步反而海阔天空，通过政府委托社会中介组织或企业提供服务，是农村基层党组织服务群众的间接途径。

据报道，在国务院扶贫开发领导小组办公室举行的政府扶贫项目招标中，宁夏扶贫与环境改造中心等5家非政府组织在竞标中胜出，获得了参与政府扶贫项目的机会。此前，已有6家非政府组织于去年2月通过招标参与目前正在江西省试点的村级扶贫规划工作。这是中国政府首次将财政扶持资金委托非政府组织管理，并以招标形式选择非政府组织具体实施政府扶贫项目，实现了农村扶贫模式的历史性突破。① 这一模式启示我们，在党组织的领导下，由政府向社会中介组织或者市场企业购买服务，这既能提高

① 《国务院首次选择11家非政府组织参与农村扶贫》，新华网北京2007年1月19日电。

服务质量，又能改进乡镇党政组织的领导方式。所以，党委应从塑造“有限政府”的目标出发，把不该或不便由乡镇党政组织履行的服务功能剥离出来，转由社会服务组织承担；政府可以出资给社会中介服务组织购买服务，提供给农村群众，实施间接服务。

过去，农村水电管理几乎全部为行政所垄断，种子、化肥、农机等由带准行政性质的乡镇涉农部门承担，“脸难看、门难进”的现象时常发生。现在，乡镇开展农业服务大合唱，营造乡镇站所职能部门为农村发展服务的氛围。农村基层党组织在强化乡镇站所提供公益性强的服务的基础上，对经营性的服务推向市场，实行社会化运作；对于半公共品、准公共品，实行企业化经营。由政府购买服务，支持县乡涉农部门参与农村技术承包服务，通过农业信息服务中心，把行情和信息定期提供给农民，帮助农民分析市场前景，避免市场风险。目前一些乡村不仅把水电收费承包给个体户，农资机具交由企业经营，而且还探索了工商税务代理制，农村个体户与工商、税务部门直接打交道的环节发生变化。公共服务的企业化经营和社会化服务模式，其成本比农村基层组织的费用低，有助于减轻农村基层负担。这种由党组织领导的、政府出资、委托社会中介组织和企业对农民部分公共服务实行市场化运作的模式，有利于乡镇党政组织的角色转换和功能定位，集中精力加强社会管理、市场监管，提供必需的公共服务。这也是实现农村基本公共服务均等化的一条新途径。

针对农民工数量庞大的特点，在农民工聚集的农村社区，农村基层党组织可以领导和支持工会为农民工提供服务。在县市（或区）总工会下面可以设立镇工会工作委员会和村工会联合会两个管理层次，形成县市、乡镇、村工会管理的“三级网络”。乡镇工会纳入行政编制序列，每个乡镇配备若干名专职工会干部。工会和劳动、企业组成村劳动关系协调小组，小组成员逐步扩大到安全生产、环保、公安等相关部门，增强农民工的维权力度。在镇、村两级设立工会，并通过农村工会为农民工提供服务，是一个重大的农村组织制度创新，也是农民利益表达途径的拓展，这既有利于改变县市总工会同基层工会之间的断层脱节的现状，触角延伸到乡村，创新服务农民的模式，又对农村基层管理体制的创新具有推动作用。

3. 村党组织领办的专业组织有偿服务模式

从理论上讲，在市场经济条件下，农村基层党组织不能再像以前那样用行政命令指挥农民具体生产经营，而要提供服务，这个转变问题应该不大。然而，由于有些党组织有心但无力服务群众、有力但无钱服务群众，因此转变党组织的领导方式并非易事。问题的背后，实际上是一些地方农村上层建筑与农村经济基础、主观意识与物质条件出现脱节。尤其农业税免除后，欠发达地区上级财政转移支付不足，乡镇筹款和群众集资受到限制，公共财政的阳光没有普照到乡村每一个角落，村党组织的服务功能受到很大影响。事实表明，开展服务工作不能损害组织自身运转的必要物质基础，也不能否定干部合理的个体利益。在农村基层党组织无钱办事的境况下，无视利益意识和利益基础，那么很难使服务工作实现可持续发展。因此，党组织服务农民群众，不能回避利益问题，两者应该有一个利益共同点，而不是纯粹以牺牲一方的利益为代价。这是新形势下的一个突出特点。

在这种情况下，农村基层党组织可以根据农业产业化的发展要求，由党员干部领导举办或者直接创办农村专业合作组织，使专业组织成为服务型实体或服务型中介组织，为农民提供生产、技术、信息和销售等方面的有偿服务。比如，上海南汇区书院镇塘北村，支部领导合作社，帮助农民销售，在有偿收费过程中不违背农户的意愿，以高于市场价 30%—50% 的价格收购农户优质的西甜瓜，减少了农户的市场风险，使原贫困户每户纯收入超过 2 万元，实现农户与集体的“双赢”。[①] 农村专业组织有偿服务模式的特点在于，在农村基层党组织与农村群众之间，通过架设专业协会的市场化桥梁，一定程度上缓解了部分乡村党政组织服务缺位与资金缺位的矛盾，找到了农村党的政治生活原则与市场经济原则的联结纽带，为提高农村基层党组织驾驭市场经济的能力搭建了新的平台。同时，这种有偿服务模式从利益

① 中共南汇区书院镇塘北村党总支：《“支部+合作社+农户”打造帮民致富新模式》，《上海党史与党建》2007 年第 11 期。

机制上加强了农村干部和群众之间的利益联系,成为先富带动共富的新途径。

随着经济社会的发展,乡村专业组织应进一步完善有偿服务方式。首先,要形成"风险共担,利益均沾"的利益共同体,拓宽服务范围,逐步由生产、销售扩大到资源、资本和信息支持服务。其次,村党组织要始终把握农村专业组织的发展方向,使村集体经济收入的增长与农村群众的福利增长幅度相一致,切实做到取之于民,服务于民。再次,做好村务公开的配套工作,使群众明白,有偿服务是为了增加村集体收入,增加农民福利。

第五章

由纵向领导到纵横互动：农村基层党组织在与各种组织的协作中实现功能

长期以来，一些农村基层党组织的功能实现不充分，很重要的一点，在于对农村各种组织偏重于垂直纵向领导。从乡村关系来看，乡镇党委很少把村级组织看做独立的治理主体进行协作互动，对村级组织发号施令比较多。从乡镇党政关系来看，乡镇党委在乡镇人大之外或者之上进行决策已非个案，很多情况下注重对乡镇政府通过自上而下的路径进行垂直领导，而横向协商不够。从村党组织与村级组织的关系来看，部分村级组织被当做村党组织的下属，村党组织陷入日常琐事的旋涡，影响了活动效果。为此，农村基层党组织不仅要诉诸组织上的纵向传导机制，而且要善于在宪法和法律的框架内与农村基层政权组织和群众自治性组织加强横向协作，通过纵横互动实现自身的各项功能。

一、乡镇党委与乡镇政权组织的横向互动

随着农村治理结构的变化，乡镇党委的功能实现要由仅仅诉诸纵向运行路径向与乡镇政权组织进行横向运作转变。乡镇党委要善于发挥乡镇人大和乡镇政府的作用，而不是党组织事事亲历，包揽一切。

◆（一）乡镇党委与乡镇政府的关系调适

当前乡镇党委与乡镇政府的关系呈现高度融合状态，这有利也有弊。

调适乡镇党政关系，加强乡镇党委与乡镇政府之间的横向协作，就是要根据乡镇基层的特殊性发挥其利，规避其弊，在乡镇党政交叉任职和议事融合的基础上，做到党政职能分开、权责分开，增强政府的相对独立性。

1. 乡镇党委与乡镇政府的关系现状

乡镇党委是党在农村的战斗堡垒。在现行的乡镇政治体系中，乡镇党委是乡村治理的权力中心、决策中心、指挥中心，直接受县市党委领导，实行集体决策和分工负责相结合的领导制度，日常工作由书记挂帅、委员分工负责。

在制度设计上，乡镇党委的功能与乡镇政府相互交织、紧密相连。1999年3月，中共中央制定和发布了《中国共产党农村基层组织工作条例》，规定了乡镇党委六项主要职责，全面体现了乡镇党委在乡村的领导核心地位。比如，条例规定："乡镇党委讨论决定本乡镇经济建设和社会发展中的重大问题，需由乡镇政权机关或集体经济组织决定的问题由乡镇政权机关或集体经济组织依照法律或有关规定作出决定。"这表明，乡镇党委对农村的领导主要体现为决定乡镇重大问题。而《中华人民共和国地方各级人民代表大会和地方各级人民政府组织法》第六十一条规定了乡镇政府七项职能，其中第一项指出："执行本级人民代表大会的决议和上级国家行政机关的决定和命令，发布决定和命令。"可见，乡镇政府对乡镇某些重大问题也可以发布决定和命令，享有一定的领导权。

上述政策法规表明，乡镇党委并不是决定所有问题，也不是乡镇的唯一治理主体，因为乡镇政权机关或集体经济组织也可以决定重大事项。由于乡镇党委的职责权限基本上涵盖了乡镇政府的职能，并且哪些重大问题主要由乡镇政府讨论决定，哪些由乡镇党委决定，政策法规并没有明确规定，因而造成实际行政权力制定者、行使者与法定行政责任者处于分离状态。乡镇党委"领导乡镇政权机关和群众组织"这一重要职能通过什么途径来实现，如何支持和保证政权机关和组织依照国家法律法规及各自的章程充分行使职权，在实际运行中仍然模糊不清。这样，乡镇党委与乡镇政府的职责交叉导致了乡镇党政之间的高度融合。

(1)党务、政务没有截然的界限。原则上讲,乡镇党委和政府的工作有分工,党委是领导和决策机构,乡镇党委书记全面主持工作,政府侧重负责抓经济社会工作。但是,乡镇范围内的一切活动实际上都由党委统筹安排,因此党政分工是非制度化的。

(2)党政具体工作常常融合布置。乡镇研究部署工作的基本形式是党政联席会议,而且会议通常由党委书记主持。党委一般不单独开会,除非研究发展党员问题、过组织生活等。乡镇政府一般也不单独开会,偶尔有乡镇长办公会,主要研究落实书记部署的工作。这就是说,乡镇会议在布置工作中明显体现出党政一体化的特点。

(3)党委工作涵盖政府工作。乡镇政府的利益综合功能萎缩,独立性较差,表现在工作上完全是根据党委"中心工作"统一安排政府具体工作,更多的时候党委工作就是政府工作。在乡镇,"中心工作"是一个常用概念,是指党委统一部署的工作任务,区别于各个"办公室"、"站"、"所"、"中心"的部门业务工作。所以,"中心工作"主要是党委统一安排的事情。比如,春天计划生育是中心工作,几乎所有人员都下到村里抓计划生育工作。在日常运作中,乡镇党的机构和政府机构实际上叠在一起。从工作人员的调度配置上看,党政机构不分彼此。比如,作为综合部门的"办公室",所有乡镇都是设一个"室"。除了领导层的职务有明确的党政区别之外,在其他方面则难以分出党委系统的人员或者政府系统的人员,即便有党政职务之别,也没有制度上的职责划分。①

(4)乡镇党委和乡镇政府之间的权力关系成为一种授权关系,而不是制度化的分权关系。从乡镇党政关系来看,党委和政府理论上应该是两种完全不同性质的组织,各自的权力来源、组织原则和运行方式相差迥异,但实际运行中乡镇呈现出高度的党政融合特征。

乡镇一级党政关系高度融合的原因是复杂的。第一,乡镇事务的特殊

---

① 参见国务院发展研究中心乡镇改革课题组:《从十省(区)二十个乡镇的调查看残缺的乡镇政府权力体系》,《科学决策》2005年第2期。

性。乡镇主要以贯彻执行党的路线方针为主,执行职能非常突出,执行的事务具体而烦琐,在决定和制定了本乡镇经济建设、发展规划、精神文明建设、农村基层民主发展措施后,并非万事大吉,而是仍然与大量行政事务打交道。第二,"全能主义"模式的影响。由于把党的领导片面理解为直接领导一切事务,因此在实践中为民做主偏移为代民做主。这就无形中把自己置于"家长"的位置,操持一切,不自觉陷入"越位"的境地。这种党政高度一体的运行模式在计划经济时期得到强化,在改革开放后仍具有较强的运行惯性。第三,全国实施乡镇机构改革后,由上而下层层推进,人员分流、事权上收、事务下沉。由于人员减少而乡村事务尤其是公共事务尚未减少,因此党政交叉任职的力度加大,党政人员办理事务见缝插针、互相补缺的情况增加,这就强化了乡镇的党政融合。第四,体制的驱动。据不完全统计,自1995年以来,以党中央、国务院名义下发的文件中,要求党委一把手"亲自抓"、"负总责"、"承担责任人"的工作涉及经济、政治、文化、社会等领域17个方面的36项工作。① 党委一把手职能的泛化,说明党委和政府的功能没有很好区分。

乡镇党政的融合有利也有弊。其利在于,提高了解决乡镇各种具体事务的效率,集中力量办事的优势明显,党政交叉减少了领导职数,减轻了农民负担。其弊在于,党委容易把"总揽全局"异化为"包揽全盘","协调各方"变成"取代各方",使党政形成事实上的服从与被服从的行政式领导关系,把自身置于行政长官的位置,结果对政府尊重不够,或者直接指挥政府的工作,或者直接做本属于政府职责范围内的事情,这就削弱了政府的独立性。这就导致乡镇政府的残缺性进一步突出,功能部分"虚化"。邓小平早就指出:"党的指导机关只有命令政府中党团和党员的权力,只有于必要时用党的名义向政府提出建议的权力,绝对没有命令政府的权力。"②这一论

---

① 中央组织部党建研究所课题组:《关于地方党委一把手行使职权情况的调研报告》,《党建研究内参》2007年第2期。

② 《邓小平文选》第一卷,人民出版社1989年版,第13页。

述启示我们,乡镇党委只有“有所为、有所不为”,从事务主义的泥潭中解脱出来,加强乡镇政府相对独立的工作,才能更好地“减负”和“卸载”,从而回归政党的功能,发挥党组织的优势。

2. 乡镇党委与乡镇政府的功能运行调适

党政关系的制度安排,主要不是党政是否分开的问题,而是功能最终如何更好实现的问题。西方发达国家党政融合的制度设计,丝毫没有妨碍政党功能的发挥。在普遍实施党政交叉的制度设计背景下,农村党政融合也可以产生利大于弊的效果,关键在于党政功能要有清晰的界定,特别是尊重政府的组织地位,充分发挥乡镇政府的作用,增强党政组织运行的科学性。

(1)乡镇党政的班子组成及其产生。一方面,乡镇党政之间可以交叉任职。这有助于调动政府部门的积极性,发挥政府中的干部在服务群众方面的独特作用,强化党组织的利益综合功能。其实质是党的干部通过人大选举,进入权力机关掌握政权,通过组织和动员群众,表达利益诉求;通过进入政府的党员,体现政党对政府决策和执行的影响。当前,乡镇党政领导干部分为选举制与任命制两种类型。选举制的干部与任命制的干部如何交叉任职,实现党政关系的和谐,尚且没有统一模式。在实行党政干部公推直选的乡镇,党委书记被选出来后由县级党委提名推荐当选乡镇长。之后由书记安排党政交叉任职,由县级党委批准,比如,宣传委员兼任副乡镇长,分管经济工作。直选出来的书记,具有班子组建权,如直接提名党政班子正副职。这种方式有利于党政内部的沟通和团结,也符合政党组阁的一般原则。从组织建设角度讲,书记可以以政党的名义提名党委成员,但不能直接提名政府班子的成员。党政交叉任职必须符合宪政和法治的原则。只有当书记被群众民主选举为乡镇长后,才能以政府负责人的身份提名副乡镇长,并通过乡镇人大依法选举实现党的主张。这样,党委书记和乡镇长的责任明确,乡镇副职与党委书记的关系才更符合政党参与政府过程的民主政治原则。如果随意扩大干部任命的范围,频繁调动选任制干部,或者包办政府行使权力,或者党组织与政府及其部门发生行政从属关系,都有违构建现代政府的法理原则。因此,乡镇一级不宜采取行政手段强行推行党政领导“一肩挑”,而要尊重党员群众的意愿,恪守民主执政、科学执政、依法执政的精神。

另一方面,乡镇党政班子要实行选举联动,即把党组织班子的选举与政府班子的选举联系起来,增强党组织的法理性,这是优化自身功能的重要环节。很多情况下,党员干部的作用发挥不明显,一个重要原因是干部对群众负责不够。而党组织的功能实现不充分,也与权力来源的群众范围有关。随着村民自治的发展,村级民主发展对乡镇民主逐渐产生影响。在未来,乡镇直接民主的范围将逐步扩大,乡镇党委的直接选举会带动乡镇政府的公推直选,乡村群众直接当家民主将成为发展趋势。这就要求推进乡镇的制度创新,增强干部选拔的公信度和党政安排的合法性。比如,在试行乡镇党委领导班子直接选举的农村,应该相应实行乡镇长及政府领导班子直接选举,以便乡镇党委与乡镇政府更好地相互调适,避免“党政冲突”。就具体选举办法而言,不同地区可以根据实际情况在法律和政策范围内确定本地的选举模式。① 随着社会的进步,各地还会涌现出更多的选举模式。但无论采取何种模式,必须保证干部候选人提名方式的多样化。以往领导班子提名,往往是党组织提名,或者说“初始提名权”归党组织。要充分实现农村基层党组织功能,一个重要方面是理顺权力的授受关系。如果群众的表达权无法落实保证,那么无论是党政职务分开还是党政交叉任职,都不能完全落实对上负责与对群众负责相统一的问题。所以,党政融合的制度设计,根本上应逐步减少领导提名,增加群众提名,鼓励自我提名,保障个人提名、团体提名与党组织提名的平等权,这是扩大权力民意基础,实现乡镇党委功能的重要途径。

(2)乡镇党政的议事融合。农村基层党组织的各项功能要通过相应的决策、议事制度来实现。乡镇党政关系的特殊性,决定了基层的领导体制既

---

① 目前,一些地方开始尝试改革现有的乡镇长选举方式,主要有:直接选举、“三票制”选举、“两票制”选举、“公推公选”、乡镇人大代表直接提名乡镇长、“两推一选”等形式。参见杨雪冬:《乡镇长选举方式改革:六种类型》,《学习时报》第228期。

不能脱离党委的领导,也不能依靠党委孤军奋战。乡镇党政在事权、职责、功能等方面应该分开,但在议事机制上可以融合。根据事权的权重,集体开会研究,可以以不同的会议名称开会,不一定全部都叫党政联席会议。现在,虽然全国大多数乡镇党委和政府召开联席会议共同决策,但一些乡镇实际上仍然以党委为主导,把乡镇政府变成了执行机构,政府决策不足。事实上,乡镇政府既是上级政府和乡镇人大的执行机关,又是相对独立的行政组织,拥有决策权。因此,要探索乡镇党政议事沟通机制,充分发挥政府的功能。

一是确定党政议事的决策制度。决策时是遵守党的委员会制度还是遵守行政首长负责制?按照政府机关实行行政首长负责制的要求,行政首长不以人数的多少作为决策的最后依据。这对非党员的政府副职表决意见有利,但对民主决策不利。现在乡镇党政联席会议大多数实行的是党的委员会制度,但一些乡镇事实上是一把手负责制。实行党的委员会制度,根据党章规定,党内每个党员是平等的,党委书记、副书记、党委委员都拥有平等的一票。因此,担任党委委员的政府班子成员与党委其他成员应是平等的决策主体,乡镇党委书记与政府副职应平等沟通,尊重政府系统的干部,尊重非党员领导干部的意见,党委班子意见不能取代政府班子意见。这就要求严格执行民主集中原则,个人服从组织不能异化为个人服从书记,也不能无视少数。二是改进乡镇党政议事的表决方式。对重大事项进行表决时除了表示“同意”或“不同意”外,还应该提出几种预选方案,择优选择一种。要具体规定哪些问题不记名表决,哪些问题记名表决。三是适当增加政府领导职数并且纳入党委委员序列。目前,政府副乡镇长少,而实际工作中政府的具体事务较多。为了更好地体现党政职能分开的原则,在党政交叉的基础上可以适当增加政府领导副职。四是加强书记、副书记、党委委员之间的沟通协调。专职副书记原则上“受书记委托负责有关工作,或协助书记开展工作”,但这只是宏观规定,在此基础上还应具体界定“有关工作”的性质和范围。比如,党委委员哪些事情必须向书记、副书记报告,哪些事情可以独立决定,哪些事情集体讨论,都应该以制度的形式规定下来。没有兼任政府职务的党委委员与没有兼任党委委员的政府副职之间，应该通过其他途径进行沟通协调（如党政事项通报制度）。这样，更有利于发挥党组织的功能效应。

（3）乡镇党政的职能分开。功能实现问题的背后，是组织属性的界定问题。如果对党政组织的各自职能、性质把握不准，那么功能运行中便难以避免效能衰减的情况。以往，农村基层党组织对自身的组织属性一直定位不准，客观上造成了党的权威的衰落。事实上，乡镇党委本身不是行政组织，也不是国家权力组织，乡镇党委领导政权组织但不是代替乡镇政权组织。乡镇党委对乡镇政府的领导，主要是政治领导、思想领导和组织领导，"总揽全局、协调各方"。"总揽全局"，表现为对农村经济社会发展规划和方向的战略性、前瞻性领导，集中精力研究乡村重大问题，着力引导政府发挥好经济调节、市场监管、社会管理功能。换句话说，乡镇党委的功能主要在宏观上、在间接层面体现出来，侧重于重大事务的决策和执行上的监督，而不应陷入微观的经济事务中。比如，贯彻党的路线方针政策，就本乡镇的发展提出规划建议；发挥组织优势，推荐和建议政府班子人选；发挥密切联系群众的优势，做好农村群众的思想政治工作。

实行党政交叉任职后，应区分党务和政务的角色。推进党政关系制度化，要详细规定乡镇党委和政府机构的党政领导职位责任。比如，哪些问题由党委决策，哪些问题党委不决策，哪些问题由政府决策，都应详细说明。如组织委员兼副乡（镇）长，乡镇党委书记兼任乡镇长后，应该明确哪些事情属于党委的事情，哪些事情属于政府或人大的事情，不能把党委的职能与政府、人大的职能混淆。例如，作为分管计划生育工作的党委委员，其主要职能是做好农民的思想政治工作，向农民宣传《人口与计划生育法》及相关政策。而收取超生户的社会抚养费等计生工作中的具体事务应该由副镇长协调，通过乡村妇联、妇女主任来做，这样党务、政务的职能才能有效区分。

党政职务交叉，并不意味着党政合一。即使党政职数减少，党政个别部门合署办公，但党委与政权组织作为一个组织仍然独立存在，党政领导职务是分开的。因此,当领导干部处理问题时,应该知道什么时候是以党委名义开展工作的,担负的是党的职责,做的是党务工作;什么时候以政府的名义或者国家权力机关的名义开展工作,做的是基层政权建设工作。有些事务出现党委和政府交叉时,应该明确哪些事情以党委的名义效果更好,哪些以政府的名义开展工作更合适。只有把党务与政务、党委与政府的角色区分开来,党组织的功能运行才能回归科学的轨道。

(4)乡镇党政的权责分开。乡镇党委的权力限度关系到功能实现的程度。要最大限度地发挥党组织的功能,需要对决策权、执行权、监督权进行有效界定,使之既相互制约又相互配合。应该明确党委委员的权力究竟有哪些,政府和人大成员的权力究竟又有哪些。很明显,从政党组织角度讲,乡镇党委只有领导权,而没有行政权,也没有立法权、司法权。乡镇党委要依法执政,意味着司法审判某个案件的权力属于法院及其派出机关——法庭,党无权直接干预司法的具体审判,量刑判案是司法机关的权力。执政党执掌国家政权,但党本身没有国家权力,乡村行政权属于乡镇政府,乡村立法权属于乡镇人大,乡村司法权属于乡镇司法所和法庭。发展乡村的经济条例法规,党没有权力直接付诸社会实施,乡镇党委不能直接越过或者代替人大发布乡村法规条例。从领导职权角度来看,党政交叉任职后,党委委员分管政府工作,但分管副书记和党委委员之间不能相互代理。目前,一些乡镇有的党委委员不抓党务,有的政府副职管党务,有的纪委委员兼任组织委员,有的专职副书记主要管经济,很少管党务甚至个别地方不管党务。这种党政权限界定的不科学、不规范,很大程度上限制了党组织的功能发挥。

需要指出的是,职务与责任是紧紧联系在一起的,有职必有责,职责应对等。应该区分党委的责任和政府责任的界限。比如,党的十六届四中全会提出,对"涉及经济社会发展全局的重大事项,要广泛征询意见,充分进行协商和协调",那么什么是"经济社会发展全局的重大事项",这些重大事项"由谁解释"和"怎么解释",哪些重大事项由党委负责,哪些由政府负责以及承担什么样的责任,都应予以明确。在党政交叉任职的前提下,当出现问题、造成很大损失或者带来不良的社会影响时,应该追究有关方面的责任。若行使的是政府职务,那么应该以政府名义追究领导干部的责任,若行使的是党的职务,那么应该以党委名义追究责任,如果是领导班子犯了错误,那么应该区分出党委的责任还是政府的责任。在实践工作中,不宜把本属于行使党的职务所犯的错误和带来的损失进行张冠李戴,把乡镇党委责任与政府的责任合二为一。尤其当党委、政府职务集于一身时,不宜混淆党政责任的界限。

◆(二)乡镇党委与乡镇人大的关系调适

充分实现乡镇党委的功能,需要有效发挥乡镇人大的功能,其基本途径是在宪政制度的框架内增强人大的权威,乡镇党委通过人大实现对农村的领导。

1. 乡镇党委与乡镇人大的关系

人民代表大会制度是我国的政体。在当代中国的民主框架内,乡镇党委的功能实现,绕不开党委与人大的关系。人大与党委之间的张力,反映了宪政逻辑的实践状况。就是说,实现乡镇党委的功能,应该遵循宪政逻辑的基本规范。所谓宪政,主要包括“坚持人民主权、宪法法律至上、尊重和保障人权、权力机关优位、依法行政、公正司法、监督和制约公权力”①。对于乡镇党委而言,树立宪政理念,就是要尊重人大的相对独立的政治地位,善于通过人大的法治路径实现党组织的自身功能。中华人民共和国宪法规定,国家的一切权力属于人民。人民是国家和社会的主人,落实到制度上,一个突出表现就是实行人民代表大会制度。乡镇人民代表大会是乡村的最高权力机关,乡村人民通过选举自己的代表进入人民代表大会,行使立法、选举和任免政权机构组成人员、监督政府和执政党等职权。按照这一原理,乡镇党委依法执政,不能绕开人民代表大会直接领导政权机关,而必须坚持宪法和法律权威,经过人大把党的意志上升为国家意志。乡镇党委与人大在组织上没有隶属关系,不能对人大直接发号施令。换言之,在执政的条件

---

① 张恒山、李林:《法治与党的执政方式研究》,法律出版社2004年版,第138—146页。

下，“党不作为游离于国家制度外的领导力量，而作为国家制度内的领导力量，即作为执政党来运作国家制度，领导国家生活”。①

党在农村的执政，包括党执掌政府行政机关，表现为党的领导权与政府的行政权的关系；党执掌人大权力机关，表现为党的意志与人民意志的关系，这是党群关系在人大制度层面上的反映。这一点，与西方部分政党运作国家政权有不同之处。西方发达国家有些执政党侧重于执掌政府，其政权运作的重心指向行政权，立法权有时鞭长莫及，或功能式微。有些执政党虽然在议会中也设立党团组织，但其政权体制内的党团组织有时只起中介联络作用，并不起决定性的作用，党团成员不贯彻执政党意图的情况并不少见。而中国共产党则不一样。乡镇党委是乡村各种组织的领导核心，对乡镇人大权力机关的领导，体现为党指导立法、在具体立法活动中发挥协调作用，通过推荐代表候选人直接影响立法权或立法机关，即乡镇党委的领导权与人大的法定权可以局部重叠。乡镇党委与人大运行的特殊逻辑，要求乡镇党委既要体现领导和执政的双重角色，又不能挤压人大的法理空间。在思维观念上，表现为对作为治理主体的人大的政治尊重、依法治国理念的强化。

从法律制度角度看，《地方各级人民代表大会和地方各级人民政府组织法》第九条规定了乡镇人大的十三项职责，比如，人大“在职权范围内通过和发布决议”，“根据国家计划，决定本行政区域内的经济、文化事业和公共事业的建设计划”。这表明，在理论和制度文本层面，乡镇人大是乡村的权力机关，尤其在选举乡镇政府负责人、批准乡镇建设和发展规划，保障农村群众权利方面，起着决定性的作用。但是在实际运作中，乡镇人大受到县市党委和乡镇党委的双重影响。县级党委对乡镇人大的影响表现在：通过干部人事任免，影响人大的日常工作；负责乡镇人大的选举宣传，选举筹备工作接受县级党委的领导；批准成立选举领导机构和批转选举工作实施方案，人大选举的具体组织工作接受县级党委的指导。从制度设计来看，尽管

① [韩]咸台炅：《中国政党政府与市场》，经济日报出版社2002年版，第203—204页。

一些乡镇党委领导班子由乡党代会选举产生,但实际任免权主要集中于县级党委,组织意图重于群众意见。乡镇党委对乡镇机关干部虽然没有人事任免权,原则上乡镇人大的领导职务不由乡镇党委任命,但乡镇党委是农村社会的领导核心,所以在实际工作中乡镇人大常常接受乡镇党委的直接领导。由此,当党的领导方式与体制不完善时,乡镇人大的功能容易被弱化。比如,乡镇人大的会期太短,一年开一次会,这与作为乡镇的最高权力机关是不相称的。一些乡镇人大的表决,现在通行的办法还是举手表决或者鼓掌通过。有的乡镇人大代表据此坦言:开会主要是画圈、举手、吃饭。这与现代民主程序也是不吻合的。一些乡镇人民代表大会主席团主席的礼仪象征性较为突出。有的乡镇党委副书记被调整为专职人大主席后自己也认为是进入清水衙门、"退居二线",把人大看做"橡皮图章",把人大的地位置于党委、政府系统之下。受这些认识的影响,有的乡镇党委往往在乡镇人大之上或者绕过人大对农村辖区实施领导,或者采取灵活措施在人大会上"一致通过"。这种政治运行逻辑实际上扭曲了乡镇党委的功能,不利于党的权威的增强。

2. 乡镇党委与乡镇人大的功能调适

乡镇党委与乡镇人大功能调适的核心是保证、落实人大的决定权和对同级干部的监督权,使人大代表真正代表人民的利益,人大成为真正的权力组织。

(1)乡镇党委要充分发挥人大作为国家权力机关的功能。刘少奇曾指出:"我们党是国家的领导党,但是,不论何时何地,都不应该用党的组织代替人民代表大会和群众组织,使它们徒有其名,而无其实。"①江泽民说:"如何保证在党的领导的前提下充分发挥人大的作用,是一个十分重要的问题。"②乡镇人大是乡镇党委支持农村群众当家做主的制度平台,担负着通过法定程序实现人民意志的重任。党的路线方针是党在思想上、政治上或

① 《刘少奇选集》(下),人民出版社1985年版,第402页。

② 《十三大以来重要文献选编》(中),人民出版社1991年版,第942页。

工作上所遵循的基本原则,而政策则是实现路线方针的行动准则和制度规范,集中了群众的需求和意愿。农民通过选举自己信得过的人大代表,委托代表在乡镇人民代表大会上参与乡镇公共事务、国家事务和社会事务的管理,通过决议并以法律法规的形式固定下来,形成本乡镇群众贯彻路线方针的制度成果。在这些法定程序中,乡镇党委不是以行政命令的方式使人大代表通过决议,而是发扬民主,尊重人大代表的意愿。这体现了党的意志与人民意志的统一,是农村基层党组织功能实现的重要途径。随着民主政治的发展,乡镇党委应进一步支持人大功能的发挥。比如,乡镇党委应该把重大事项提交人大讨论,进一步贯彻合议制,使人大真正成为立法机构;防止把人代会开成党委会,防止人大主席团行政化;人大要对乡镇政府班子每年进行评议,作为干部任用的考核依据;人大对乡镇职能部门负责人的任用具有决定权;细化人大表决的重大决策项目;强化人大执法检查的功能,监督乡镇政府组织实施项目的效果。人大的功能增强了,党组织的功能在法理层面上才能充分实现。

(2)通过人大代表和人大主席团中的党员表达和维护农村群众的利益。向乡镇人大推荐干部是乡镇党委领导人大的一个重要途径。[①] 乡镇党委是乡镇各种组织的领导核心,但这并不意味着乡镇党委把建议强加给乡镇人大代表。乡镇党委就本辖区经济社会发展中的重大问题提出建议后,应该交给人大审议,尊重人大代表的意见。乡镇人大代表直接参与乡镇事务和国家事务的管理,参与人大审议,实现当家做主,本身就是党的领导和执政的重要体现。乡镇党委可以通过人大主席团中的党员和人大代表中的党员,同非党员人大代表进行政治沟通,使他们了解党的主张。党员代表本身要坚决贯彻党委意图,服从组织决议,支持党的主张,在投票中赞成党委

---

① 推荐权与提名权并不完全等同。有的学者认为,党委对重要干部人选的推荐权,既不是法定的任命权,也不是法律意义上的提名权。参见张晓燕:《党的执政方式是党的执政理论研究的一项重大课题》,载虞云耀等著:《加强党的执政能力建设专题讲稿》,中共中央党校出版社 2004 年版,第 108—109 页。也有学者提出,为了保证党对国家和社会的组织领导,有必要将党组织的推荐权规范为提名权。参见刘大生:《规范党的领导的宪政阐释》,《人大研究》2004 年第 1 期。

提交的建议。人大代表中的党员和人大主席团中的党员要充分利用国家政权——人大的资源优势,研究乡镇公共事务和发展中的问题,把国家政权机关对政治、经济、社会、文化等方面的意见和建议传输到党的组织系统中,化为党的路线方针政策,然后通过人大上升为国家意志,实现党的意志与国家意志的转换,从而把党的路线方针政策与群众需求有机联系起来,使国家政权的运作与党的领导相契合。

(3)乡镇党委在一些重要问题上要尊重和服从乡镇人大的决议。作为执政党的基层组织,乡镇党委依法执政的重要体现在于,当乡镇人大否决党委的推荐人选时,乡镇党委应该尊重人大的表决。有的乡镇党委向人大推荐干部,结果人大代表表决时,该干部没有获得通过,党委转而任命该干部担任党内职务,出现"人大不要党要"的现象。这种做法值得商榷。严格意义上说,人大代表代表着人民的意愿,在人大会上落选的干部,一般说明该干部的群众基础差,从权力授受关系的法理基础来看,该干部应反省自己,通过继续努力,待条件成熟时再推荐任职。如果每次人大会上未获通过的干部,立即在其他地方、其他部门转任乃至升迁,那么容易削弱人大作为国家权力机关的尊严和宪政权威,这对树立依法治国、依法执政的理念,推进党的自身现代化是很不利的。

乡镇党委与人大的功能调适问题,反映了党的意志与国家意志、人民意志的关系。2002年中共中央发布了《党政领导干部选拔任用工作条例》,其中第四十八条规定:党委推荐、由人大常委会任命、决定任命的领导干部人选在人大常委会未获通过,根据工作需要和本人条件,通过进一步酝酿,在同一次人大常委会会议上不能再次推荐,但可以在另一次人大常委会上继续推荐。两次未获通过的,不得再推荐为本地同一职务人选。[①] 这个规定与以往制度相比,有很大的进步,至少反映了党对人大的表决结果是重视的。具体到农村,只有通过乡镇人大而不是绕过乡镇人大,将党的意图上升

① 中共中央组织部研究室:《干部人事制度改革政策法规文件选编》,党建读物出版社2007年版,第55页。

为人民意志,才具有法律效力,才能增强党的威信和法理基础。乡镇党委对乡镇人大的领导,不是一般意义上的领导,不同于党内的上下级关系,也不同于组织上的行政隶属关系。乡镇党委既对乡镇人大实施领导,又要尊重人大的相对独立性。支持乡镇人大作出的决定,就是支持农村群众参与公共事务,就是尊重民意。乡镇党委与乡镇人大除了政治上的领导与被领导的关系外,还存在着法理上的被监督与监督的关系。只有通过国家权力的纵横配置,加强人大对乡镇党委的监督,才能从制度上保证党必须在宪法和法律范围内活动。

从当前存在的突出问题看,乡镇党委通过人大的途径来实现各项功能,一要处理好下放权力与地方保护主义的关系。层层压力型体制,固然不利于乡镇积极性的发挥,但如果乡镇人大权力出现扭曲,也会强化乡镇地方保护主义和无政府主义的倾向,导致政策和法律的实施受到影响。二要处理好民主制度与民主程序的关系。重视人大代表作用的同时,要防止人大代表选举中的贿选现象,因为乡镇人大代表数量较少,资源稀缺,可能成为乡镇选任干部的追逐对象。三要处理好民主性与科学性的关系。增强乡镇人大的功能,权力的制约性突出,有利于乡镇人大对党委和政府的监督,同时也可能影响到乡镇各组织之间的工作效率和县乡村行政体系的稳定运行。这需要在制度创新中逐步完善。

二、村党组织与村级各类组织的横向互动

村党组织与村级各类组织的横向互动,表现为村党组织对各类组织主体地位的尊重,在政治社会化、利益表达等方面更多地通过平等沟通、横向合作的方式来展开,而不是单一的纵向式的绝对领导。村党组织与其他组织的横向互动,有利于增强党在农村的法理性基础,更好地实现自身功能。

◆(一)村党组织与村民自治组织的互动

村民自治是农民继家庭联产承包责任制之后的又一大创造。其主要特点包括:一是自治的主体是农村群众,而不是地方,不是“村自治”。二是自

治的范围是本村事务,而不是国家政务。三是自治组织不是政权机关。四是自治组织的领导人不属于国家公职人员。① 村民自治的核心是村民直接行使民主权力——民主选举、民主决策、民主管理、民主监督。2006 年 11 月 30 日,胡锦涛总书记在中共中央政治局进行第三十六次集体学习时强调,扩大基层民主,保证人民群众直接行使民主权利,依法管理自己的事情,是社会主义民主最广泛的实践,是社会主义民主政治建设的基础性工作。这对村民来说是一种福音、一件喜事,对村党组织而言既是机遇,也是挑战。

从宏观角度看,村民直接当家做主是对我国代议制民主的创新和突破,这种突破包括对党组织权限的突破,使得党组织的部分权力收缩,还权于民。表现在宪政民主的形式层面,人民代表大会制度属于间接民主和代议民主,这种多层次的委托授权在实际操作中容易演化为"替民做主"。村民自治的生成,既意味着农村自主性、自治性的增强,农村的政治性与社会性出现分野,同时又意味着村民直接选举与社会直接参与相结合、实体性民主与程序性民主相结合。因此,一方面村民自治与国家代议制民主和间接民主形成双层复合,创新了我国的宪政制度,成为中国特色社会主义政治制度的重要组成部分。另一方面,村民自治与村党组织长期运行的"代民做主"路径出现"狭路相逢"和部分抵触。

村民自治组织与村党组织的局部抵触的实质在于,村民自治组织作为在国家法律层面具有相对独立地位的主体,与村党组织之间构成了一种横向关系——在法律上具有同等地位。横向关系意味着双方不是单纯的领导与被领导关系,更不是绝对的"命令—服从"关系;相反,更多的是民主合作的关系。这就是说,村民自治组织在农村政治格局中,与村党组织在一定意义上处于平行地位,"原有的村党支部一元权力结构变成了党支部与村委会的二元权力结构。"②村党组织的一元主导格局被打破,意味着村民自治

① 参见徐勇:《中国农村村民自治》,华中师范大学出版社 1997 年版,第 45 页。

② 郭正林:《中国农村二元权力结构论》,《广西民族学院学报》2001 年第 6 期。也有论者认为,在村委会的制度框架下,村级组织的设立大体是党支部、村委会和村集体经济组织三元结构的权力分配。参见吴新叶:《农村基层非政府公共组织研究》,北京大学出版社 2006 年版,第 110 页。

组织在一些领域具有自主话语权，在一定程度上具有竞争性。这种竞争性，核心表现为村民自治权与村党组织的领导权的争夺，从体制内产生的自治制度，反过来要求突破传统体制。过去长期由村党组织一统到底、全面管理的权力资源，要部分剥离出来移交给村民自治组织，部分乡村公共权力回归社会，于是新生的村民自治组织与党组织的一些传统思维和做法产生了冲突。由此，村民自治组织的独立主体地位对村党组织过去在一元化领导框架下的功能实现途径产生了很大影响。比如，过去村党组织为实现政治社会化功能，直接调用资源对农民实施动员，但村民自治组织管理部分村庄资源后，村党组织配置资源的效率和动员效果在一定程度上遭到削弱。在这种情况下，村党组织应善于通过与村民自治组织的横向互动实现功能。

1. 村党组织与村民自治组织的权力边界

作为领导党和执政党的基层组织，村党组织享有对村民自治的领导权，这是宪法和法律规定了的。而村民自治权也是由国家法律确认的。但是，究竟什么是领导权，什么是自治权，各自的权限范围是什么，法律没有具体规定。这要求在实践过程中，各地应根据实际探索具体的操作程序，规范村党组织与村民自治组织的权限。

发展乡村直接民主，一方面要村党组织充分发挥领导核心功能，构建和谐的乡村秩序；另一方面又要求探索这一功能的有效途径，促进村民自治的健康稳步发展。解决这个问题，关键要正确把握村党组织领导权的边界。党的领导主要是政治、思想和组织的领导，而不是党权高于一切、包揽一切。邓小平说："支部无权干预各种行政工作，但支部要在群众中了解群众的问题、群众的意见和舆论，以及党员非党员的表现，及时通知党团和报告党委注意。支部有权检查所属党员个人的工作，但不是检查哪一部门的工作。"[①]因此，党组织的领导，不是陷入事务主义当中，直接干预，而是落脚于宏观上团结群众。

同样，在村民自治的制度框架下，村党组织的领导核心功能不是通过

① 《邓小平文选》第一卷，人民出版社 1994 年版，第 20 页。

"划船"、具体干预来实现,而是靠"掌舵"发挥作用。判断党的领导在农村是否实现,不是看是否直接掌握了财权、物权和执行权,而是看党的路线、方针、政策最终在农村有没有得到贯彻和落实,看农民是否获得实惠。村党组织的功能实现过程,同时是村民自治不断发展的过程,也是村党组织的主导性与村民自治的自主性良性互动的过程。这主要表现在:(1)村党组织支持和保障村民依法开展自治活动、村民委员会依照国家法律法规及自治章程充分行使职权;(2)通过重大事项决策建议权的方式指导村民自治,与自治组织一道讨论决定本村经济建设和社会发展中的重要问题,做好精神文明建设和社会治安、计划生育工作;(3)利用党的组织资源管理村干部,对党员进行教育和监督,负责村、组干部和村办企业管理人员的教育管理和监督;(4)指导村民会议或村民代表会议的机构设置,为村民代表的推选与结构优化提供规制;(5)村党组织与村委会共同治理村庄事务,需要由村民委员会、村民会议决定的事情,由村民委员会、村民会议依照法律和有关规定作出决定。事实表明,只有留给村民自治法定的自主空间,村党组织才能获得更大的功能实现空间。

2. 村党组织与村民自治组织的权力来源

权力来源问题是影响村党组织与村民自治组织关系的重要因素,是直接影响党组织功能发挥的基本要素。政治发展理论认为,政党整合社会的主要途径是政党组织介入各种共同体的政治生活并主导公共空间的发展方向。政党通过组织化和制度化的依附载体,向基层社会辐射力量。政党政治的这一游戏规则,同样适用于中国农村。随着基层民主政治的发展,村民自治对农村基层党组织的"善治"提出了更高的要求,不仅要求村党组织及时回应农民的诉求,而且要求扩大村党组织权力来源的范围,至少要与村民自治组织的权力来源相一致,增强功能运行的合法性。其原因在于,当前村党组织与村民自治组织的权力来源不同。前者由党员选举产生,而党员在村庄中属于少数。后者由广大村民产生,村民人数大大超过党员人数。同时,村民自治组织的权力来源路径主要是自下而上,而村党组织的权力来源路径更多地表现为自上而下。政治社会学认为,国家行政权不能代替社会自治权;权力来源谁,就对谁负责;有权必有责,权责必对等。因此,在一些村民和村干部看来,由多数人选举产生的村委会比由少数人选举,甚至上级任命的村党组织班子更有权威,由群众直接选举的干部比上级任命的干部更具有合法性,群众基础更强。这就直接制约了村党组织的功能实现程度。

在这种情况下,村党组织必须探索村庄直接民主框架下的党管干部的新途径,解决自身的合法性问题,赢得广大村民的认可。一方面,村党组织领导班子要由群众公认发展为村民推选,上级推荐与党员和群众推荐相结合。只有先听群众的意见,才能防止"组织意图"覆盖"群众公认",从源头上落实"权由民所授",从而达到"权为民所用"的目标。这种由群众差额推荐并影响正式选举的支部选举模式,能够扩大村民对村党组织班子成员产生的话语权,打破传统党内民主的封闭发展路径,增强基层党建的开放性。党外群众参与党内事务的推行,同时也是对党管干部原则的创新和发展,有利于发挥党组织的功能,夯实党在农村的社会基础。另一方面,村党组织与村委会实行联动选举,将党的领导融入村民自治当中。对于农村治理结构而言,村党组织与村民自治组织都是治理结构中的重要元素。元素之间的排列组合,影响到各自功能的实现。村党组织如果得不到村民自治组织的社会认可,法律文本就会成为一纸空文。所以,村党组织的干部选举还要与村委会选举相耦合,使二者的权力来源的基础相一致。党组织班子成员参加村委会班子的选举,实现交叉任职,或者将当选为村主任的党员选举为党组织书记,有利于赢得村民的认可,降低动员群众的成本,提高利益表达的效率。

3. 村党组织与村民自治组织的权力运行

作为村民自己的组织,村民自治组织在农村群众中的地位与威望与日俱增,而村党组织与村民的关系则日趋松动。在这种背景下,村党组织如何与村民自治组织形成横向互动,进入村级社区的公共生活,成为功能实现的关键问题。大量案例表明,村党组织以行政化的活动方式或者纯粹以政党身份走进村庄的公共空间,实施政治社会化功能,往往引起群众的逆反心理,效果适得其反。"国外政党的基层政治经验中,政党一般都是以普通成员的身份介入社区生活的。在日本，政党进入社区的方式参与社区的文化、体育以及其他公益性活动，在一些传统的节庆如清明节、灯节、祈祷节等都有政党的参加。但是，它们却不是以党派的身份出现，只有在选举的时候才显示政党身份，因而客观上加强了民众对该党的认知。”①应该说，国外的基本国情与中国有很大的不同，但党员以社区成员的身份出现，进入居民的内心世界，赢得社会认同，这种做法对我国农村基层党组织同样具有启迪意义。因为村民自治的背后，是农村治理主体的多元化。治理更多地意味着组织之间的横向合作。村党组织与村民自治组织，既不是相互吸纳的关系，也不是“谁压倒谁”的完全竞争性关系。所以，实现党组织的功能，要善于把村党组织的领导纳入村民自治的制度设计之中，通过新的途径与村民自治组织开展横向协作，实现党的领导核心与村民自治中心的统一。

第一，村党组织召集两委联席会议。村党组织与村委会召开联席会议，是村党组织与村级组织开展横向合作的重要途径。由村党组织召集村两委联席会议，共同讨论问题，有利于村党组织把党的路线方针政策和国家法律有效传送到国家政权的根基，防止自治主体游离于执政系统和国家政治系统之外。召集两委联席会议，要求改变党组织“俯视”其他村级组织的做法，真正把村委会看做村庄治理的主体之一，“平视”村民自治组织。否则，容易引起农民的不满，“用脚投票”。实际上，坚持村党组织作为村级组织领导核心地位，并不是确立村党组织书记个人的领导核心地位。村党组织与村委会都是村民自治格局中的两个组织，目的是共同发展农村直接民主，因此在两委联席会议中，村党组织要调整话语方式，与村委会平等沟通。

第二，村党组织通过兼任村民会议主要负责人，与村民自治组织形成互动。村两委联席会议总体上有利于村党组织与村委会在工作中达成共识，但是村两委有时也会产生分歧和矛盾。在这种情况下，双方各执一端很难

① 吴新叶：《农村基层非政府公共组织研究》，北京大学出版社2006年版，第326页。

解决问题。为此,在农村群众直接行使民主权利的背景下,村党组织要善于通过村民会议实现党的领导。建议把村民会议建设成为村庄权力机构,具有最终决定权;村民代表会议由村民会议授权,享有决策权和监督权,听取、审议、监督村委会的工作,并提出罢免建议;把村民代表会议设置为常设性的决策机构,村党组织成为议而不决的议事机构,村委会成为执行机构。凡遇到重大村务,由村党组织召集村民代表会议,组织村民代表讨论表决。由于村民会议具有决策权和监督权,村民能够直接表决和评议,因而村民会议成为村民当家做主的有效载体。同时,村党组织书记通过法定程序成为村民会议的主要负责人,村民会议由党组织来召集,有助于发挥村党组织在政治、思想和组织上的领导作用。而且,通过村民会议的授权,村委会有了制度化的服务村民的权力,其自身功能也得到增强。[①] 这样,村民会议成为党组织、村委会、村民之间的沟通载体,党的领导、依法办事、村民当家做主的统一在村民会议中得到体现。

第三,党员以村民身份参与民主管理,发挥利益综合功能。党员不是特权的象征符号,党员与村民一样,在村民会议或村民代表会议中都只有一票,没有任何特殊性。农村党员应与党外群众一道依法参与农村事务的管理。在村民会议表决重大问题时,村党组织的领导班子和党员的角色应适时转换,以村民身份而不是以党员身份进行表决。村党组织要领导和支持农民群众依法参与村级事务管理,监督村务公开和民主管理制度的落实,及时听取群众的意见。党员在村民委员会、村集体经济组织和其他村级组织中发挥先锋模范作用。当村民会议否决村党组织的个别建议时,村党组织应遵守法律,尊重民意。比如,上海市嘉定区江桥镇太平村的村党组织与其他组织平等决策,全体党员以“村民”身份参加村民自治制度建设活动,党

① 这种制度设计在一些农村取得良好效果。比如,河北省青县推行的“村代会常任制”模式——“党支部领导、村代会做主、村委会办事”机制,改变了过去由党支部或村“两委”议行合一的体制框架,由村党支部书记竞选成为村代会主席,使村党组织通过村代会进入村民自治体系,负责组织协调村内各组织的运转,把党组织的主张变为村民组织和村民的自觉行动,确保了村民广泛参与村务和由民做主的实现。

员被民主选举、推荐为各项民主管理组织、自治组织的代表、成员或者组长,得到群众的拥护。[①] 将村党组织的领导纳入村民自治的制度设计之中,目的在于改变过去单一的垂直领导路径,使村民自治既不游离于国家政权之外,又能最大限度激活村民自治组织的能量,实现党的各项功能。

◆(二)村党组织与其他群众组织的互动

农村群众组织的数量、规模和发展质量,是衡量农村社会自主性和公民社会发育程度的重要指标,也是影响农村基层党组织功能实现的重要因素。群众组织的自有、自享程度越高,党组织服务群众、整合社会的成本就越低,功能实现就越充分。反之,党政组织无所不包,取代或忽视群众组织的力量,其功能的实现效果不会很好。

当前,农村基层党组织发挥功能的组织载体和路径有三种类型:一是农村党政组织,如乡镇党委、政府和人大及其职能部门、县市派驻乡镇的站所,农民通过人大代表、党代表和其他领导干部反映诉求。二是农村准政府组织,如农村社区事业性团体和承担基层公共职能的经济类组织。三是农村群众组织,如传统群团组织、民间组织、未经国家法律和行政主管部门登记的非正式组织,以及新时期出现的经济社会组织。[②] 长期以来,农村基层党组织对党政组织、准政府组织的功能发挥比较重视,而对群众组织的内在功能发挥不足。例如,传统群团组织行政化色彩较浓,社会自主性严重不足,在市场经济条件下还没有实现功能的转换;有的农村群众组织作为农民代言人的功能发挥不明显;总体上属于农民自己的组织太少,农民自身的组织化程度仍然较低。这不利于群团组织自身的现代转型和发展壮大,也不利于村党组织的功能发挥。

---

① 黄道霞:《村民民主营造的和谐村落》,《人民日报》(内部参阅)2006年第32期。

② 严格意义来说,村级组织都属于农村群众组织,而不是政府组织。人民公社制度的废除,标志着“村”不再纳入国家政权机关的范畴。而村民自治制度的实施,从国家法律角度赋予了各类村级组织的群众自治地位。这是就理论文本而言的。事实上,许多村级组织仍然具有准政府、承担相关政务的性质。正因为如此,实现由计划经济体制向市场经济体制的完全转变,面临诸多阻力,需要经历一个长期的过程。

公共选择理论认为,社会的落脚点在于利益。围绕利益,具有不同社会地位、谋生手段、利益取向和消费偏好的人群各自结合在一起,形成不同的利益群体,这就是个体的组织化。如果组织能够有效运作,利用一致的集体行动影响其他群体和政府的决策,那么通过这种利益博弈,能够有效扩大自身利益的需要。农民也不例外。农民呈现原子化的分散状态,农村公共生活领域的组织化单元依然偏少,体制内的集体行动能力偏低。换句话说,当前占人口绝大多数的农民在与城市居民的制度博弈中尚处于劣势,缺少"话语权",尤其农民对乡镇事业、国家事务和社会事务的政治参与不足。其原因在于,中国共产党通过赋予农民以主体性,在"政权下乡"和"政党下乡"的过程中组织和动员农民,从而将农民吸纳到党和国家的政治体系中。但是,过分集中的权力体制又有可能将农民从具体的乡村治理体系中排挤出去,无法建构真实和个体的农民主体性。[1] 事实表明,农村基层党组织对乡村社会的整合以公共权威的正式动员、传输为主,这种行政性的主导力量在很大程度上限制了乡土社会力量的发挥,正式组织与群众组织之间的功能边界不清晰,尤其是村庄内部的民间秩序与和谐状态被行政性权威挤压,农民自主性的张力不够,国家与农民之间的弹性余地太窄。当国家利益与农民利益在某些情况下发生冲突时,农民的自我释放和发展的利益空间太小。国外农村现代化的历程表明,一种权力离农村核心位置越近,那么其他权力就越远。因此,作为领导核心的村党组织,在党组织与农民个体之间,需要一个"缓冲区",缓解二者之间的作用力与反作用力,重构自治空间内的权力运行秩序。在村民自治组织发育不良的条件下,一方面要优化存量,局部调整农村内部的组织结构,扩大村庄其他治理主体的容量,发挥村级传统群团组织的功能,使之成为党组织与农民之间的联系纽带,减弱国家力量对乡土社会的直接干预。另一方面,要引进增量,即培育和引导新的群众组织,增加政治社会化的组织载体,拓宽利益表达渠道,促进各种组织团体的和谐共处。

---

① 徐勇:《现代国家的建构与村民自治的成长》,《学习与探索》2006年第6期。

1. 村党组织与传统群团组织

协作是共赢的重要条件。没有协作,村党组织的功能容易成为水中望月。在西方协商民主理论看来,民主就是通过公众的讨论进行统治,而不仅仅是贯彻多数派的意志。① 在利益的实现上,协商过程注重多元主体在公共利益的框架下,通过恳谈、沟通达到各自的目标,这是保持社会稳定的一种机制。对当代中国而言,中国共产党领导下的政治协商制度是国家的重要政治制度。具体到农村,这种制度要求农村基层党组织既要对群团组织实行领导,又与之协商沟通,农村基层党组织的很多功能,往往通过与民兵连、村妇联开展协作来实现。这是具有中国特色的村庄“协商政治”。

其一,群团组织联系各自所代表的群体成员,协助村党组织协调复杂的利益关系。不同类型的村级群众组织分别代表着相应的利益群体,其利益诉求有区别,利益的实现途径也不一样。比如,共青团虽然在根本上与党的利益和国家利益相一致,但这并不意味没有独立性和自主性。事实上,代表青年的利益,是村级团组织的重要功能。农村青年的利益诉求通过共青团向党组织反映,共青团又将党组织的意见传达给青年,有利于各自利益的沟通与实现。同样,农村妇联把妇女凝聚起来,有利于减小村党组织的工作幅度。所以,村党组织支持这些群团组织独立开展工作,本身就能增强利益表达与利益综合的功能。

其二,群团组织直接面对组织成员,对成员的思想倾向和能力素质更为了解,通过群团组织向党组织推荐入党积极分子、推荐干部人选或者后备干部人选,有利于优化党组织的政治录用功能。党组织自身的活动半径有限,全部由党组织班子成员逐一考察人选和发展党员,既增加成本,又降低效率。有时党组织考察时所了解的情况,不一定属于真实的常态,而可能是个体为“应付检查”而表现出来的假象。因此,通过群团组织在日常工作中锻炼人才、考察干部,能够增强党组织政治录用的有效性。

其三,作为党的外围组织,群团组织日常在服务组织成员的同时,常常

① [美]埃尔斯特、[挪]斯莱格斯塔德:《宪政与民主》,北京三联书店 1998 年版,第 258 页。

在潜移默化中向组织成员宣传党的路线方针政策以及同级党组织的决议主张,担负着团结群众、组织群众的功能。当遇到突发事件、重大事件和其他矛盾的时候,各个群团组织都是一个个行动单元。村党组织以群团组织为单位,以组织负责人为动员召集人,分别把群众组织起来,这种社会动员机制把整个农村社会分成一块块行动空间,既能分散向下传达,又能集中整体动员,形成"大组织"格局,从而增强村党组织的政治社会化功能。

2. 村党组织与新型群众组织

当前,农村的组织关系网络日趋增多,一些新型群众组织大量涌现,比如,一些农民为了维护自身权益,组成"上访团结会"、"土地保护联谊会"等农民维权组织。新型群众组织与党政组织相比,自组织色彩较浓,即以维护村庄一部分人或某一群体的利益为目标;与经济组织相比,它不仅强调保护内部成员的利益,而且在外部参与乡镇以上公共事务。它既不是传统集体组织(如村委会的行政化色彩浓),又不是个体私营组织(如个人开办的企业,个体行为浓厚),也不同于农村传统民间组织(如腰鼓协会,不谋取社会整体利益和追求政治参与)。

这些组织的出现有着复杂的时代背景。市场经济竞争性的增加,在一定程度上客观促成了农民在经济领域的合作,而合作的收益扩大让农民尝到甜头,农村合作经济的发展在一定程度上通过村党组织的推动,将经济合作机制延伸到政治生活中,因此治理结构的合作需求为新型群众组织的形成创设了良好环境。随着改革开放步入"深水区",乡村治理主体的多元格局形成,社会自主性的张力扩大,推进农村公民社会发展的力量逐渐增加,农村社会建设的战略安排不仅从经济上而且从政治上提供了社会组织发育的条件。所有这些,促成了农村新型群众组织的勃兴。

新型群众组织的出现,对农村治理结构和领导体制的完善具有重要意义。社会转型期,农村传统组织、民间组织的发育不良很难全部承担起社会管理的空白点,单靠党组织的力量领导农村复杂事务又不能完全解决问题,而诉诸带准政府性质的村民自治组织也无法满足农村公共管理的需要。对农民个体而言,长期以来的原子化、分散化的散漫状态,使得部分农民的志愿精神与合作意识淡化，这客观要求构建新的组织，把单个农民重新组织起来，增强群众之间的信任、合作，营造有序、规范的乡村社会关系网络。信任与合作并非意味着没有矛盾与冲突，恰恰相反，新型群众组织的产生，在于搭建一种缓解冲突、解决矛盾的载体与机制，通过这些组织，调整国家与农民的关系，寻求执政党与社会的沟通点。法团主义认为，非国家政权组织是以一个利益代表系统的面貌出现的，它所主张的观念体现了治理模式或制度安排类型，主要是将公民社会中的组织化利益群体联合到国家的决策结构中去。这个利益代表系统由一些组织化的功能单位构成，它们被组合进一个有明确责任义务的、数量限定的、非竞争性的、有层级秩序的、功能分化的结构安排之中。[①] 这就是说，组织团体对农民的再组织化，不仅能提高农民个体与党政组织的博弈能力，而且能促进农民与执政党的合作。

新型群众组织之所以能协助农村基层党组织实现各项功能，其机理在于：(1)新型群众组织的生成过程，同时是党的政策以政府选择为主向政府选择、社会选择并重的过程。为了组织的生存以及成员的利益，新型群众组织常常以各种灵活的方式向组织成员宣传党的路线方针政策，遵守国家法律法规，这本身就是政治社会化的过程。有的群众组织主动为农村基层党组织出谋划策，担任党组织与农民的协调人，这客观上推动了农村基层党组织对农村社会的有机整合。(2)新型群众组织的建立，打破了农村权力过分集中的格局，成为乡村治理的一支重要力量。出现分歧时，农村基层党组织直接与这些组织负责人进行沟通，然后由群众组织的负责人协调其内部关系，这缩短了政策传输的中间链条，降低了农村的政治风险，增强了服务群众的功能。(3)新型群众组织的涌现是农民直接民主发展的产物，反过来，它又推动民主价值的实现。民主不只是手段，而且也是价值目标。《中共中央关于社会主义精神文明建设指导方针的决议》指出："我国社会主义发展中的主要历史教训，一是没有集中力量发展经济，二是没有切实建设民

---

① 转引自吴新叶：《农村基层非政府公共组织研究》，北京大学出版社 2006 年版，第 337 页。

主政治。"①建立党组织领导、新型群众组织参与治理的民主模式,目的在于增强农民的民主意识,使他们不仅有机会参与涉农政策的制定,而且有权利、有办法阻止不良政策的产生。因此,培育和引导更多的新型群众组织与党组织一起分担村级政治空间的治理事务,有利于划小民主参与的行动单元,把各种舆论整合为村庄共识,提高政治参与的效率,实现党的功能目标。

三、农村基层党组织与各种基层党组织的横向互动

长期以来,党的领导体制强调下级组织服从上级组织比较多,但对同级党组织的横向互动关注不够。实际上,农村基层党组织的功能实现程度,不仅与基层政权组织和群众组织的互动程度有关,而且与党组织内部的横向协作有关。党组织与党组织之间的横向交流,可以打破行政科层制的限制,实现组织关系对接,发挥党组织体系的整体功能。

◆(一)农村基层党组织设置的横向拓展

组织系统的结构组合,影响到组织功能的实现。要最大限度发挥农村基层党组织的功能,必须优化党组织的结构设置。现在,以行政村党组织为主体、以"乡镇党委——村党支部"为骨干架构的组织格局已经形成多年了。这种格局继承了我们党"支部建在连上"的建党传统,表现为"支部建在村上"。改革开放后,农村社会结构、组织形式、就业方式、利益关系和分配方式日趋多样化,村民有的"离土",有的"离乡",有的跨省,农民出现分化和重组。然而,部分农村基层党组织面对村民奔向市场、奔往都市,面对农村经济和政治结构变迁反应迟缓,其视野仍然局限于行政村,结果工作找不到抓手,农村党建工作面临难题。第一,大量农村党员外出,造成党组织"空壳"——有组织无党员。第二,农村流动党员分散务工后,找不到党组织——有党员无组织。第三,外来党员进入发达农村,致使党组织的规模太大,管理党员难。第四,一些农村基层党组织名存实亡,有组织无活动。农

① 《十二大以来重要文献选编》(下),人民出版社1986年版,第1183页。

村基层党组织由“核心地位”陷入“空心化”困境。这表明,过去单一的、按照行政建制原则建立党组织的结构模式,已经不能完全适应经济社会发展的新形势,这在一定程度上限制了新时期党组织的功能实现。

新的困境要求农村基层党组织重新审视“支部建在连上”的组织设置原则,正视“连”本身在不同时期的不同形态——“连”不仅表现在村上,而且表现在农村产业链上、农村社区和城镇都市中。农村基层党组织必须适应社会结构变化的新要求,把握党员的活动空间和生活方位,拓展组织设置。十七届四中全会要求,在以地域、单位为主设置基层党组织的基础上,按照便于党员参加活动、党组织发挥作用的要求,探索完善基层党组织设置形式。一是根据农村行政区划的变更调整组织设置。比如,在行政村建立基层党委或党总支;设立片总支或区域中心党组织;在村民小组中设立党支部;以自然村为单位建立党组织;建立农村功能党小组。二是根据农村产业和行业变化调整组织设置。比如,在乡村企业、行业协会和农村产业链上建立党组织。三是根据农村党员区域和职业流动调整组织设置。比如,在农村社区、农民工集聚区建立党组织,或者单独建立流动党支部。这样,在横向上,在区域建制的基础上依托产业链、行业链、社会链设置党组织,“由传统单一的行政村党支部拓展为以村党组织为主体、产业党支部为骨干、专业党小组为基础的新型组织体系”。① 在纵向上,形成“乡镇党委——片党组织(中心集镇和社区)——行政村党组织”的垂直组织架构。由此,农村基层党组织的组织形态呈现乡镇党委、中心集镇党委和片总支、农村社区党组织、行政村党总支、自然村党支部、农村功能党小组、流动党支部并存的多样化形态。这种横向到边、纵向到底的农村基层党组织结构体系的形成,对扩大党组织的横向覆盖,实现各项功能具有重要意义。

1.横向拓展党组织的设置,是适应党员队伍变化的需要

在组织学看来,不同的结构产生不同的功能。从党的组织结构变迁历程来看,党的组织形式与工作方法,是依据党所处的内外环境和党的政治任

① 仲祖文:《把农村基层党组织建设成为新农村建设的坚强领导核心》,《求是》2007年第2期。

务来决定的。刘少奇曾指出:"按照生产单位和群众的集合点来建立党的基础组织,建立党的堡垒,这是必须遵循的党的一个组织原则。但在一个生产单位和群众集合点中,党的支部与小组,或党的总支部、党的工厂委员会、乡镇委员会等,应该着重哪一个环节,才对于工作便利和有效,须按情况来决定。"[①]事实正是如此。随着改革开放的深入,农民聚集的方式打破了以往行政区划的限制,由以地域为主向以业缘为主转变[②],农村党员职业流动、区域流动和社会流动增强。而农村党员工作区域的变化、生活场所的变更、职业身份的变动反过来引起党员思想观念和价值取向上的变化。这就要求农村基层党组织的工作理念、组织行为、运行规则以及组织与人的行为关系都应相应调整。横向拓展组织设置,使农村基层党组织的架构由以生活地域为主的单位细胞型向以职业分布为主的产业功能型转变,由垂直型向网络型拓展,有利于农村党建工作的分类指导、农村党组织的分类设置和农村党员的分类管理。一方面,农村党组织把跨区域、跨行业、跨所有制的具有不同爱好需求的党员编在一起,实现党员的再组织化,能够避免教育"一锅煮"的弊端,增强党员教育的针对性和有效性。这种个性化、人性化的教育管理方式,有助于凝聚党员,优化政治录用功能。另一方面,党组织的横向拓展符合党员流动性、分散型、差异性的特点。党员在哪里,党组织的触角就延伸到哪里,有党员的地方,就有党的活动,高扬党的旗帜。这种组织覆盖的方式,能更好地发挥服务群众的功能,增强党组织的向心力。

2. 横向拓展党组织的设置,是应对农村经济结构变动的需要

横向建立党组织只是手段,建设党组织是关键,服务经济社会发展、服务群众才是价值归宿。作为农村各种组织的领导核心,村党组织设置的变

---

① 刘少奇:《论党》,人民出版社 1980 年版,第 90 页。

② 有的论者认为,血缘组织形态是以血缘、亲属关系构成。地缘组织形态以属地为原则,成员之间通过集中居住形成一定的邻里社会关系。业缘组织形态以成员之间契约关系、生产关系和利益关系为纽带,并以从事一定职业而形成具有专业性和多元功能的现代组织形态。从长远发展趋势看,业缘组织将是农村现代组织的主要形态。参见《村民自治与农村现代组织建构》,《调研世界》2005 年第 11 期。

化反映了农村生产力和生产关系的变迁。农村基层党组织的组织重构是党建资源在农村经济结构变动基础上的重组，是农村各种社会关系在党组织内部的反映。通过调整党的组织架构来优化农村经济社会的结构，有利于把农业产业化发展的各个环节有机连接起来，从而推动生产要素按照市场导向合理流动，更好地契合发展变化着的经济结构。比如，党组织建在产业链上，把区域、职业分布相近的党员组织起来，为小农户与大市场之间提供了联系平台，这有助于提高农民的组织化程度，增强单个农户抵御市场风险的能力，不至于小生产规模被市场经济的狂飙所席卷。农村基层党组织在农村党员新的集聚区和农村社区建立党组织，用城市社区管理的方法，探索农村社会管理的模式，使村域管理模式与农村改革发展的实际相契合，为在农村精英分子、能人中发展党员，吐故纳新创造条件，这有利于增强农村党建的开放性。总之，横向拓展农村基层党组织的实质是把农村基层党组织的发展与农村先进生产力的发展紧紧结合在一起，保持和发展党的先进性。

3. 横向拓展党组织的设置，是村党组织整合农村社会的需要

党的领导核心功能是通过党的正确路线方针政策、党的有效执政和党的全面社会整合来实现的。农村社会结构的深刻变动和民间社会的发育，不仅使个体组织之间的关系复杂化，而且导致组织与组织之间的关系异常复杂。随着市场经济的发展和民主政治建设的推进，党组织周边的组织既有量变（如组织衰减、规模伸缩），也有质变（如性质的变更、诉求的提升），这些跨区域、跨产业、跨所有制的组织变迁对处于中心地带的农村党组织不断产生外在推动力，使得部分党组织的核心地位发生位移。在这种背景下，单纯依靠传统的区域建党模式很难适应社会结构的变动。为此，农村基层党组织必须运用社会化、互动性的建党模式，对自身组织体系和基层社会进行构造整合。根据农村区划的调整、农民的职业流动和产业结构的升级设置党组织，实质在于把党的组织建设建立在农村群众组织之上，党的核心领导建立在农民的公共利益基础之上，把党的政治威信融合在农村公共事务之中，把党组织的社会动员嵌入到为群众性活动提供服务之中。换句话说，推动组织形态的多样化，旨在应对社会结构的新变化——根据农村的特点

和农民的需求，把不断变动的各种组织团结在党的周围，对分散流动的群众进行再组织，促进党组织的利益表达渠道朝网络化方向发展。党组织发动党员参与农村各种社会活动，发挥先锋、骨干作用，开放式、多渠道地实施政治社会化，使政策传输到农村各群体中，有利于减少和消除“社会真空”和党的工作盲区，最大限度整合农村社会，增强村党组织的辐射力和影响力。

◆（二）农村基层党组织与农村基层党组织的横向联动

不同类型的农村基层党组织有相同的功能，同一类型的农村基层党组织也有不同的功能。这些功能是相互联系的，承载这些功能的组织载体也是相互联系的，它们都是农村基层组织体系的重要组成部分。因此，实现农村基层党组织的整体功能，必须加强各类农村基层党组织之间的横向交流与互动。

1. 农村基层党组织与农村基层党组织横向联动的意义

农村基层党组织之间的横向联合，有利于社会资源的整合与共享。计划经济体制下形成的组织体制壁垒与资源的党内循环，限制了资源的优化配置，在一定程度上造成各类农村基层党组织之间的非均衡发展。对于农村这个大系统而言，资源本身非常稀缺，而党组织之间的相互封闭更使得各自功能的实现面临诸多困难，这无异于雪上加霜。加强党组织之间的联动，目的是打破社会资源受单位所有权和管理体制的限制，增强市场资源需求的意识，改变过去一味等待上级分配资源的习惯，把农村系统内零散的或者闲置的要素资源通过重新组合、共同开发和利用，形成规模开发与经营，防止同类资源的恶性竞争，实现各要素之间的渗透、关联和协调，从而构成党组织体系新的整体运作。比如，行政村党组织掌握的党建资源比其他类型农村党组织掌握的资源要多一些，这类党组织对党员的影响力和凝聚力较大，党员的组织归属感较强。而农村新经济组织中的党组织，主要按照生产活动和职业工作的原则组建党的组织，直接掌握的资源相对较少。与行政村党组织相比，新经济组织中的党组织与党员的关联性要弱一些，但利益关联度较大，因此二者各有优势与不足，存在资源互补的协作空间。这样，加强党组织内部的横向联合，有助于社会资本和社会资源的倍增，实现党组织的功能目标。

农村基层党组织之间的横向联合,有利于组织效能的提升。农村基层组织体系由于长期的僵化模式,导致自身的组织存量出现局部流失的现象。从现代管理学角度看,组织本身就是一种宝贵的资源,而基层党组织对社会转型中的执政党而言,还是一种战略资源,事关基层社会的稳定和现代化根基的夯实。随着农村社会的转型,组织资源由过去的高度集中逐步走向多元、分散,使组织工作的战线不仅延长,而且难度加大,这影响到农村党建工作的效率。比如,现在乡与乡、村与村之间不再是孤立的发展单元,而是相互联系的有机整体。如果党组织之间信息不畅通、工作程序上没有协作机制或者程序烦琐,那么容易增加工作成本、运转低效乃至贻误时机。所以,在社会组织化程度和农村系统化要求越来越高的形势下,农村党组织之间要加强工作上的联动,提高组织效率。比如,随着农民跨村、跨乡趋势的增强,各村党组织之间由于协调不畅,导致一个村发生的事件在另一个村再次发生,或者一个乡镇发生的突发事件,在相邻乡镇乃至更远的乡镇连锁重演。为此,行政村党组织要打破封闭性的运行半径,打破组织任务主要局限于本单位的思维框框,共同搭建农村活动大舞台,通过组织联合,形成规模集成效应,提升工作效能。只有这样,党组织的功能才能有效实现。

农村基层党组织之间的横向联合,有利于人才的交流互动。人才资源是第一资源。当前影响农村党组织功能发挥的一个重要因素是人才短缺。长期以来,村干部跨乡镇任职、乡干部跨县市任职很少,人才资源在农村地域间的分布结构不合理,干部很难正常流动,这在很大程度上制约了干部作用的发挥,影响到组织能量的释放。在乡土人才大量流向城市的情况下,农村基层党组织完全依靠上级党组织的"人才空降"和城市对乡村的"人才输入",不是长久之计,关键还在于独立自主,盘活现有的农村人才存量,调整人才结构,激活组织活力。比如,将邻近区域内的若干个村党组织联合建立党组织,由先进村党组织书记兼任落后村党组织书记,能够带动落后村发展;将乡镇骨干企业党组织与行政村党组织联合建立党组织,由企业党员厂长或者党组织书记兼任联合后的村党组织书记，有助于技术人才与党政人才的互动成长；行政村与邻近的居委会联合建立党组织，有利于社区管理型人才的培育，推进农村城镇化。实践证明，这种人才横向交流的模式，是党管人才的重要形式和增强党组织政治录用功能的新途径。

2. 农村基层党组织与农村基层党组织横向联动的路径

（1）行政村党组织与农村新经济组织党组织之间的联动。传统的行政村党组织，建立在农民生产地与居住地合二为一的基础上，属于按照地区原则建党的组织设置模式，主要以行政隶属关系或社会职能的相关性为依托，与乡镇党委是自上而下的被领导与领导的关系。随着农村党员的流动，行政村党组织对党员的教育管理功能减弱，对流动党员的承载空间缩小，行政村党组织的部分政治功能和社会功能向农村新经济组织党组织梯度转移，传统的农村基层党组织很难完全依靠自身整合复杂的农村社会，这些“外溢”出来的功能客观要求行政村党组织与新经济组织中的党组织形成互动。比如，行政村党组织在稳定人心、发挥领导核心作用上起支撑作用，而行业、协会党组织在党员的活动管理方面有优势，二者联合互动，有利于增强党员教育的实效。

（2）派驻乡镇单位的党组织与乡村党组织之间的联动。派驻乡镇的单位党组织虽然实行“属地管理”模式，统一接受乡镇党委的领导，但与乡镇党委事实上存在“条块”关系，比如，干部管理和业务工作以垂直管理为主，对上级布置的硬任务比较重视，而对支持乡村其他党组织的“软任务”则忽视。这种纵向利益支撑体系导致派驻乡镇的单位党组织与乡村党组织之间的联系松散。比如，派驻乡镇的单位党组织很少把支持乡村党组织的工作作为自身的工作任务，驻地与本地的界限分明；派驻乡镇的单位党组织有着资源优势，与县市各部门的横向联系能力较强，“单位优势”明显，但是由于资源封锁、往来很少，因此其服务农村的优势发挥不明显。反过来，乡村党组织有时对派驻乡镇的单位党组织支持不够。改变这种不良循环的局面，村党组织可以在保留原有隶属关系的基础上，与派驻乡镇的单位党组织建立横向协作关系，构建派驻乡镇单位的党组织与乡村党组织之间的利益共享机制,实现不同组织架构党组织之间的工作接触和功能联动。

(3)乡镇党委之间、行政村党组织之间以及乡镇党委与村党组织之间的联动。建议成立区域基层党组织联席会议机构,在县市辖区内成立跨乡镇的党组织联合协调机构,各行政村在不改变自身原有行政垂直隶属关系的基础上,定期举行由党组织主要负责人参加的联席会议,通过联合协调机构平台,促进垂直资源的横向流动。村党组织受乡镇党委领导并配合乡镇工作,同时乡镇党委注意征求村党组织的意见,在长期性工作、突击性工作和重点工作上加强双向沟通,而不是单向开展工作。建立村与村、乡与村、乡与乡之间的情况通报制度、矛盾调处机制和工作联动反应机制,有助于发挥各类农村基层党组织整体协作的效应。

◆(三)农村基层党组织与城市基层党组织的横向协作

城乡二元结构的存在是当代中国的基本国情之一。由于受观念、体制和环境的影响,资源配置不平衡的现象较为突出,城市组织、党政机关所调控的资源较多,而农村组织和经济组织拥有的资源相对较少,农村基层党组织很难享受全社会应该共享的公共资源。这一格局的延续,在经济上加剧了农村发展的滞后,在政治上束缚了基层党组织的沟通互动。因此,优化农村基层党组织的功能实现途径,必须改变城乡二元分立的状况,加强城乡基层党组织之间的横向协作。

应该说,农村经济社会的新变化,为城乡基层党组织的协作提供了难得的机遇。一方面,当前我国已进入以工带农、以城促乡的发展新阶段。农民外出务工的数量日趋增加,村居合一的农村社区进一步扩大,城镇化的步伐加快,城乡经济社会相互交织的局面逐步形成,城乡一体化正在稳步推进。农村基层党组织应抓住这个历史机遇,改变计划经济时期的封闭运行状态,从统筹城乡发展的高度,增强农村党建的开放性,探索农村基层党组织功能实现的新途径。加强城乡基层党组织的横向协作,就是要打破资源壁垒,体现以人为本的发展理念,实现系统内外资源的共享和城市基层党组织与农村基层党组织的共同发展。按照经济学的一般原理,资源的本性存在互容性和渗透性,把城市基层党组织的资源与农村基层党组织的资源采用社会化、市场化的方式进行整合、对接,可以激活各种社会闲散资源,实现城乡联动、上下联动,达到系统整体功能大于个体之和的效果。农村基层党组织同与农村事项有关的城市经济社会实体的党组织形成互动,可以打破资源受单位所有权和管理体制的束缚,实现资源跨区域、跨部门、跨单位的合理流动和资源共享,增强现有资源在整体布局上的合理配置,推动其他社会资源向农村转移。比如,在全省范围内,探索县市与乡村之间的互助机制,地级市的城市基层党组织可以协调城市龙头企业在农村建立基地,形成农业产业化经营模式,通过带动农村生产、深加工、贸易流通等方面的发展,增加农民收入,促进城乡协调发展。

另一方面,城乡党员的流动频繁,客观要求城乡基层党组织之间加强合作,共同管理和教育流动党员。改革开放以来,城市对农村的开放力度不断加大,农村党员向城市的流动规模、流动频率增加,同时城市党员向农村的流动日益彰显。据有关部门估算,城市里的农民工和其他流动人口占城市户籍人口的20%—30%左右,而在发达地区的城市,农民流动人口是城市户籍人口的3—4倍,全国农村党员有近四分之一流向城镇。这样,在城乡互动的新形势下,流动党员的教育管理与城乡组织资源的配置面临新课题。解决这些课题,要把农村党建工作放到城市化的历史进程中考察,打破城乡基层党组织泾渭分明、联系松散的局面,主动把组织触角向城市延伸,与城市基层党组织形成互动。这是统筹兼顾的根本方法在党员管理工作中的具体运用,是新形势下党员管理模式的重大创新,也是社会管理模式的内在拓展。这种模式的运行目标是促进城乡衔接、全面覆盖、协同配合和社会的运转有序。实行这一目标,要求打破长期以来城乡之间、地域之间、党员居住地和就业单位之间的党员管理相对分离的状态,建立城乡基层党组织的协作机制,使党员活动空间与活动形式不受区域、单位的限制,党员管理与推进城乡一体化相适应。

1. 建立健全城乡党的基层组织互帮互助机制

首先,借鉴工业反哺农业的做法,由城市基层党组织牵头,协调企业帮扶农村基层党组织。在全国范围内探索大中型城市与县乡之间的协作机制,中心城市的基层党组织与落后农村的基层党组织结对帮扶。对城市企业来说,企业可以通过城市基层党组织的协调,把本公司的中层后备干部送到农村锻炼;或者请农村党务经验丰富的干部担任城市企业的党建联络员或指导员,帮助企业开展党建工作。当公司特别需要劳动力时,城市基层党组织通过农村基层党组织提供劳动力信息,解决城市企业用工难与农村劳动力过剩的供需矛盾。城市企业通过城市基层党组织的牵线搭桥,到农村建立适合企业用工特点的生产原料基地,或者直接在农村建立分公司,带动当地农民脱贫致富。实力雄厚的非公企业还可把部分利润捐赠给农村,或者在农村直接援建基础项目,促进农村发展。

对农村基层党组织而言,城市企业的干部和技术经营人才为农村带来新信息、新理念和新技术,并引导农民重视产品质量、恪守商业信用,为农民提供示范文本。农村基层党组织通过城市基层党组织的组织协调,选送乡村干部到城市大中型企业学习考察,或者选派乡村干部到企业挂职,增强经营管理能力。革命老区的农村基层党组织还可发挥资源优势,让城市基层组织的党员到农村接受革命传统教育和基本国情教育;城市基层党组织则吸纳农村基层干部到发达地区进行能力培训,实现农村革命传统教育基地与城市能力培训基地的协作。这种互动机制,符合双赢原则,有利于推进城乡一体化进程。

最后,统筹城乡资源,加大城市人才与资源反哺农村的力度。目前城市涉农部门比较多,省级基层办可以充分利用城市资源优势,把农办、妇联、扶贫办、共青团等组织资源整合起来,为农村服务。城市基层党组织可以把城市过剩的技工技能教育资源引导到农村,面向农民工进行培训,使农村外出务工人员在本地就能得到培训,引导农民工向城市合理流动。城市电视、网络等传媒单位与农村基层党校可以开展联合建设,共同开发农村党员电化教育。城市基层党组织还可组织人才服务团,设立农业生产、科普、决策咨询、医疗卫生、建设规划等若干小组,定期深入农村,为农民提供服务。城市党政机构、大专院校、企业可以选派干部人才到乡村挂职、任职和驻村支农。建议由城市相关部门牵头协调,逐步把农村人才纳入全国人才工作的服务范围，对农村实用人才纳入专业技术人员管理范围，享受相关待遇；出台激励农村实用人才成为企业家的措施，形成农村人才资源的“孵化效应”和“洼地效应”。这些城乡协作措施，能够增加农村基层党组织的运行资源，盘活资源存量，为实现各项功能提供有力保障。

2. 建立健全城乡一体党员动态管理机制

当前农村流动党员主要有两种：一种是由政府有关部门直接组织的集中劳务输出，另一种是农村党员单独或者几个党员一起分散外出务工。对于集中流动的农村党员，可以委托城市基层党组织实施领导。对于分散流动的党员，农村基层党组织可与城市基层党组织对务工地点变动频繁、居住地不集中的党员共同管理。比如，城市基层党组织与农村流出地党组织达成合作协议，管理农民务工党员。河南郑州市金水区建立了党员智能管理系统，用智能卡替代流动证，以区域为主，以街道社区为依托，建立农村流动党员的活动场所。党员智能管理卡实行全区统一编号，农村党员通过刷卡参加城市社区党组织的政治、业务学习和其他活动，实现党员教育、管理、服务“一卡通”。①

需要指出的是，十七届四中全会提出了建立全国党员信息库，加强党员动态管理，健全城乡一体的流入的党组织为主、流出的党组织配合的流动党员教育管理服务工作制度。一方面，探索建立城乡流动党员“联建联管”模式，实行双向联系、双向沟通、双向管理，形成纵横交错的城乡党组织信息网络。可以先在省、市一级建立覆盖城乡的流动党员管理网络，实现省市范围内联网。城市基层党组织要简化农民工党员组织关系接转手续，并与农村基层党组织在网络上共享信息，及时掌握流动党员的动态。城市基层党组织还应将进城务工的农村党员纳入年终评优的范围，而不是把流动党员当“外人”。党员持流动党员活动证，可以在全省或全市范围内参加所在地党组织的活动。在此基础上，采取IC智能卡形式制作全国联网的《党员证》，

① 参见胡述宝：《提升农村基层党组织执政能力，建设社会主义新农村》，《中共郑州市委党校学报》2007年第1期。

借助微机系统实现全国党员全员数字化管理,实现流动党员由被动追踪式管理向全国城乡跨区域网络化管理转变。

另外,成立城乡基层党组织联合协调机构,构建统筹城乡发展的基层组织体系。比如,统一城乡基层党组织的经费保障标准;统筹城乡党员培训;建立城乡基层党组织的入党积极分子异地委托培养机制、培养对象工作所在地党组织联合培养机制和培养对象返乡后接力培养机制。城市公安、工商、税务、计生、个体私营协会等单位党组织可以发挥职能优势,整合部门资源,掌握流动党员情况,为农村基层党组织管理党员提供协作。发达地区的农村基层党组织与城市基层党组织可以建立党建网络服务共享平台,开设网上党校、报刊、论坛和数据库,让党员共享发展成果,强化其组织归属感。

第六章
优化农村基层党组织功能实现途径的整体环境

组织与环境相伴相随，当代农村基层党组织处在一定的环境当中，环境的变迁影响着农村基层党组织的功能实现。一方面，党组织的活动不能成为脱离社会环境的封闭系统，而要与环境形成良性互动，增强党组织的适应性；另一方面，发挥农村基层党组织的整体功能，需要优化党内外的整体环境，形成整体合力。

一、优化农村基层党组织的外部环境

优化农村基层党组织的外部环境，主要指改善农村基层管理的体制环境（这与党在农村的政策、国家法律法规紧密相连）、县乡村的整体环境（这与农村“三级联创”和统筹城乡发展的进程有关），以及农村基层党组织的运行机制环境。

◆（一）改革农村基层管理体制

农村基层管理体制直接制约着农村基层党组织的资源获取能力和功能实现效果。当前，农村管理体制存在一些问题。

一是农村基层权责不对称。在中央、省、地市、县区、乡村的纵向层级中，由上至下的事务性工作逐级增多，而在党政机构的编制、人员、经费的配置上，逐级递减——越往上级越多，越往基层越少。“上面千条线，下面一根针”，农村公共设施建设、社会治安、带有国防性质的民兵建设费用等由乡镇承担，而工商所、税务所、土管所等资源相对丰裕的乡镇站所被上收为垂直管理，农村基层政权出现“权小、责大、事多、钱少”的超负荷运转困境。① 1994年实行分税制后，财力向省市上移，好的税种逐渐从农村基层上收，留给乡镇一级的主要是一些量少、征收成本大的税种。这在一定程度上加剧了部门矛盾向乡镇的转嫁。2006年农业税取消之后，一些乡镇财政缺口进一步扩大，乡村债务庞大，无钱办事的问题较为突出。乡镇机构改革后，有的乡镇辖区扩大，乡镇党委、政府服务群众的半径相应扩大，一些偏远贫困地区由于村干部缺乏，导致乡镇工作落实难度大，基层党组织活动能力减弱。

二是农村基层干部任期相对短。目前，党章对党的总支部委员会、支部委员会每届任期规定为两年或三年，任期相对较短。政府部门的干部虽然改为五年任期制，但有的地方没有严格执行，乡镇负责人经常任期未满就调任，这种制度安排客观上形成了“一年看、两年干、三年换”的短期行为。比如，有的乡镇5年中换了六任镇长。同时，政府任期制也存在制度设计缺陷，如每一届政府的决策范围和决策权限问题没有明确完善的制度规定，结果出现本届政府超越任期决策，使用下一届政府的指标，把未来规划的项目资金集中在本届任期使用，这在一定程度上加剧了“政绩工程”、“面子工程”的生成。

三是县乡村之间协调配合不够。从县乡关系来看，农村改革后许多乡镇机构在文件上已经撤销了，但对应的县市职能部门还在运转，有的上级机构对乡镇的机构撤并甚至采取否认态度。比如，某乡镇社会事务办公室（由改革前的规划所、计生办、劳保所、民政所、移民办等机构合并而成），去县某局办理资金，局财务却不认可社会事务的公章，依然要一个已经被撤销的站所公章才行，无奈之下只好再刻一枚原机构的公章盖上去。② 从乡村

① 有的学者提出，现行乡镇体制问题的根源在于乡村社会的官方权力过剩，现行乡镇体制继承了人民公社时期的汲取型体制，即上级压乡镇，乡镇“抽取”农民的体制。后来，乡镇体制由汲取型体制异化成了官本位体制，官方权力过剩，民间权力衰弱。参见李昌平、董磊明主编：《税费改革背景下的乡镇体制研究》，湖北人民出版社2004年版，第24—25页。

② 王化欣、王慕科：《安康试点乡镇改革，1/3“乡官”去职》，《当代陕西》2007年第5期。

关系来看,有的村委会和村党组织不配合乡镇工作,牵扯了乡镇党委的大量精力,客观上为部分党组织的越位提供了滋生土壤。

四是农村利益表达结构不均衡。目前,省市党代会的代表中,各级领导人员占70%左右;县党代会的代表中,各级领导干部占60%左右,而普通无职党员的党代表所占比重太小;在省市党代会中,村民党代表太少。这表明地方党委与基层组织的联系纽带不够强。从人大代表的选举来看,我国过去很长一段时期,农村人口与城市人口人大代表的选举比例为1∶4,即每96万农村人口产生1名全国人大代表,每24万城市人口产生1名全国人大代表。从政协的组织结构来看,全国政协目前工商、文艺、各党派、青联等界别的代表都有,唯独没有农民的界别代表,这与农业大国、农民占人口的多数相比较是很不协调的,直接制约了农民利益表达的质量。

总之,农村基层管理体制的资源配置不平衡、权力运行不协调、结构安排不均衡以及体制内的内耗,在一定程度上挫伤了基层干部的积极性,同时也造成农民声音上传的制度供给不足,这些都影响到农村基层党组织的功能实现。

应该说,进入新世纪新阶段,党中央和国务院加大了支农惠农的力度,出台了许多政策法规,有效维护和保障了农民的利益。笔者以为,当前要调动农民和农村基层党组织的积极性,需要在此基础上继续推进农村基层管理体制改革。

(1)解决农村基层组织在国家组织体系中的权力与资源配置问题。农村基层党组织的作用发挥,是以其在制度设计中的地位为前提的。只有规范基层党组织在社会管理架构中的地位,才能保障党组织功能实现的最优化。一是加大中央政府主导的改革力度,把推进村民自治制度变迁与增加农村公共物品的供给结合起来,农村义务教育、民兵建设、农村公共设施建设等,主要由县级以上政府部门承担。二是建立农村公共财政体制,不仅新增财政收入要向农村倾斜,而且要改变财政支出结构。凡属公共支出的,中央及省级财政应保证对乡镇的足够拨付,县区职能部门可以监督乡镇财政,但不宜直接管理。三是乡镇政府在辖区内真正行使规划决策权、计划协调权、指导监督权、综合治理权、人事管理权、财政支配权，成为一级职能完备的政权组织。省市要创造条件，责权统一，明确事权，让乡镇党委和政府切实转到领导经济发展、维护社会稳定、提供公共服务上来。四是整合乡镇一级党群系统、政府系统和双重管理系统的机构部门，加强部门间的协调配合。按照有利于发挥农村基层党组织功能的原则，既要进行乡镇机构改革与行政区划调整①，更要与市场化改革相配套，进行功能转换。撤并乡镇要与当地辖区实际相适应，以乡镇党委、政府功能不缺位为前提。

(2)县、乡、村整体联动，推进农村综合改革。其一，县乡改革联动配套。乡镇机构与县级各职能部门长期的对口工作形成了运行惯性。裁撤七站八所后，如果县级各职能部门不相应改革或者认可乡镇的改革，那么县乡工作无法对接，进而影响办事效率。所以，县与乡之间必须搞好工作衔接。县级改革与乡镇综合改革只有配套联动，才能取得成功。其二，提高村一级的自治能力。提高村民自我管理、自我服务、自我监督的能力，有利于防止党组织的越位，减少乡镇对村级组织的不恰当干预。其三，当前“一事一议”筹资方式规定人均每年不得超过15元，这种上限控制的方式很难办大事。建议中央和国家有关部门根据农村的新变化，探索实施“一事一议”的新途径，实行“一事一议”配套财政补贴措施，发挥农民在新农村建设中的主体作用。

(3)增加乡村干部和农民在县、市、省级以及全国党代会、人代会中的比重。党的十七大报告强调，“建议逐步实行城乡按相同人口比例选举人大代表”②，这是拓宽农民利益表达渠道的一个重大举措。随着民主政治建

① 关于乡镇管理体制改革，从目前各方面的研究来看，主要有四种方案。第一种方案，将全国乡镇行政建制撤销，一律改为县级人民政府的派出机构；第二种方案，在撤并乡镇的基础上，精简机构、精简人员、转变职能，科学配置乡镇的权力运行机制和监督机制；第三种方案，划小县级行政区划，实行小县制，县以下取消乡镇一级行政建制，用小县制履行目前县乡两级政权的职能；第四种方案，实行乡镇自治，即在将农村社区事务与国家事务适当区分后，国家通过强制性法律预期方式，将基本的社会规范和目标定下来，社区在法律的框架内实行广泛的自治。参见国家民政部基层政权和社区建设司副司长詹成付撰写的《关于深化乡镇体制改革的研究报告》，《税费改革背景下的乡镇体制研究》，湖北人民出版社2004年版，第10—16页。

② 胡锦涛：《高举中国特色社会主义伟大旗帜，为夺取全面建设小康社会新胜利而奋斗——在中国共产党第十七次全国代表大会上的报告》，人民出版社2007年版，第29页。

设的推进，省、市、县人大代表和政协委员中，应逐步增加农村代表的比重，农村党员当选县市党代表的比例也应增加。只有扩大农村党员干部参与国家政治管理和社会管理的范围，普通农民、农村党员和基层干部的声音才能有效上传并及时得到回应，党组织功能实现的环境才能进一步优化。

(4)解决农村基层党建周期长与基层干部任期短的矛盾。要严格控制任期内的干部调动，健全符合科学发展观要求的干部政绩考核体系，引导干部牢固树立正确的政绩观，把前任班子提出的目标规划落实好，多做打基础、利长远的事情，防止追求眼前利益的“短视”行为，重视基层党建的潜在效益和长期效益。

◆(二)完善农村“三级联创”机制

“三级联创”是指全国各地农村围绕中心，促进发展，以创建“五个好”村党支部、“五个好”乡镇党委和农村基层组织建设先进县市为目标，县委、乡镇党委、村党组织三级联动，一级抓一级，形成整体合力，把农村党的建设与农村改革发展稳定紧密结合起来的工作机制。实践表明，完善“三级联创”机制，是发挥农村基层党组织整体功能的重要途径。当前，在深化基层党建工作“三级联创”活动的同时，要与农村开展创先争优活动紧密结合，推进农村基层党建创新。

1.完善“三级联创”考核指标

一是根据条件变化调整考核指标。有的考核内容在前些年很有必要，但随着时间的推移，若原封不动实施，则针对性不强。比如，可以把新经济组织中的党组织建设情况纳入“三级联创”考核范围，扩大活动的覆盖面。又如，对后进乡镇党委整顿建设的考核，很多乡镇创建时处于同一起跑线上。在条件变化不大的情况下，各乡镇事实上的创建水平和发展程度大体相当，因此硬性确定后进党委的指标操作难度大。再如，许多地方对村党组织书记的考核指标是“带头致富能力强，带动农民致富能力强”。但是怎样才算“带头致富能力强，带动农民致富能力强”，很难精确测定。现实生活中，带头致富不一定能带动群众致富，当选书记时致富能力强，但当选几年后并非一成不变。

二是增强指标设计的可操作性。有的考核指标从理论上讲是完全正确的,但由于过于原则抽象,因而在实践中有的指标难以体现。比如,要被评为“五个好”村党组织,必须没有一个违法违纪的党员。这就使得一些村党组织不敢轻易处置不合格党员,导致党员数量增长过快,党内自我净化机制不畅通。这同某些指标设置不合理有很大关系。

三是增强指标设置的科学性。比如,有些县委对乡镇党委实行“一票否决”制,导致乡镇党委事无巨细,疲于应付,这客观上加剧了形式主义。事实上,如果所有领域和指标都实行“一票否决”,那么就没有中心,没有重点。不允许干部出丝毫差错,容易导致干部弄虚作假。这是不符合唯物辩证法的。据报道,湖南一个乡镇,农民大多数靠打工为生,农民年均实际支配的现金只有五六百元,起初乡镇向县里如实报告农民的年均纯收入,结果该乡镇在全市排名中靠后,乡镇领导受到县委领导的严厉批评。此后开始虚报指标,目的是为了“小康指标”达标。县里还要求每个乡镇每年招商引资不少于500万元,并且还要有外企投资。那些交通不便的山区乡镇只好弄虚作假。① 所以,考核指标设计的科学与否,关系到干部的作风状况。要真正实现党组织的功能,必须完善党建考核指标。

2. 健全农村党员和农民培训机制

“严重的问题是教育农民。”②农民和农民党员的素质状况,直接关系到党组织的功能发挥。现在,我们对农村党员和普通农民的培训远远不够。一些乡镇虽然也有党校,但并没有培训能力,也没有培训任务,培训资源浪费严重。县级以上党校,对乡镇干部和村主要干部培训较多,但对农村党员和农民的有效培训不足,党员教育出现“真空”。经济学有一个“木桶原理”,即决定木桶盛水的容量,不取决于最长的木板,而取决于最短的那一块。这启示我们,决定农村全面小康社会能否实现以及实现的程度,主要取决于文化素质低、贫困农民的减少进度。部分典型富裕村对其他村有启迪

---

① 段羡菊:《一位湖南乡长的自述:变了味的指标考核把我们逼成了骗子》,《半月谈(内部版)》2007年第8期。

② 《毛泽东选集》第四卷,人民出版社1991年版,第1477页。

意义,但本身不能说明全国农村已经实现了全面小康,只有全国农民成为有文化、懂技术、会经营的现代新型农民,实现农村基层党组织的功能目标才有希望。所以,十七届四中全会专门指出落实基层党员教育培训规划,建立基层党员轮训制度,拓宽党员受教育渠道。

从成本—收益角度看,对农民进行培训,能够获得很大的经济效益和政治效益。因为已经接受培训的农民在村中能够辐射扩散,带动更多农民脱贫致富,并成为稳定农村的重要力量。建议中央有关部门专门研究制定农村基层干部中长期培训规划,统一编写培训教材、下拨专项经费,把农村干部培训与县处级以上领导干部培训一道纳入全国组织调训序列,并指导各省市制定相应培训规划。此其一。其二,建议调整培训体制,农村党员和农民由乡镇培训改为由县级党校直接培训,地市党校、行政学校创造条件培训村级干部。省级党委组织部门协调省市培训机构承担乡村党员和农民的培训工作。其三,在开展党员电化教育、农村现代远程教育的基础上,选送具有一定文化水平的农民到农业技术推广培训机构、农村职业技校、成人技术学校等院校学习,重点开展市场经济、技术技能和现代农业经营的培训,培训费用从各级财政中专项列支。只有教育好党组织的工作对象——农民,党组织的功能机制才能生效。

3. 落实基层党建工作责任制

在和平建设时期,在长期执政的条件下,要真正认识到农村基层党组织的战略作用,是很不容易的。因为农村基层党建工作出现松动,短期内不会发生大问题,这使得一些干部缺乏忧患意识和责任意识。同时,农村基层党建工作具有连续性和基础性,让农村群众受益的一些措施和办法,往往需要几任班子的共同努力。有时候"新官上任三把火",其效果不会立竿见影,"为官一任"不会马上"造福一方",这与一些干部的急功近利形成鲜明的反差,导致一些地方对基层组织的关注度减弱,基层组织建设被"虚化"。从历史经验来看,抓基层党建,单凭农村基层的力量是远远不够的,仅仅寄托于干部的道德修养和自觉工作也是不行的,必须同时发挥基层党组织和上级党组织两方面的积极性,通过刚性的制度,建设一个强大的整合基层社会的基层党组织网络体系。要落实中央《关于建立健全地方党委部门党组(党委)抓基层党建工作责任制的意见》,健全基层党建问责制和引咎辞职制度,把抓基层党建工作责任情况纳入地方党委负责人政绩考核体系,作为地方党委领导班子述职述廉的考核内容。只有把落实基层党建责任制同领导干部的选拔任用直接挂钩,才能强化责任意识,增强制度供给的有效性。

◆(三)健全农村基层党组织的运行保障制度

实现农村基层党组织的功能,离不开一定的经济、政治资源。组织运行的基本条件是经费投入和物质保障,核心要素是人的能动性。作为对政策落实起决定性因素的农村干部,其生存条件、生活状态和精神面貌直接关系到农村基层党组织的可持续发展。

1. 改善农村基层干部的经济生活

据有关资料显示,目前我国县乡财政收入约占全国财政收入的20%,而县乡供养人员约占全国供养人员的70%,收支的强烈反差直接导致乡村干部待遇偏低。加强农村基层党建工作,贯彻落实科学发展观,很重要的一个方面,就是坚持以人为本,改善农村干部的经济待遇。这与保持农村党员的先进性是不冲突的。过去我们常常用抽象的概念谈论党的先进性,用理想化的党员标准要求乡村干部,只看到"钢铁战士特殊材料"的一面,而忽视了农村干部作为普通人的一面。事实上,一些乡村干部为生活、生计、生存而牵扯大量精力,这不仅影响到工作的效率,而且影响到村干部的培养选拔。由于待遇偏低,在中西部和边远落后的农村,村支部书记的选择难成为突出问题。很多集体经济薄弱的村,村干部的补贴完全依靠上级拨付,村集体没有能力发放。不少村级财务缺口经常占用现任干部的工资,有的村干部工作一年下来没领到报酬,有的只拿到30%的工资。"许多村党支部书记月收入只有几百元甚至几十元,与外出务工经商的村民形成了较大反差,在一定程度上影响了农村党支部书记的选配工作。"①为此,胡锦涛总书记

① 杨士秋:《学习郭秀明,争当好支书——铜川市培养新农村建设带头人的调查与思考》,《求是》2007年第4期。

考察基层工作时强调,对农村基层干部要格外关注、不能亏待。

一是中央要加大从党费中支付村干部补贴的力度,各地党费留成的使用向村一级干部倾斜,倾斜的原则是村干部报酬同工作实绩挂钩。二是建立村干部工作补贴正常增长机制。鉴于村干部不是国家公务员,直接以国家财政的名义发放补贴与法律制度不协调,可以以村干部承接有关国家基层政权建设事项和乡镇公共事务的名义,政府以购买服务的市场运作方式,向村干部发放误工补贴。三是逐步建立村干部医疗、养老保险和退职补贴制度。村集体经济实力强的地区可率先推行农村社会保障制度。随着条件成熟,要对全国农村切实解决基层党组织负责人的社会保障问题。对作出特别贡献的村主要干部,可发放政府津贴以激励干部。对条件非常艰苦或者区域特殊的农村,可设立基层干部保护基金。四是严格把握补贴发放的政策原则。有的乡镇为了调动党员的积极性,召集农村党员开会时也付给党员报酬,引起群众不满。[①] 应该说,农村基层党组织根据农村党员的新变化,改进党的组织生活方式和方法,其动机是好的,但关爱党员应该有一个度。一般来说,村"两委"负责人的报酬补贴可以适当高于当地农民人均纯收入的水平,对困难党员也可以发放生活补贴,但过党的组织生活不能发放补贴。鉴于此,要处理好党的政治生活原则与市场经济原则的关系,以广大村民无异议为原则。

2. 健全农村基层干部的政治激励制度

就行政建制而言,乡镇一级是中国行政体系的末梢,属于典型的"基层"。处于科层制中的乡镇干部,工作任务繁重,默默无闻,很多人终身职级不超过正科级。在部分农村,党务工作被认为是做虚功,一些地方把做基层党务工作的干部同从事经济工作的干部区别开来,另眼相看,这在一定程

① 从一些省区调查的情况看,农村党员开会给予补贴的情况比较复杂,并不是给予补贴就等同于付给报酬。如党员与其他村民共同参加会议,与会人员都付给补贴,则不应视为党员开会付给报酬。再如,有的地方经济落后,党员居住分散,交通不便,党组织召开不是组织活动的会议时,如条件允许,对生活困难的党员适当发点交通费或误餐补助费,也不应视为付给报酬。参见中共中央组织部组织局:《党的基层组织工作常用文件选编(五)》,党建读物出版社2003年版,第845—846页。

度上挫伤了基层干部的积极性。为此,需要加大对农村干部的激励力度,使他们有位有为。

第一,加大从乡村基层选拔干部的力度,把到乡镇基层锻炼作为培养和选拔年轻干部的重要标准,对优秀的乡镇干部可以直接提拔到省市部门任职。中央颁发的《党政领导干部交流工作规定》明确提出:中央和国家机关、省级党政机关应当注意选调有地方工作经验的干部到机关任职。这方面,有的地方积累了有益的经验。2006 年,湖南省选拔 5 名优秀乡镇党委书记到省直机关任职,其中 1 名越级提拔为正处长,1 名任正处级副处长,3 名任副处长。之后,湖南衡阳、湘潭、岳阳、益阳、永州、娄底、湘西等市州集中选拔乡镇党委书记到市直机关任职。① 这种做法激发了农村基层干部干事创业的内在动力,把中央关心爱护基层干部的要求落到实处,值得借鉴。

第二,加强对农村党员干部的政治关怀。比如,党员干部生病住院时,党组织派人看望;村级干部去世时,乡镇党委主持召开追悼会;党员过政治生日(指入党那一天)时,支部与其谈心。这有利于增强农村党员干部的心理归属感和精神荣誉感。又如,加大对农村基层党组织的政治支持力度。对由政策问题引发的农村基层党组织与农村群众间的矛盾,上级党组织应该承担责任;对坚持原则大胆开展工作的干部,上级党组织要大力支持;对利用农村的黑恶势力报复农村基层党组织领导班子的事件,要严厉查处,为农村基层党组织创造有利的工作环境。

第三,探索村干部向上流动制度。胡锦涛指出:要重视从优秀村干部中发现和培养人才,把从优秀村干部中招聘录用县镇干部作为一项重要制度长期坚持下去,在实践中不断加以完善。② 可以借鉴省市县下派干部的激励做法,对农村基层干部实行职业化管理。建议中央和国家出台从优秀村干部中考录国家公务员和国家领导干部的实施办法。比如,可以在录用县

① 中央组织部研究室:《湖南选拔县乡党委书记到省直机关任职的调查》,《党建研究》2007 年第 3 期。

② 胡锦涛:《把农村基层组织建设提高到新水平(一九九四年十月二十六日)》,来源:人民网。

乡公务员时,针对村组干部的特殊性,单独组织考试;针对村干部文化水平的特点,以面试和考察为主,注重能力素质;专门留出一定名额,作为特殊岗位留给村干部。对于优秀的村主要干部,可以享受副科级待遇,对特别优秀的干部选拔进入乡镇领导班子;优秀乡镇党委书记依照有关规定享受副县级待遇,群众满意的干部进入县级领导班子或县级以上部门工作。对农村优秀人才,在推选人大代表、政协委员、党代表时适当倾斜。

第四,干部任用要防止年龄"一刀切"。一些乡镇,35 岁以上的干部与提拔进步无缘,45 岁以上的干部等着退休,这种现象加剧了工作效能的低下,也浪费了干部资源,使乡镇干部人心不稳。为此,应根据实际情况不拘一格用人才,充分发挥经验丰富的乡村干部的作用。

3. 健全党组织运行的物质保障制度

实现农村基层党组织的功能,需要必要的成本支出。从支出结构看,主要包括生产性支出(如村集体经济支出、村级组织活动场所和运行经费)、公益性支出(如现代远程教育的运行经费保障问题、基础设施建设)、管理类费用(如村组干部报酬、招待费用)。从成本类型来看,既包括有形成本(如办公费用),也包括无形成本(如各部门之间的协调消耗、社会代价的付出等)。

长期以来,乡镇在"普九"达标、发展乡村企业、道路和农田水利建设等方面形成了大量债务。有的村集体经济成为"空壳",连十几元钱的办公用品都得靠上面转移支付来承担。有的村修通了村级公路,但工程款项无力付清,债主不断。一位乡镇党委书记说:"我下乡亲眼看到债主揪着村支部书记的脖子索债,有的村委会门窗被债主钉上,有的村干部过年前干脆躲到外面的小旅店里,大年三十才敢偷偷回家。越是债务大的村子,村干部越是换得频繁,因为没有人愿意当村干部。"可见,农村基层党建的保障机制,关系到农村基层党组织的工作效果和功能实现。为此,其一,建议中央和国家可以比照解决国企"三角债"的办法出台相关政策,清偿、剥离和化解乡村债务,对无力偿还债务的农民,可以减免,其资金缺口由中央财政予以补贴,对于村集体的经营债务,由村级逐步解决,对发展农村社会事业形成的债务,中央出台政策予以核销。其二,由省财政每年安排专项资金,用于扶持落后乡村发展村集体经济。其三,建立全省农村党建经费保障机制,适当提高农村基层党费的留存比例;探索党务活动经费财政直达制度,把党务工作开支纳入同级政府财政预算。其四,提高村级活动场所的使用效率,把村党支部活动室建设成为农村党员和群众的学习室、图书室、娱乐室。总之,要从"执政之基"的高度,通过财政转移支付筹建稳定规范的基层组织工作经费保障制度,为农村党组织可持续发展提供保障。

二、优化农村基层党组织的内部环境

优化农村基层党组织的内部环境,重在建构以党员为主体、以制度为支撑、以能力为本位的党内环境。

◆(一)坚持党员主体地位,保障党员权利

"主体地位"是从哲学范畴中的主体客体关系衍生而来的。在自然界中,人是主体,物是客体。在党的建设的格局中,党员是党的活动的主体,党的事业是客体。坚持党员主体地位是马克思主义建党的一个重要原则,也是中国共产党加强自身建设,保持党的先进性的不竭源泉。

当前,一些农村基层党组织凝聚力和战斗力的削弱,一个重要原因在于农村党员的主体地位尚未完全确立,普通党员的潜能和积极性没有得到充分发挥。比如,有些乡镇的党委书记以"小范围联席会"、"个别碰头会"等形式代替集体领导。有的地方会上讨论某项工作时,常常是分管该工作的委员发言多,其他党委委员有的不说话,有的说模棱两可的话,有的"一边倒",结果乡镇党委书记、副书记变成会议的"主角",党内民主实际上走过场。有的乡干部还调侃说:"乡长是书记的秘书。"这表明,一些乡村党组织或者长期不过组织生活,成为民主的"盲区",党员形同民主的"盲人";或者把民主当做高度集中的工具,把党员权利当做工具。实践表明,党员在党内的地位直接关系到党组织的功能实现。从理论上讲,党章明确规定,党内人人平等,不存在特权党员,但实际上违背党章、违反规定的情况屡禁不止,一

些党员特别是困难党员处于党的边缘，权利得不到保障。这些问题的存在，与党内一些错误观念的存在有很大关系。

第一，"家长制"意识衍生出恩赐思想。毛泽东曾说："由于我们的国家是一个小生产的家长制占优势的国家，又在全国范围内至今还没有民主生活，这种情况反映到我们党内，就产生了民主生活不足的现象。"[①]毛泽东说的"家长制"意识，表现在一些领导干部身上，体现为一种"恩赐"意识，即"民主是我给你的"，把"父母官"等同于家长，而家长角色意味着"我做主"、"我管你"，这种管制思维在工作中又容易变为专断。而一旦党员只能"听话"，个人服从组织就容易扭曲为个人服从领导、服从"一把手"。

第二，官本位意识凸显"领导主体"地位。为了确保组织体系的运转、政策措施的传达与落实，在党内确立一定的权力秩序是必要的。但如果领导干部把党员群众委托的权力视为私囊之物，或者搞特殊化，权力则容易过分集中并成为稀缺资源和角逐之物。权力秩序衍生出来的权力收益、社会地位与声望，使得缺乏有效监督和制衡的官员更容易产生"衣锦还乡"、"万众瞩目"的传统官本位思想，这又在一定程度上加剧了人们对官位的趋之若鹜，"领导主体"意识被强化。

第三，等级观念导致党员边缘化。在革命战争年代和特殊环境中，强调下级服从上级是必要的，但在和平时期和正常的党内活动中，集中替代民主，上下级关系演变为人身依附关系，则是不正常的。为了有效传递和落实党的政策措施，党内进行一定的分工也是必要的，但是一旦党内的岗位设置、权限界定和职责分工异化为"高低贵贱之分"和绝对的等级关系，则是有害的。由于在紧急关头，领导干部果断决策，对处理突发事件和挽救时势起了重大作用，因此强调领导干部在历史活动中的推动作用和维护领导威信是十分必要的，但过分突出领导干部的决定性作用进而形成个人崇拜和盲目服从，党员对领导干部只能是"顶礼膜拜"，则是危险的。这只能导致党员主体地位的削弱。

---

① 《毛泽东选集》第二卷，人民出版社1991年版，第529页。

第四,党性意识的极端强调掩盖了个性诉求。长期以来,我们对党性意识强调比较多,而对个性的发挥强调不够。“党的利益高于一切”的原则在一段时期、一些地方异化为“党员工具”论,“我是一块砖,哪里需要哪里搬”则演绎为党员绝对服从领导干部的依据——有些党员成为领导干部的纯粹工具,党员的个体价值被忽视。表现在党内生活中,常常以“组织需要”掩盖个体需求,集体利益挤占个人的合理利益。由此,党员主体意识易于缺失。

第五,党员对“潜规则”的默认心理导致主人翁感的弱化。党员主体地位的削弱除了与历史渊源、社会风气、党内体制有关外,还同一些党员对一些流行的非正式规则、“潜规则”采取容忍、默认的态度有关。有的党员出于制度的不健全,只能按照一定的话语模式说话,或者多数党员成为话语的被动接受者,少数领导干部成为组织生活的话语主导者。有的党员出于自身的发展,把保密事项不恰当地扩大为话语禁律,即回避某些话题、事件及其得失正误。更有少数党员具有双重人格心理,言行不一,自身行为与党的话语相背离。还有的党员对潜规则无奈、无力,成为“沉默的羔羊”。所有这些,破坏了民主的话语环境和平等的话语权,削弱了党员的思想活性。

总之,各种不良观念使得一些农村领导干部对党员强调履行义务多而享受权利少,强调教育管理多而尊重服务少,强调服从上级多而监督上级少。这种现象不改变,是非常危险的。历史表明,没有民主的集中或者民主发扬不够的集中,长期下去,带来的将是持续的沉默。邓小平曾说,一个政党可怕的是听不到人民的声音,最怕的是鸦雀无声。其机理在于,在一般情况下,对问题始终没有不同意见,这样的党内生活是不符合唯物辩证法的,是不正常的。如果党内不敢讲真话,那么畅所欲言的生动局面很难出现,集体智慧和科学决策很难形成,党就会失去活力。正是从这个意义上讲,“党内民主是党的生命”,必须构建以党员为主体,保障党员权利的党内生态环境,使权利由理论形态转化为实践形态。

关于党员权利的规定,党内很多法规都涉及,比如,2004 年中共中央颁布的《中国共产党党员权利保障条例》,对保障党员权利问题做了专门规定，涉及党内生活的方方面面，党内的其他法规对保障党员权利也做了许多规定。如党章规定了党员的八项权利，并且赋予了党的纪律检察机关保障党员权利的重要职责。2003 年 12 月中共中央印发了《中国共产党党内监督条例》（试行），强调加强党内监督必须督促党的各级组织和领导干部维护好党员权利。《中国共产党纪律处分条例》对侵犯党员权利行为规范规定了具体的处分办法。《中国共产党基层组织选举工作暂行条例》、《中国共产党纪律检查机关控告申诉工作条例》对党员的表决权、选举权、被选举权和控告申诉权等进行了明确规定。概括起来，保障农村党员的权利主要包括三个方面。

一是参与党内日常活动的权利。党员是党的主人，表现在党员不是党内事务的旁观者，不只是旁听者，而是参与者。比如，参加党员大会、支部大会等党的有关会议，阅读党的有关文件，接受党的教育和培训；对党的工作提出建议和倡议；对党的决议和政策如有不同意见，在坚决执行的前提下，可以声明保留，可以把自己的意见向党的上级组织直至中央提出。这些基本权利在一些农村都没有落实，有些党员几十年没有参加过乡镇以上机构的培训。如果他们最基本的权利都很少落实，那么他们的内在需求便长期得不到表达，其服务群众的意愿和本领将会弱化。所以，农村基层党组织决策时不能只是开支委会和两委联席会议，还要开党员大会，并且党员大会不只是传达上级的政策文件和中央精神，更重要的是让党员参与党内事务的决策。比如，重大决策必须征求农村党员的意见；对党员反映的问题应认真、及时回应；党员领导干部必须接受党员的评议；对农村党员的提案，应认真讨论并作为决策的参考依据。

二是维护自身政治权益的权利。主要包括行使表决权、选举权和被选举权；可以向党的上级组织直至中央提出请求、申诉和控告；有权要求有关组织对自己的请求给予负责的答复。体现党员主体地位的核心权利是选举权和罢免权。党章第五章第二十九条规定，基层委员会由党员大会或代表大会选举产生，总支部委员会和支部委员会由党员大会选举产生。第三十条规定，基层委员会、总支部委会员、支部委员会选出的书记、副书记，应报上级党组织批准。这表明,农村基层党组织以及领导班子应该选举产生。但很长时间农村基层党组织的领导班子没有落实好党章的规定。即便当前大力推行党内选举的情况下,这种现象在一些农村依旧存在,或者等额选举,或者差额选举异化为变相任命。在村党支部书记选举过程中,许多乡镇党委通过派工作组或者派党建指导员等形式做工作,实现乡镇党委的意图。有的乡镇党委还搞"曲线救国",在换届选举前几个月先把看中的干部任命为代理书记,然后到选举时推荐为正式候选人。这表明,一些农村缺少的不是选举,缺少的是体现党员意愿的选举。所以,保障农村党员的权利,关键在提高选举质量。第一,党代表的产生应该出于党员真实意愿,党代表真正代表党员。第二,乡镇党代会选举党组织领导班子,真正实行差额选举。第三,随着条件的成熟,农村基层党组织领导班子应该由全体党员直接选举产生。这有利于理顺党内权力的授受关系,"权力来自于谁,就服务于谁",这样使农村基层领导干部把对上负责与对下负责结合起来。

三是对党组织和其他党员进行监督的权利。选举权能够带动知情权、表达权、监督权的落实,反过来又需要罢免权的保障。农村党员的罢免权对推动农村直接民主很关键。其一,农村基层党组织领导班子逐步由党员直接选举产生,选举权需要与罢免权相配套。其二,农村基层一直发挥着改革试验田的功能,农村党员行使罢免权有利于进一步解决干部对村民负责的问题。其三,探索以农村全体党员为主体的罢免制度,对于促进乡镇人大代表罢免制度的完善,发展农村人民民主具有重要作用。比如,在党的会议上有根据地批评党的任何组织和任何党员,向党负责地揭发、检举党的任何组织和任何党员违法乱纪的事实,要求处分违法乱纪的党员,要求罢免或撤换不称职的干部。对党组织和其他党员进行监督,是党内民主的一个重要内容,是党内开展批评和自我批评的拓展和延伸。监督和批评是众多意见的分歧与较量,农村党员从党内意见的交锋与冲突中学会解决冲突的办法,这个过程同时是民主训练的过程。民主训练对于农村基层党员来说意义非同一般。因为党员通过监督党组织和党员,能够强化自身的行为规范和民主意识,找到解决问题的制度化途径,并在亲身参与中潜移默化,熏陶民主参与型的政党文化。所以保障党员的监督权,有利于激活党员细胞,增强党组织的生命力。

当然,保障党员权利,既需要强化农村党员干部的民主意识,并使民主意识内化为不可亵渎的信仰,成为不容更改的共识和党内的生活习惯,同时又需要加强对党员的教育,通过制度建设把行使权力与履行义务结合起来。

◆(二)提高农村基层党组织制度建设的质量

在党的建设布局中,教育是基础,制度是关键,监督是保证。农村基层党组织的思想建设、组织建设、作风建设要有序运转,制度建设必须贯穿其中。而制度建设贯穿其中的要义在于,必须保证制度的有效供给、衔接和刚性执行,而不是成为一种摆设。现在,农村基层党组织的制度应该说已经不少,但一些党组织仍然软弱乏力。对大多数乡村来说,主要不是制度创新的问题,而是制度执行的问题,主要不在于拥有多少制度,而在于释放了多少制度能量和制度效力。提高农村党组织制度建设的质量,需要从强化意识、优化结构、领导带头、健全激励机制等方面整体推进。

1. 强化制度意识,树立制度权威

党内制度是党组织和党员必须共同遵守的行为规范,是各种规范相互制约的有机体系。一个政党的制度化运行状况,反映了一个政党的成熟程度。现代政治学认为,制度化是衡量政治发展程度的核心标准,制度化程度越高,政治体系就越稳定,可持续性就越强。“越是成熟和稳定的组织,越是要创造制度来保护自身,而且越是要把组织制定的制度相对固定化为连组织自身都无法轻易改变的一种权威。”①党组织的制度化运行,其功能在于“制度好可以使坏人无法任意横行,制度不好可以使好人无法充分做好事,甚至会走向反面。”②制度问题之所以带有根本性、全局性、稳定性和全局性,关键在于制度侧重于预警和制恶。制度设计以“人人可能为恶”为假

---

① 林尚立:《党内民主——中国共产党的理论与实践》,上海社会科学院出版社 2002 年版,第 216 页。

② 《邓小平文选》第二卷,人民出版社 1994 年版,第 333 页。

设前提,在党员干部可能冲破防线时提前警戒,切断不良动机与发生机会的链条,在执行中限制干部的自由裁量权。

制度功能本身不会自动生效,好的制度虽然会形成的好导向,但不意味着必然会形成好的作风。制度是人制定的,如果制度的执行取决于人的偏好,那么制度就成为变相的"人治"。正是从这个意义上说,制度建设首先要强化农村党员、干部的制度意识——关于制度的看法和观点的总和。比如,对制度的认识程度、对制度要求的态度、关于制度知识的积累和素养、对党员行为的思想认识,等等。制度意识的强化,意味着制度主要用来规范人和组织的行为,遵守制度成为大多数人的共识和行为规范,当个体违规时不仅受到多数人的舆论谴责,而且受到严厉惩罚,从而树立制度权威,改变对制度无所谓的态度。此其一。其二,制度不能朝令夕改,虽然制度要随着实践的发展不断完善,但制度在一定时期内是稳定的,具有长远指导意义。其三,党员在制度面前人人平等,对制度具有敬畏感,否则会削弱制度权威。其四,强化制度意识需要一个长期的过程,要循序渐进,与农民的生活实际和农村发展实际相结合,在党内日常活动中慢慢养成。

2. 科学设计制度,增强制度效力

农村党内的制度设计既要符合一般原则,也要符合农村的特点,具有可行性。比如,农村成立了一些民间组织,农村基层党组织在这些民间组织中建立党组织,为了更好地引导民间组织的发展,一些党员的组织生活放在农村民间组织中的党组织开展,但组织关系仍在村党支部中。这样,农村民间组织中的党组织与村党支部的组织活动制度如何衔接、分工,需要探索。再比如,乡镇党委的民主生活请各村党支部书记列席的不多,也很少征求村党支部的意见,而村党支部的民主生活会,乡镇党委很少派人参加,特别是乡镇合并、撤村并组后,部分乡镇或行政村规模偏大,而偏远山村的公路不通,交通不便,从乡镇驻地到村里需要走一天的山路,一些乡镇干部嫌麻烦不愿意去山村参加支部生活会。这样,上级党组织指导下级组织的工作制度很少落实。如何根据各地农村的实际,制定可行性强的制度,尤为关键。

实体性制度与程序性制度的有机统一,是农村党内制度设计的重要环节。党员的选举权、罢免权、表达权、监督权不是孤立的,需要程序性制度来保障。比如,由于农村党务公开制度的程序性规定欠缺,以致公开什么、什么时候公开、公开多少没有制度设定,因此实践中往往流于形式。农村党支部也有监督制度,但由于保障举报人的相关制度阙如,所以党内监督的实效不明显。为此,农村基层党组织要明确每项制度落实的责任人,制度所涉及的对象、量化和细化目标,减少制度执行的弹性空间。

加强农村基层党组织的制度建设,还需要党内制度与村民自治制度相衔接。现在村民自治制度的供给对农村基层党组织产生了制度倒逼效应——农村基层党组织为增强村党组织的群众基础,必须适应农村人民民主的发展要求,以党内民主带动人民民主。比如,农村党内选举与村民选举相衔接,党务公开与村务公开相结合,农村党员行使权力与规范民选村干部行使权力有机统一,让权力在阳光下运行,把党员和群众最关心的人和事公开,有利于增强党组织在乡村的群众基础。

3. 保证基本制度的贯彻执行

农村党组织的制度执行涉及诸多方面,其中基本制度的执行尤为关键。比如,支部党员大会每季度召开一次,党小组会每月召开一至两次,支部委员的民主生活会每季度召开一次;党员没有正当理由,连续六个月不参加组织生活的,或不交纳党费,或不做党所分配的工作,被认为是自行脱党,支部大会应予以除名;党课一般一两个月上一次;党小组向党支部每月请示汇报一次;党支部向上级党组织每季度请示汇报一次;认真开展民主评议制度,处置不合格党员;党员要经常做群众工作,等等。这些制度过去是党组织提高凝聚力、战斗力的基本武器,而今天在少数地方或者束之高阁,或者成为一种摆设。“三会一课”等基本制度的缺失,带来的是党员对党的向心力的下降。如果农村这些基本的学习制度不落实,那么农村党支部建设学习型组织就会流于形式。最终影响党的执政能力。再比如,发展党员是一项基础性工作,关系党的事业的全局。党支部为此担负着入口把关的重要使命。党章规定:“发展党员,必须经过党的支部,坚持个别吸收的原则。”农村基层党组织如何“坚持标准,保证质量,改善结构,慎重发展”的原则,关系到农村党员队伍的结构和素质。没有数量就没有质量。但如果数量过大,不能保持统一的品质,就会影响到质量,关系到党在农村的社会基础。所以,加强制度建设,特别要重视基本制度的贯彻落实,为农村党员制度执行营造良好的环境。

4. 制度执行关键要发挥领导干部的表率作用

在农村基层,制度执行中常常出现“制度空转”的现象,即各项制度在“学习—宣传—会议—汇报”中循环运行,并以“新”的面貌出现,层层累积,形成“制度体系”,但始终停留于理论层面和文本层面,实际落实和转化为实践成果不够。“制度空转”与领导干部的执行状况有很大关系。制度执行不力或者不执行制度,有时比没有制度还更可怕。因为领导干部不执行制度,无异于向普通党员传递一种信号:制度很好,但关键在人——“各取所需,各得其所”。

要克服这种现象,关键在领导干部以身作则。党章明确规定:“每个党员,不论职务高低,都必须编入党的一个支部、小组或其他特定组织,参加党的组织生活,接受党内外群众的监督。党员领导干部还必须参加党委、党组的民主生活会。不允许有任何不参加党的组织生活、不接受党内外群众监督的特殊党员。”但现实中,少数乡镇党委书记、副书记很少参加党支部的活动,即使参加也是以“视察”的姿态、以领导者的身份而不是以党员的身份来过组织生活。结果,领导干部与党员的联系空间缩小。反之,有些乡镇的领导干部带头平等参加组织生活会,党员备感亲切,干群相处融洽。又如,党内表决制度实行的是一人一票的原则,党员领导干部也只有一票。但实际上有的农村基层党组织负责人主持会议时定基调,通过“气氛引导”,形成“一边倒”的氛围,结果书记这一票实际上胜过好几票。而有些地方,农村基层党组织负责人可以先不发言,让与会者先发言,这种书记“末位发言制”增强了党组织对党员的向心力,对党员具有带动作用。

5. 健全监督与激励机制,使制度执行成为党内的生活习惯

制度经济学有一个“搭便车”原理,就是指某些人或某些团体在不付出

任何代价的情况下，而从别人或社会获得好处的行为。① 这就是说，当制度被破坏以后，没有对违规者进行惩处，因此别人在这个基础上无须付出成本就能得到收益。由此，在制度执行与不执行一个样，执行好坏一个样的环境中，党员和干部对制度容易趋于麻木。如果长期违反制度不仅逃脱惩罚而且还能从中受益，那么会打破党员心理的平衡，使另一些人违反其他制度以谋求补偿，并对新的制度产生排斥。而没有机会获得补偿的党员，从反复的经历中体验了无力与无奈，便会慢慢对制度效益失去信心，对制度的公正产生怀疑，并由痛恨转变为默认，由默认变为效仿，进而产生攀比心理。这样，"搭便车"成为一种习惯，不执行制度被视为正常，久而久之成为人人都要去适应的生活方式，其后果是其他制度和新的制度无法有效运行，正常的党内秩序被破坏，党支部的威信和农村基础秩序遭到削弱。所以，加强农村基层党组织的制度建设，要有奖惩机制的配套保证，对违反制度的干部要严肃处理，不能失之于宽，失之于软，要让违法者付出代价。同时，对模范执行制度的党员干部及时激励，坚持以好的作风选人、选作风好的人，把遵守和执行党内制度的党员作为干部选拔任用的重要依据，发挥制度的导向功能，使遵守制度成为党内习惯，保持制度环境的平衡。

◆（三）加强农村党员干部的能力建设

实现农村基层党组织的各项功能，需要加强能力建设，培养和造就一大批有能力的基层党员干部。农村党员干部的能力建设分为三个层次。一是乡镇党委执掌基层政权，存在一个执政能力建设和领导能力建设的问题，但与中央组织、地方组织相比，乡镇党委的执政能力建设有自身的特点，而不是上下一般粗（比如农村基层党组织不直接应对国际局势和处理国家事务）。二是村党组织由于不执掌国家政权，因此主要存在提高领导能力的问题，而不是提高执政能力的问题。三是党员中的非领导干部没有担任领导职务，其侧重的是提高工作能力和增强业务本领，而不是领导能力。

能力建设的核心是确立能力本位的价值导向和制度安排。只有以能力

---

① 卢现祥：《西方新制度经济学》，中国发展出版社 2003 年版，第 72 页。

为本位，才能充分发挥每个农村党员和干部的能力，挖掘人的潜能。在“德”的基础上以能力选人，建设能力型组织，有利于破除“官本位”思想，构建以能力为纽带的农村新型社会体系，促进社会关系的和谐。对农村党员干部来说，能力建设重点是提高发展力、服务力、执行力、公信力、控制力。本书第三章对推动发展的能力、第四章对服务群众的能力已做了详细阐述，在此不再赘述，下面探讨农村党员干部的执行力、公信力和控制力。

1. 执行力

组织学认为，执行力是组织成员把组织的政策、战略转化为既定目标的能力。干部的执行力反映了干部通过提出问题、分析问题、采取措施解决问题来实现目标的行为和技术体系的水平与本领，决定着目标实现的进度和效果。农村党员干部的执行力具有浓厚的乡土性，因为村党组织和村委会不是一级政权组织，行政体系的组织原则不能照搬到村级组织中。从党的组织原则看，农村党员干部必须执行上级的决议，但如何结合农村的具体实际来执行，没有统一的模式。乡村干部与农村群众直接接触，对下属于决策者；乡村干部处于组织体系的末梢，相对上级组织来说又属于执行者。这就决定了乡村干部不仅要服从和执行上级的决策，而且自身的乡级决策具有从属性和执行性。这种执行性，主要指农村干部结合农村实际，创造性地执行上级组织的决议和精神。对农村基层党组织来说，如果干部不能将中央的政策落实到位，那么便会降低农村群众对党组织的信心。所以，农村干部的执行力如何，关系到党在农村的领导地位和执政基础。总体上看，农村干部的执行力是不错的，是执行了中央和上级组织的指示精神的，但也有执行不力的。江泽民指出：“我们讲加强党对农村工作的领导，最重要的就是把党的方针政策贯彻落实好。现在有些做农村工作的同志，对党的农村政策不甚了了，一些群众都明白的政策我们的干部还不大清楚。有些同志政策观念不强，不是按照党的政策办事，而是按照自己的好恶办事。这种状况必须改变。”①

① 《十五大以来重要文献选编》(上)，人民出版社2000年版，第537页。

(1)提高政策水平。“政策和策略是党的生命。”农村干部贯彻落实党的路线方针政策和上级组织的决议精神,首先需要增强政策观念,把政策精神吃透。一般来说,政策法规是在大量调查研究、经过反复论证和征求各方面意见的基础上出台的,具有普遍性的指导意义。因此,农村干部要全面了解农村政策,不仅对涉农政策的具体内容要熟谙于心,而且对政策背后的精神、出台背景要非常熟悉,要善于从全国的角度,从党和国家事业发展的高度理解政策法规的精神实质。随着经济社会的发展,农民的文化水平也在相应提高,许多农民不但看书看报,而且对农村政策非常关心,有些农村群众甚至比乡镇干部还更了解国家政策,“民告官”的案件中,乡镇政府败诉已非个案。这说明,在新的形势面前,农村干部要做好群众工作,首先自己要“懂政策”,否则容易“好心办坏事”,主观动机与客观效果相背离。政策法规连接着千家万户,每个条文都直接牵涉群众的现实利益,农村干部要提高工作能力,必须提高自身的政策法规水平,严格掌握政策界限,依照党的政策和国家法规为群众办实事、办好事。这就要求农村干部要加强学习,拓宽视野,增强全局意识,以理论水平的提高带动政策水平的提高。农村事务性工作多,直接同群众打交道,这需要基层干部挤时间,钻进去,系统学习党的政策法规,把握政策的整体性,防止断章取义、各取所需,防止“只见树木,不见森林”。

(2)把握本地实际。改革开放以来,农村发生巨大变化,其利益关系具体而又复杂,各利益群体的诉求差异甚大。在这种情况下,农村干部既要保证政策法规执行的严肃性和权威性,又要体现执行的有效性和科学性。要把上级的精神与自身的具体实际结合起来,在吃透两头——上头的政策法规和下头实情的基础上,探寻切实可行的落实措施。全国农村发展不平衡,各地实际情况相差悬殊,简单照搬其他地方的做法往往削足适履,无异于缘木求鱼。一方面,就全国而言,党的政策规定具有统一性,在执行中需要保持一致性;另一方面,从局部来看,各地农村在执行这些政策决议时又不能上下一般粗,而要根据自身实际创造性地开展工作。这就要求农村干部要在调查研究上下工夫,深入群众、深入村庄实际,全面掌握一手资料,找准上级精神与基层实际的结合点,使政策法规在农村不走样,不落空。大量案例表明,要把握农村实际是很不容易的,因为实际情况在不断变化,实事求是一个动态的过程,把握实际很难一劳永逸,也不可能穷尽真理。因此,需要干部经常深入基层,了解变化发展着的实际,而这又需要花大量时间和精力。要做到这一点,没有高度的敬业精神,是容易出现懈怠的。同时,面对真实的实际情况,农村干部还要把党的思想路线转化为实际行动,敢于坚持真理,修正错误,把服从真理与遵守组织原则结合起来,这就需要坚强的党性作支撑。

(3)执行的要务是维护人民利益。着眼于维护和实现农村群众的根本利益是提高执行力的核心价值取向。政策法规的执行过程,事实上是一个利益博弈的过程。党的利益、国家利益与人民利益在根本上是一致的。党的一切政策、方针和制度规定,都是为了维护好、实现好最广大人民群众的利益,因此,农村干部执行党的政策法规,应该紧紧围绕农村群众的根本利益来展开。只有这样,才能有效地把对上负责与对下负责有机统一起来。在本单位、本部门利益与群众利益发生局部分歧时,应以维护广大群众利益为准绳。这是政策执行的底线。在复杂的农村工作中,有时上级组织由于种种原因也有可能出现违背群众需求的情况,在发现这种个别情况时,农村干部应该通过正常途径,向上级组织反映。同时,乡村干部应该坚决执行上级决议,这是基本的组织原则。在此基础上,可以保留意见,向上级反映群众的实际需求,做到服从组织与服务人民的统一。只有始终心系人民、敬畏群众,把人民利益摆在工作的首位,农村干部执行党的政策决议才会坚决、灵活、有效。

(4)调动执行者的积极性。乡镇党委与村党组织之间是领导与被领导的关系,在理论上下级要无条件服从上级,但是仅有组织原则还不足以保证政策决议的全面执行。因为,村党组织和乡村干部具有自身的特殊性。乡镇是一级政权组织,村落则不是。乡镇党委、政府干部是国家干部,而村级组织干部虽然被称为干部,但不属于国家干部序列,享受的待遇是不一样的。这就决定了乡镇党委与村党组织既有根本利益的一致性,同时又存在具体利益的差别。村党组织与村委会的干部虽为“村官”,但身份仍然是农民,他们大部分时间在村庄活动,村庄舆论、传统观念、人情面子、各种关系纵横交错,这些因素对村干部的行为产生很大的影响。村党组织与乡镇党委的合作中,只有少数人能跳出“农门”,升入乡镇机关,成为名副其实的国家干部,而多数人留在村庄,朝夕面对村民,村民的向背决定着村干部在村庄的声望和权威。所以,村党组织既是乡镇党委在村庄的代理人,又是村民利益的代言人,既要与乡镇党委合作,又在某些具体问题上与乡镇党委进行博弈,维护村民的利益。这种双重身份,决定了村党组织在执行乡镇党委的决议和决定时,不可避免出现打折扣的现象。村党组织在乡镇党委与广大村民之间的弹性游走,一些乡村干部“行走”在执行与不执行之间,有的如鱼得水,有的步履维艰。因此,村干部面对乡镇党委和村民,常常准备两套“话语系统”——正式规则的非正式运作和非正式规则的正式运作。由此乡镇党委、政府的强制力量与农村传统的潜在力量、村级组织与乡镇组织形成博弈态势。改变这种状况,必须采取激励措施调动广大农村基层干部的积极性,维护他们的合理利益和正当需求,让他们看到可望并可即的前景,从制度上保证政策法规的贯彻落实。

2. 公信力

公信力,简而言之,指组织或个体在公众中的威信。党员干部的公信力,反映了干部对群众的影响力和号召力。相对党外群众而言,执政党党员存在公信力的问题。相对一般干部和群众而言,执政党和国家的领导干部,更存在公信力的问题。比如,党员干部为社会提供对公众的生活有重大影响的信息;为社会提供理性的公共舆论指导;严格遵守党纪国法;出于公心,维护公共利益,等等。农村基层干部属于农村中的公众人物,其领导权力、活动行为、领导影响具有公共性,关系到干部在群众中的威信和党组织的权威。增强农村党员干部的公信力,重在贯彻为民、务实、清廉的要求,践行守信。

(1)公道为民。农村党员干部在群众中要有威信,首先要有公心,服务村民。据中央组织部党建研究所调查显示,在选择“农村基层党组织书记要得到群众拥护的最主要的原因”时，选择“一心为群众”的人数最多，占91.69%，选择“致富能力强”的人次之，占82.3%。[①] 一心为群众不是抽象的，而是具体的，不仅包括提高领导科学发展的能力，促进农村经济社会的发展，而且表现在关心农民的衣食住行上。毛泽东曾指出：“我们应该深刻地注意群众生活的问题，从土地、劳动问题，到柴米油盐问题。妇女群众要学习犁耙，找什么人去教她们呢？小孩子要求读书，小学办起了没有呢？对面的木桥太小会跌倒行人，要不要修理一下呢？许多人生疮害病，想个什么办法呢？一切这些群众生活上的问题，都应该把它提到自己的议事日程上。”[②]毛泽东以特有的语言风格，道出了党员干部公道为民的具体表现。现实生活中，少数农村干部威信不高，很重要的一点，在于没有站在最大多数劳动人民的一面去想问题，做事情，损害了农村群众的利益。而有些村干部，平时基本不用村里的轿车，轿车主要供村民办大事时使用，村干部在群众中很有凝聚力。

强化对农村党员干部的教育，重点在增强党员意识，加强党性修养和党性锻炼。农村干部不仅要钻研业务，提高服务群众的本领，而且要解决改造主观世界的问题。如果世界观、价值观、人生观出了问题，党员干部对地位、利益、权力的认识就会陷入误区，行为就容易被扭曲。表现在工作中，主人与公仆的关系往往在一些农村被倒置，他们忘记了自己是一个共产党员。长期以来，我们一直没有停止对党员的教育，但是一些地方收效甚微，这关键在于没有从制度的层面落实党性的锤炼。抽象地谈论党性没有出路，空谈党性只能是死路一条。要建立党员党性定期分析制度，用具体的实事来量化党性的强弱，使农村群众得到看得见的、实实在在的利益。这就要改变一些农村基层党组织长期以来关起门过组织生活，民主评议走过场的做法，不仅用数据和实例考核党性，而且定期请群众评议党员干部的党性，从制度

---

① 中央组织部党建研究所、全国党建研究会农村专业委员会联合课题组：《新时期农村基层党组织带头人成长规律调查》，《党建研究内参》2007年第5期。

② 《毛泽东选集》第一卷，人民出版社1991年版，第138页。

上增强农村干部的公信力。

(2)公正廉洁。公正廉洁是保持党的纯洁性和先进性的重要途径,不正之风是破坏社会和谐的重要因素。“其身正,不令而行;其身不正,虽令不从。”改革开放以来,乡村经济发展、农民收入增加的同时,党员干部违纪的数量也在增长。事实表明,经济发展不一定必然表现为干群和谐,发展不是增强执政基础的唯一条件,少数农村干部的以权谋私,一定程度上冲抵了执政绩效,削弱了干部的公共形象。为此,农村干部要加强廉洁自律,区分普通公民与农村公众人物的双重角色。作为普通公民办私事时,不能享受特权,以权谋私。作为基层干部,工作中必须把农村群众委托的公权与私权分开,保证公共权力办公事,办好事。此其一。其二,要把培养职业道德、社会公德与培育家庭美德、个人品德结合起来。大量案例表明,公众人物的个人生活作风并非与职业工作毫不相关,家庭问题、个人品德问题不是小事情。为此,农村干部要防止“吃点、拿点”、不检点,防微杜渐,管住小节。其三,廉洁需要艰苦奋斗、勤俭节约作保证。工作中讲排场,贪图享受,不安心基层工作,急于出政绩,浪费严重,这些“和风细雨”具有潜在的侵蚀危险,必须做好日常的告诫、诫勉工作,设置“高压线”,减少不洁不净的发生概率。其四,要维护党章权威,落实农村党风廉政建设制度的各项规定,加强对不正之风的监督查处,推行“阳光行政”,铲除腐败产生的体制土壤,增强工作的公信度。

(3)依法办事。民主与法治是维护社会公平正义的两大杠杆。一个在宪法和法律范围内活动的政党与政府,能增强政党在民众中的权威。中国共产党是执政党,宪法和法律是我们党带领人民制定的,如果党员干部带头违法,党组织在宪法和法律之外开展工作,就会削弱党的威信。目前,一些农村干群关系紧张,一个重要原因是乡镇违法征地、以租代征,违法罢免民选村干部,违反《人口与计划生育法》,作风粗暴,有的地方出现乡镇党委、政府甚至县级政府集体违法的事件,引起农民的抗争。农村事务具体繁杂,只有乡镇党委依法执政、政府依法行政、党员干部和村党组织依法办事,才能增强党组织在群众中的威信。农村基层干部要改变轻视法律的现象,强化法制观念,带头学法守法用法,维护宪法、法律权威,坚持法律面前人人平等，依法保证农村群众平等参与、平等发展的权利，维护社会公平正义；要推动农村社会由乡土社会向法理社会转变，改变以权代法、以言代法的意识和行为，依法领导和支持村民自治，打击各种干扰农村选举的违法活动和非法势力；善于运用法律手段驾驭农村市场经济，不能违法干预企业的微观经济活动；维护市场秩序，公正执法，保护农村各种市场主体的合法利益。

（4）取信于民。信任在政党政治中居于重要地位，民众对执政党的信任是维护社会基础秩序的重要条件。对中国共产党来说，群众对干部充分信任，有利于降低交易成本，提高政策运行和社会动员的效率。因此，信任是促进社会和谐的黏合剂。信任意味着包容，民主政治只有建立在包容的文化基础上，各阶层各群体才能与党和政府有效合作，因此信任又是社会主义民主制度运作的润滑剂。在农村，干部取信于民，群众对领导干部的信任，是农村基层党组织贯彻落实党的路线方针政策的必要条件。基层干部的言行举止和重信度直接影响到农民对信用的理解，影响到群众对政府的信赖和对党的信心。培育文明乡风，加强农村社会主义荣辱观教育和《公民道德实施纲要》的践行工作，需要农村基层干部带头树立信用意识，重信践诺。所以，农村基层干部是农村政府信用建设的示范者。这一逻辑结论不仅基于理论推演，而且源于乡村现实。现在少数农村出现了政府信任危机——群众不相信政府、不相信干部。比如，在农业普查中，有的农户少报种植面积；领导干部到村里调研，有时很难听到真话；乡镇向群众宣传乡镇规划，有的表示怀疑；干部想为农民做好事，有的农民不领情，等等。

上述现象的产生，既有农民自身的问题，也有干部的突出问题，矛盾的主要方面在干部。防止或减少这些现象的发生，需要农村基层干部尤其是乡镇干部要言行一致，防止双重人格。如果干部本身说一套，做一套，那么会产生负面的示范效应，失信于民；要防止政策反复，保持政策的连续性，乡镇规划的调整不能太频繁，产业发展规划不能朝令夕改，令农民无所适从，产生厌倦和抵触情绪；要求真务实，反对弄虚作假。农村基层干部承诺的事项必须兑现，比如，征地补偿应及时、足额发放。推动乡村发展，面不宜铺得太宽，应该一项一项具体落实，只有杜绝“形象工程”和“面子工程”，防止虚报绩效和向群众开“空头支票”，才能增强农民对乡村干部的信任度。

3. 控制力

控制力，指党员干部处理、利用信息以处理矛盾、应对危机和驾驭局势的能力。党员干部的控制力，包括把握群众的舆论导向、判断发展态势、有效获取信息、遵守相应规范和整合冲突分歧等方面。增强控制力旨在保障组织依照既定目标运行和发展，进而实现组织战略的功能目标。农村社会在转型期间，可以预见和难以预见的风险在增加，自然灾害、社会事故、突发事件等重大事故相互叠加，社会的复杂性日趋增强。农村内部矛盾的复杂化，社会丑恶现象的蔓延，农村基层政权力量的薄弱，封建迷信、非法宗教活动和黑恶势力的泛起，对农村基层干部的控制力提出了新的要求，要求农村基层干部和党员要善于审时度势，把握控制的力度。

(1)引导农村舆论。农村舆论是指农村各种组织、个体的愿望、利益诉求和其他看法，是农村社会意识的重要表现，具有民间性、传播性和辐射性的特点，对农村社会的稳定和发展具有潜在的影响。对农村舆论控制不力，容易陷入社会支持衰减的困境。

现代信息技术的迅速发展和广泛应用，突破了信息传播与扩散的时空界限，这不仅使许多农村不再成为封闭的角落，而且改变了自古以来的文件传阅顺序和社会信息的传递格局。一个农民早早起来上网浏览信息，可能比乡镇干部更先了解新闻；农村发生的突发事件，借助手机短信和互联网等现代手段很快在群众中传播，并波及其他乡镇，其速度远远超过乡镇机构逐级呈报的速度，这导致一些乡镇干部在不知情的情况下，其他村民们已经聚集声援。农村信息化的畅通，不仅拓宽了农村群众沟通交流的幅度与范围，还使乡镇舆情传递的层次性和间接性较少，农村信息呈扁平状态向四处传播，从而打破了信息纵向传递的科层结构。很多情况下，社会矛盾越到基层越复杂，而在应对手段和处置方法上，越到农村越薄弱。一些农村干部掌握的信息量比村民还少，导致乡村干部防不胜防。实践证明，农村各种事件发生后，如果基层干部只是被动等待上级的指示，那么工作上会特别被动，以致错失处置良机。这迫切要求农村基层干部要善于利用现代信息网络做好群众工作。

传播方式的变革,使农村舆论更加具有开放性、互动性,形成农村有效信息与社会谣言交织并存、干群之间信息不对称的复杂局面,从而导致农村潜在矛盾爆发的即时性和突发性并存。农村舆论一旦处理不好,容易产生负面效应。大量案例表明,民间谣言和社会流言是农民集聚和引发冲突的一个重要原因。一个普通的纠纷、一起计划生育事件,都可能因处置不慎而导致农民集体的非理性表达,个体矛盾引发为群体性事件。一些农村基层干部由于信息滞后,无法及时通报信息,或者不敢向不明真相的群众公开信息,或者在澄清事实方面语焉不详,结果消除不了农民的疑虑。由于群众从党委、政府那里不能及时获取主流信息,致使小道消息占领主渠道、主阵地,这反过来又推动其他群体事件的连锁反应。鉴于此,农村党员干部要适应网络时代信息传播的特点,善于在"第一时间"掌握信息,学会对农民关注的焦点问题和敏感事件的有效引导;掌握农村公共舆论的主动权,通过客观、公正的信息报道,主动回应农村群众的质疑,不让民间谣言和网络传闻混淆视听;善于同新闻媒体打交道,提高影响农村舆论的能力,依据农村舆情先声夺人,形成共识,疏导情绪,稳定人心。

另外,可以在农村设立舆情信息采集点,掌握社情民意的走势。现在农村社会心理出现复杂态势,如仇富心理、对干部的偏见、对社会不公的怨恨等叠加在一起,一旦遇到导火索,便会引爆,出现内部矛盾的对抗性。农村基层党组织一旦对农村舆情信息没有有效监控、防范并作出回应,便可能延误时机,让事态扩大。因此,农村基层干部平时要注意收集、分析农村的社情民意,自觉把民意诉求作为决策的依据。

(2)应对农村突发事件。突发事件,指超越常规、突然发生、波及速度快、潜在影响大的事件。农村群体性事件是突发事件的重要方面,常常表现为非理性参与。2005 年 1 月至 9 月,全国有 38.5 万人次农民参与群体性事件,居各类人员之首。[①] 大量突发事件形式上表现为"突发",但事件的积累

① 于滨:《农村要考平安建设》,《瞭望新闻周刊》2006 年第 48 期。

有一个长期的过程。农民参与群体性事件,关键在于一些农民的生存空间不断被挤压,在利益博弈中处于弱势地位,没有分享到改革发展的应有成果,信访的话语渠道不畅通,多次诉求无果、无奈后不惜一切代价,以身抗争,以期维护自身权益。由此,形成合理诉求、非法表达、受损群体主导、其他人员声援甚至党员参与的复杂局面,农村成为社会转型过程中的矛盾“沉淀池”。也有少数突发事件,是乡村个别不法分子、无业人员利用群众的情绪,煽动闹事,向基层党委和政府施加压力。总体上看,农村突发事件一般由事件起因、持续时间、事件现场构成。事件起因是事件演化的基础,而持续时间越长,事态的变数就越大,农村基层党组织及相关部门的现场处置能力决定事件的走向。

应对突发事件和复杂局面,农村基层干部要亲临现场,保持冷静与理性的态度维护现场秩序,敢于与群众对话,向情绪高涨的群众耐心解释,掌握主动权;既根据经验做工作,又根据新的条件突破陈规,改变处理日常矛盾的方法,提高应对、化解、疏导矛盾的艺术,牢牢控制局面。在农村公共危机面前,要临“危”不惧,掌握分寸,慎用武力,防止事态扩展。对于复杂的群体性事件,要共同研究事态的发展走势、性质、背景,当机立断处置问题。对有些当场不能解决的问题,应做好说服工作。事后,将处理过程、处理结果向群众通报。提高应急管理能力需要强化危机意识,增强对矛盾问题的敏感性,辨别信号,加强对苗头性、倾向性问题的分析。要完善应急管理机制和社会维稳机制,加强农村综合治理工作。当然,应对突发事件的根本方法是把握农民的脉搏和情绪,对农民的困难不能熟视无睹,做好化解农村日常矛盾的工作。

(3)化解农村日常矛盾。农村日常中的人民内部矛盾,是影响农村社会和谐的重要因素。维护农村社会稳定,需要提高农村干部化解内部矛盾的能力。改革开放以来,农村经济社会快速发展,农村与市场的对接、农村与城市的互动、村民自治的发展,打破了农村社会结构的高度稳定性和利益单一性,农村人民内部矛盾发生深刻变化。一是农村阶层的分化拉大了农民与农民之间的收入差距,影响到农村不同群体之间的和谐共处。二是农民个体利益与村集体利益的差异性日趋明显，个体与组织之间有时潜伏着对抗性的因素。三是村与村、乡镇与乡镇之间的传统宗族冲突、地界及乡风村俗冲突随着资源配置格局的变化有所扩展，乡村内部的利益角逐日渐扩大，这在一定程度上打破了长期形成的“熟人社会”关系，乡村邻里关系需要重塑构建；四是村干部与村民的关系随着国家与农民关系的调整发生微妙变化，村民与村干部的局部矛盾拓展为村庄与乡镇的矛盾，干群关系呈现出领导与被领导、合作与监督并存的特征。这些内部矛盾在不同的农村，表现的程度是不平衡的，有的利益性矛盾突出一些，有的宗族派性矛盾更剧烈一些。农村内部矛盾的新变化，在短期内不会消失，在有些农村短时间内也不会集中迸发。这需要农村基层干部保持忧患意识，做好日常内部矛盾的化解工作。2010 年 10 月，党的十七届四中全会针对统筹城乡发展问题，从社会建设角度强调加强和创新社会管理，正确处理人民内部矛盾，切实维护社会和谐稳定。为此，从农村社会工作和党在农村的社会基础层面看，当前化解农村矛盾，应重点抓好农村机制创新。

一是建立利益协调机制。农村干部应改变过去工作简单、粗暴的做法，善于用调解、教育、协商、疏导的方法，综合运用法律、政策、经济、行政等手段，统筹农村内部的利益关系。二是建立诉求表达机制。搭建多种形式的农村沟通平台，把农民的利益诉求纳入制度化、规范化、法制化的轨道，同时拓宽诉求表达的渠道，让农村群众有更多的机会心平气和地发表意见，这可以避免信息拥挤堵塞，防止冲突集中“爆发”，使沟通平台成为农民与政府之间的“缓冲带”。三是建立矛盾调处机制。以村为单位，按月排查，逐村分析农民的诉求，逐案制定稳控措施，坚持经常性的矛盾排查调处。对农村中的各种矛盾按照性质及其发展程度分别归类，逐一责任到人，对一时难以解决的矛盾，要落实稳控包案责任。四是建立权益保障机制。重点做好农村土地征收征用、内部利益分配、农村环境保护等问题，防止与民争利和损害农村群众的利益。

结　语

从历史角度看，农村基层党组织的功能内涵嬗变不大，但不同时期有不同的功能表征，功能实现的环境条件也千差万别。解决当前农村基层党组织存在的问题，既要重视国内改革带来的新考验新课题和全球化的冲击，又不能忽视封建遗风的影响。因此，农村基层党组织要重视历史经验而不是把革命经验束之高阁，汲取世界上其他政党基层组织建设的经验教训而不是故步自封。

农村基层党组织在市场经济体制的框架下，联系群众的利益链条发生变化。实现党在农村的利益与农民个体利益的对接，要力戒“党不管党”和“党只管党”，打破党建体内循环的旧思路，由封闭性向系统性、开放性转变，由经验型向创新型模式转变。尤其要创新农村经济组织和经济制度，构建农村“大组织”、“大党建”的新格局，通过服务党的中心工作成为农村社会的领导核心。

农村基层党组织在资源调控日趋减少和建设服务型政府的视域下，领导方式应由指挥型向引导服务型转变。实现这种转变需要一个长期过程。转变的进度，关键取决于封建残余的破除程度和体制机制的创新进度。惟其如此，追求政绩才能让位于求真务实，行政干预让位于依法执政，“人治”让位于法治。

实行村民自治，发展农村直接民主，直接发育了农村公民社会，农村基层党组织“党管一切”的全能主义模式的生存土壤发生改变,这客观要求政党、政府、社会在乡村层面进一步分野。农村基层党组织不是农村唯一的利益表达和利益综合主体,党组织应善于通过农村行政组织和民间组织分担责任,凝聚社会。这需要农村基层干部深刻认识党的执政和领导的实质,还权于民,创设条件推进党的领导、依法办事、村民当家做主的有机统一。

农村基层党组织的功能实现途径要持续存在并稳步发展,需要全社会的共同关注与支持。只有以理性的方式全面评价农村基层干部,既看到他们存在的问题,又看到他们的艰辛以及对基层政权建设和农村发展作出的贡献,农村干部的潜能才能有效释放。新闻媒体对农村干部坚持客观公正的舆论导向,各界群众对农村干部采取科学的社会评价态度,有利于维护乡村干部的整体形象。农村基层党组织不只是执行任务的工具,而且有自身合理合法的利益诉求和相对独立性,各级党委、政府和上级部门的政治支持和经济保障,有利于加强农村干部的能力建设,推动农村基层党组织的功能实现。

参考文献

◆(一)文献、档案

1.《中共中央文件选集》(第1—8册),中共中央党校出版社1988年版。

2.《建国以来重要文献选编》(第1、2册),中央文献出版社1992年版。

3.《建国以来重要文献选编》(第14册),中央文献出版社1997年版。

4.《十二大以来重要文献选编》(上),人民出版社1986年版。

5.《十三大以来重要文献选编》(中),人民出版社1991年版。

6.《十四大以来重要文献选编》(上),人民出版社1996年版。

7.《中共十三届四中全会以来历次全国代表大会中央全会重要文献选编》,中央文献出版社2002年版。

8.《十五大以来重要文献选编》(上),人民出版社2002年版。

9.《中国共产党第十七次全国代表大会文件汇编》,人民出版社2007年版。

10.《中华人民共和国宪法》,《人民日报》2004年3月16日。

11.中共中央组织部:《中国共产党组织史资料》(第9卷),中共党史出版社2000年版。

12.《共产国际有关中国革命的文献资料》(1919—1928)(第1辑),中国社会科学出版社1981年版。

13.中共中央纪律检查委员会法规室、中华人民共和国监察部法规司:

《中国共产党纪律检查工作现行条规汇编(1993—2000)》,法律出版社2001年版。

14.《中国共产党农村基层组织工作条例》,人民出版社1999年版。

15.中央组织部研究室:《干部人事制度改革政策法规文件选编》,党建读物出版社2007年版。

16.中央党校党章研究课题组:《中国共产党章程编介(从一大到十六大)》,党建读物出版社2004年版。

17.中央组织部组织局:《党的基层组织工作常用文件选编》(五),党建读物出版社2003年版。

18.中央组织部组织局:《党的基层组织工作常用文件选编》(六),党建读物出版社2007年版。

19.中央组织部研究室:《2006组织工作研究文选》,党建读物出版社2007年版。

20.中央组织部研究室:《2005组织工作研究文选》,党建读物出版社2006年版。

21.《中共中央、国务院关于促进农民增加收入若干政策的意见》,《人民日报》2004年2月9日。

22.《中共中央办公厅、国务院办公厅关于健全和完善村务公开和民主管理制度的意见》,《人民日报》2004年7月12日。

23.《中共中央、国务院关于进一步加强农村工作提高农业综合生产能力若干政策的意见》,《人民日报》2005年1月31日。

24.《中共中央关于制定国民经济和社会发展第十一个五年规划的建议》,《人民日报》2005年10月19日。

25.《中共中央办公厅、国务院办公厅关于进一步加强农村文化建设的意见》,《人民日报》2005年12月12日。

26.《国务院关于深化农村义务教育经费保障机制改革的通知》,《人民日报》2004年2月9日。

27.《中共中央、国务院关于推进社会主义新农村建设的若干意见》,

《人民日报》2006 年 2 月 22 日。

28.《农业税条例正式废止》,《人民日报》2005 年 12 月 30 日。

29.《国务院关于解决农民工问题的若干意见》,《人民日报》2006 年 3 月 28 日。

30.《中共中央办公厅、国务院办公厅关于加强农村基层党风廉政建设的意见》,《人民日报》2006 年 11 月 14 日。

31.《中共中央办公厅关于加强党员经常性教育的意见》、《关于做好党员联系和服务群众工作的意见》、《关于加强和改进流动党员管理工作的意见》、《关于建立健全地方党委、部门党组(党委)抓基层党建工作责任制的意见》,中国方正出版社 2006 年版。

32.《中共中央、国务院关于切实加强农业基础建设进一步促进农业发展农民增收的若干意见》,《人民日报》2007 年 1 月 31 日。

33.《中共中央办公厅关于在全国农村开展党员干部现代远程教育工作的意见》,《人民日报》2007 年 9 月 3 日。

◆**(二)著作、论文集**

1.《马克思恩格斯全集》第 2 卷,人民出版社 1995 年版。

2.《列宁选集》第 4 卷,人民出版社 1995 年版。

3.《毛泽东选集》第一——四卷,人民出版社 1991 年版。

4.《毛泽东文集》第 3 卷,人民出版社 1993 年版。

5.《毛泽东在七大的报告和讲话集》,中央文献出版社 1995 年版。

6.《刘少奇论党的建设》,中央文献出版社 1991 年版。

7.《周恩来选集》(上),人民出版社 1980 年版。

8.《邓小平文选》第一卷,人民出版社 1994 年版。

9.《邓小平思想年谱》,中央文献出版社 1998 年版。

10.《陈云文选》第 1 卷,人民出版社 1995 年版。

11.《江泽民文选》第 2 卷,人民出版社 2006 年版。

12. 江泽民:《论党的建设》,中央文献出版社 2001 年版。

13. 蔡长水:《新时期党的建设概论》,中共中央党校出版社 2000 年版。

14. 陈登才、卢先福:《党的领导和党的建设》,中共中央党校出版社1997年版。

15. 卢先福、端木婕:《中国执政党建设研究》,上海人民出版社2002年版。

16. 王长江:《政党现代化论》,江苏人民出版社2004年版。

17. 梁妍慧:《中国共产党执政规律研究》,辽宁人民出版社2002年版。

18. 姚桓:《党的执政能力建设教程》,人民出版社2005年版。

19. 俞可平:《增量民主与善治》,社会科学文献出版社2005年版。

20. 林尚立:《党民民主——中国共产党的理论与实践》,上海社会科学院出版社2002年版。

21. 王贵秀:《论民主和民主集中制》,中国社会科学出版社1995年版。

22. 刘益飞:《党员主体论》,四川人民出版社1998年版。

23. 唐君、辛易:《国外政党执政镜鉴》,浙江人民出版社2005年版。

24. 荣敬本、高新军:《政党比较研究资料》,中央编译出版社2002年版。

25. 王长江、姜跃:《现代政党执政方式比较研究》,上海人民出版社2002年版。

26. 周民锋:《西方国家政治制度比较》,华东理工大学出版社2003年版。

27. 郭亚丁:《政党差异性研究——中国共产党与西方政党的比较》,中国经济出版社2005年版。

28. 徐育苗:《中外政治制度比较》,中国社会科学出版社2004年版。

29. 周淑真:《政党和政党制度比较研究》,人民出版社2001年版。

30. 李洪河:《历史辉映未来——执政时期党的全国代表大会比较研究》,中央文献出版社2005年版。

31. [韩]咸台炅:《中国政党政府与市场》,经济日报出版社2002年版。

32. [法]让·布隆代尔、[意]毛里齐奥·科塔:《政党政府的性质——一种比较性的欧洲视角》,北京大学出版社2006年版。

33. [法]让·布隆代尔、[意]毛里齐奥·科塔:《政党与政府——自由民主国家的政府与支持性政党关系探析》,北京大学出版社2006年版。

34. [美]霍华德·威亚尔达:《比较政治学导论:概念与过程》,北京大学出版社2005年版。

35. [美]霍华德·威亚尔达:《民主与民主化比较研究》,北京大学出版社2004年版。

36. [美]约翰·N. 德勒巴克、[美]约翰·V. C. 奈:《新制度经济学前沿》,经济科学出版社2003年版。

37. [美]戴维·伊斯顿:《政治生活的系统分析》,华夏出版社1999年版。

38. [德]哈贝马斯:《公共领域的结构转型》,学林出版社1999年版。

39. [美]罗伯特·A. 达尔:《现代政治分析》,上海译文出版社1987年版。

40. [德]罗伯特·米歇尔斯:《寡头统治铁律——现代民主制度中的政党社会学》,天津人民出版社2003年版。

41. 董晓阳:《俄罗斯利益集团》,当代世界出版社1999年版。

42. 顾俊礼:《欧洲政党执政经验研究》,经济管理出版社2005年版。

43. 李路曲:《当代东亚政党政治的发展》,学林出版社2005年版。

44. 李永全:《俄国政党史——权力金字塔的形成》,中央编译出版社2006年版。

45. 王奇生:《党员、党权与党争——1924—1949年中国国民党的组织形态》,上海书店出版社2003年版。

46. 朱国云:《公共组织理论》,南京大学出版社2003年版。

47. 于显洋:《组织社会学》,中国人民大学出版社2001年版。

48. 李汉林:《中国单位社会:议论、思考与研究》,上海人民出版社2004年版。

49. 荣敬本:《从压力型体制向民主合作体制的转变——县乡两级政治体制改革》,中央编译出版社1998年版。

50. 徐勇、项继权:《村民自治进程中的乡村关系》,华中师范大学出版社2003年版。

51. 徐勇、吴毅:《乡土中国的民主选举》,华中师范大学出版社2001

年版。

52. 吴毅、吴淼:《村民自治在乡土社会的遭遇》,华中师范大学出版社2003年版。

53. 蔡养军:《中国乡村集体企业经验的制度考察》,中国法制出版社2004年版。

54. 潘逸阳:《农民主体论》,人民出版社2002年版。

55. 李昌平、董磊明:《税费改革背景下的乡镇体制研究》,湖北人民出版社2004年版。

56. 朱新山:《乡村社会结构变动与组织重构》,上海大学出版社2004年版。

57. 蔡昉、白南生:《中国转轨时期劳动力流动》,社会科学文献出版社2006年版。

58. 窦鹏辉:《中国农村青年人力资源发展报告(2005)》,社会科学文献出版社2006年版。

59. 杨建华:《经验中国:以浙江七村为个案》,社会科学文献出版社2006年版。

60. 王景新:《村域经济转轨与发展——国内外田野调查》,中国经济出版社2005年版。

61. 中国社会科学院经济研究所:《中国农业、农村与农民》,社会科学文献出版社2006年版。

62. 陆学艺:《"三农论"——当代中国农业、农村、农民研究》,社会科学文献出版社2002年版。

63. 陆学艺:《"三农"新论——当前中国农业、农村、农民研究》,社会科学文献出版社2005年版。

64. 冯治:《中国农村现代化道路与规律:张郭研究》,人民出版社2004年版。

65. 卢福营、刘成斌:《非农化与农村社会分层——十个村庄的实证研究》,中国经济出版社2005年版。

66. 刘豪兴:《农村社会学》,中国人民大学出版社2004年版。

67. 黄平:《西部经验:对西部农村的调查与思索》,社会科学文献出版社2006年版。

68. 罗沛霖:《当代中国农村的社会生活》,中国社会科学出版社2005年版。

69. 王伟光:《建设社会主义新农村的理论与实践》,中共中央党校出版社2006年版。

70. 中国社科院农村发展研究所:《中国村庄的国有化模式》,社会科学文献出版社2002年版。

71. 中国社会科学院经济研究所:《中国村庄经济:无锡、保定22村调查报告(1978—1998)》,中国财政经济出版社1999年版。

72. 中国社会科学院农村发展研究所:《大变革中的乡土中国——农村组织与制度变迁问题研究》,社会科学文献出版社1999年版。

73. 崔传义:《中国农民流动观察》,山西经济出版社2004年版。

74. 于洪生:《城郊村城市化背景下的村务管理调研》,社会科学文献出版社2005年版。

75. 张秀生、陈立兵:《村经济发展》,武汉大学出版社2005年版。

76. 华中师范大学中国农村问题研究中心:《中国农村研究》,中国社会科学出版社2005年版。

77. 徐勇:《乡村治理与中国政治》,中国社会科学出版社2003年版。

78. 杜志雄:《农村治理结构与发展政策》,山西经济出版社2004年版。

79. 刘伯龙、竺乾威、程惕洁:《当代中国农村政策研究》,复旦大学出版社2005年版。

80. 金太军:《乡镇机构改革挑战与对策》,广东人民出版社2005年版。

81. 何增科:《基层民主和地方治理创新》,中央编译出版社2004年版。

82. 潘维:《农民与市场:中国基层政权与乡镇企业》,商务印书馆2003年版。

83. 徐国宝、金太军:《乡镇行政管理》,天津人民出版社1996年版。

84. 王颖:《新集体主义:乡村社会的再组织》,经济管理出版社 1996 年版。

85. 王铭铭:《乡土社会的秩序、公正与权威》,中国政法大学出版社 1997 年版。

86. 申延平:《中国农村社会转型论》,河南大学出版社 2005 年版。

87. 张静:《基层政权——乡村制度诸问题》,浙江人民出版社 2000 年版。

88. 何增科:《基层民主和地方治理创新》,中央编译出版社 2004 年版。

89. 贺雪峰:《乡村治理的社会基础》,中国社会科学出版社 2003 年版。

90. 周长胜:《农村党支部建设》,红旗出版社 2006 年版。

91. 胡坚:《乡镇党的建设》,党建读物出版社 2005 年版。

92. 冯小敏:《中国共产党基层建设新论》,上海教育出版社 2003 年版。

93. 于生:《农村基层党的执政能力调查研究》,中共中央党校出版社 2004 年版。

94. 冷福榜、罗昭义:《党的基层组织与乡镇政权建设》,红旗出版社 2005 年版。

95. 中宣部思想政治工作研究所:《新农村思想政治工作创新典型 50 例》,新华出版社 2006 年版。

96. 王世谊:《当代中国基层党建问题新论》,中央文献出版社 2004 年版。

97. 余振波、邵峰:《农村经济发展与改革》,党建读物出版社 2005 年版。

98. 朱宇:《中国乡域治理结构:回顾与前瞻》,黑龙江人民出版社 2006 年版。

99. 张翼之:《中国农村基层建制的历史演变》,四川人民出版社 1992 年版。

100. 李俊伟:《社会主义新农村基层党组织建设》,中共中央党校出版社 2006 年版。

101. 高国舫:《新经济社会组织党建研究》,中共中央党校出版社 2006 年版。

102. 吴新叶:《农村基层非政府公共组织研究》,北京大学出版社 2006

年版。

103. 李珍刚:《当代中国政府与非营利组织互动关系研究》,中国社会科学出版社 2004 年版。

104. 李友梅:《上海浦东嘉兴大厦楼宇党建实证研究》,上海人民出版社 2005 年版。

105. 顾丽梅、谷风:《上海浦东新区潍坊街道创建和谐社区的实证研究》,上海人民出版社 2006 年版。

106. 中央组织部组织局:《服务群众、凝聚民心——新形势下街道社区党建工作的探索与实践》,党建读物出版社 2004 年版。

107. 中央组织部组织局:《新形势下发展党员工作的探索与实践》,党建读物出版社 2004 年版。

108. 中央组织部组织局:《发展村级集体经济典型案例选编》,党建读物出版社 2004 年版。

109. 中央组织部党建研究所课题组:《新时期党建工作热点难点问题调查报告》第 3 卷,党建读物出版社 2003 年版。

110. 全国基层组织建设联系会议办公室:《党的基层组织建设探索与创新》,中国社会出版社 2003 年版。

◆(三)报纸、期刊文章

1. 黄文其:《农村基层党组织建设的现状与展望——新平县桂山镇亚尼村党组织建设调研报告》,《中共云南省委党校学报》2007 年第 6 期。

2. 李伟:《怎样加强和改进农村基层党组织建设》,《共产党人》2008 年第 3 期。

3. 王国生:《积极探索农村社区党建工作新模式》,《求是》2007 年第 1 期。

4. 梁妍慧:《党在构建新型社会管理体制中需要树立哪些新理念》,《中国党政干部论坛》2007 年第 10 期。

5. 吴海红:《论社会转型与基层党组织的功能定位》,《理论与改革》2004 年第 5 期。

6. 王晓林:《当前农村基层党组织的角色调整与定位研究》,《理论观察》2004 年第 2 期。

7. 张宝军:《村级党组织在新农村建设中的角色和功能》,《江苏省社会主义学院学报》2007 年第 3 期。

8. 王通:《如何做好社会主义新农村基层党组织的建设工作》,《河北职业技术学院学报》2008 年第 1 期。

9. 夏继春:《农村基层党组织建设的有效途径研究引论》,《湖南省社会主义学院学报》2005 年第 3 期。

10. 曹桂华:《创新农村基层党组织建设的途径》,《中国党政干部论坛》2005 年第 6 期。

11. 牛余庆:《利益分化背景下农村基层党组织社会整合方式转型研究》,《社会主义研究》2007 年第 1 期。

12. 徐中振:《中国现代化转型与党建组织创新的战略任务》,《上海党史与党建》2007 年第 1 期。

13. 中央组织部组织局:《适应建设社会主义新农村要求,加强和改进农村基层党建工作研究报告》,《党建研究内参》2007 年第 4 期。

14. 那宇、吴延溢:《社会基层分类与党的领导方式创新》,《南通大学学报(社会科学版)》2005 年第 3 期。

15. 董振国、王汝堂、林嵬:《农业入世五年的近忧远虑》,《瞭望》2007 年第 4 期。

16. 蒋建科:《农民对农村"两委"工作满意度一般》,《人民日报》(内部参阅)2007 年第 1 期。

17. 张晓山:《浅析"后农业税时期"中西部地区的农村改革与发展》,《农村经济》2006 年第 3 期。

18. 中共上海市委宣传系统"组织文化"建设课题组:《关于基层党组织"组织文化"建设的思考》,《上海党史与党建》2004 年第 10 期。

19. 周建:《瑞金市改进党员教育管理工作的做法与思考》,《党建研究内参》2007 年第 9 期。

20. 姜跃:《强化党的基层组织的服务功能》,《理论动态》2004 年第 1633 期。

21. 俞海芸:《越南共产党的基层民主制度建设》,《当代世界》2005 年第 9 期。

22. 李路曲:《新加坡人民行动党是如何处理党群关系》,《马克思主义与现实》2005 年第 2 期。

23. 刘阳:《从政党的组织结构和组织制度看新加坡人民行动党长期执政的原因》,《当代世界与社会主义》2005 年第 6 期。

24. 吴传震:《房地产调控:扼住房价上涨咽喉》,《南方周末》2005 年 3 月 10 日。

25. 邢学波:《北京顺义跑马场圈地千亩,镇政府出面出租土地》,《京华时报》2007 年 2 月 24 日。

26. 翁鸣:《政府要为农合组织发展扫除体制性障碍》,《人民日报》(内部参阅)2006 年第 36 期。

27. 周发源、汤建军、黄云志:《农民专业合作组织发展尚需配套政策支持》,《人民日报》(内部参阅)2006 年第 48 期。

28. 刘登高:《壮大产业的一项组织制度》,《教学与研究》2007 年第 1 期。

29. 杨泰波:《致力于推进农业结构调整》,《求是》2007 年第 3 期。

30. 常洁:《小农户与大政府、大市场的博弈——访中国社会科学院农村发展研究所所长张晓山》,《农业发展与金融》2006 年第 5 期。

31. 朱永红、曹亮:《“土地经营权”入股农业合作社》,《浙江日报》2007 年 1 月 4 日。

32. 陈锡文、韩俊、赵阳:《我国农村公共财政制度研究》,《宏观经济研究》2005 年第 5 期。

33. 陈国裕:《积极探索欠发达省新农村建设的路子——江西省委书记孟建柱答本报记者问》,《学习时报》2007 年 2 月 5 日。

34. 钟玉明、郭奔胜:《“三门干部”要握好百姓的手》,《瞭望》2006 年第 28 期。

35. 谭飞、陈晓虎、刘书云:《陕甘宁部分农村地区:地下宗教“复活”》,《新华每日电讯》2007 年 2 月 11 日。

36. 赵树凯:《乡村关系:在控制中脱节——10 省(区)20 乡镇调查》,《华中师范大学学报》2005 年第 5 期。

37. 吴燕峰:《佛坪陈家镇:推广袋料香菇多亏示范户》,《当代陕西》2007 年第 6 期。

38. 韦英思:《创办党群致富联合体,搭建农村党员发挥先进性作用的平台》,《中国共产党》2007 年第 5 期。

39. 李岚:《商山深处党旗红——商洛市开展党建主题活动纪实》,《党建研究》2006 年第 6 期。

40. 河南省社会科学院课题组:《大胆创新农村基层党组织的设置方式与活动方式》,《中州学刊》2005 年第 4 期。

41. 中央组织部党建研究所、全国党建研究会农村专业委员会联合课题组:《新时期农村基层党组织带头人成长规律调查》,《党建研究内参》2007 年第 5 期。

42. 赵树凯:《弱村禁牧记》,《中国发展观察》2005 年第 7 期。

43. 国务院发展研究中心乡镇改革课题组:《从十省(区)二十个乡镇的调查看残缺的乡镇政府权力体系》,《科学决策》2005 年第 2 期。

44. 中央组织部党建研究所课题组:《关于地方党委一把手行使职权情况的调研报告》,《党建研究内参》2007 年第 2 期。

45. 黄道霞:《村民民主营造的和谐村落》,《人民日报》(内部参阅)2006 年第 32 期。

46. 贺雪峰:《为什么村委会或农民协会不能维护农民利益》,《江苏社会科学》2004 年第 4 期。

47. 徐勇:《现代国家的建构与村民自治的成长》,《学习与探索》2006 年第 6 期。

48. 仲祖文:《把农村基层党组织建设成为新农村建设的坚强领导核心》,《求是》2007 年第 2 期。

49. 罗殿龙:《把支部建在屯上的有益实践》,《党建研究》2006 年第10 期。

50. 胡述宝:《提升农村基层党组织执政能力,建设社会主义新农村》,《中共郑州市委党校学报》2007 年第1 期。

51. 王化欣、王慕科:《安康试点乡镇改革,1/3"乡官"去职》,《当代陕西》2007 年第5 期。

52. 张富良:《完善人民代表大会制度,保障农民民主政治权利》,《人大研究》2004 年第4 期。

53. 段羡菊:《一位湖南乡长的自述:变了味的指标考核把我们逼成了骗子》,《半月谈(内部版)》2007 年第8 期。

54. 杨士秋:《学习郭秀明,争当好支书——铜川市培养新农村建设带头人的调查与思考》,《求是》2007 年第4 期。

55. 中央组织部研究室:《湖南选拔县乡党委书记到省直机关任职的调查》,《党建研究》2007 年第3 期。

56. 黄锡春:《经济欠发达地区农村基层组织建设实证研究》,《广西大学学报(哲学社会科学版)》2008 年第1 期。

57. 陈学琳、汪晓红:《广东农村基层党组织建设运行机制调查》,《岭南学刊》2006 年第5 期。

58. 李昌平:《当前影响新农村建设的五个问题》,《学习时报》2006 年3月6 日。

59. 于滨:《农村要考平安建设》,《瞭望》2006 年第48 期。

60. 梁妍慧:《加强和改进党的基层组织建设》,《中共石家庄市委党校学报》2007 年第11 期。

61. 胡序杭:《农村基层党风廉政建设面临的主要问题及对策》,《哈尔滨市委党校学报》2008 年第1 期。

62. 吴政权:《加强农村基层民主政治建设的思考》,《法制与社会》2008年第3 期。

63. 武汉市社会科学院课题组:《当前农村民主选举中存在的问题与对

策——以武汉市江夏区实证研究为例》,《武汉学刊》2007 年第 2 期。

64. 陶可:《适应统筹城乡要求,加强和改进农村基层组织建设》,《决策导刊》2007 年第 9 期。

◆(四)博士学位论文

1. 陈方猛:《转型期农村基层党组织建设若干问题研究》,中共中央党校,1997。

2. 王峰:《市场经济体制下的农村基层组织建设》,中国社会科学院,2000。

3. 罗争玉:《毛泽东邓小平江泽民基层党建理论研究》,湖南师范大学,2002。

4. 陶庆:《民营企业党的建设若干问题研究》,中共中央党校,2003。

5. 张湘涛:《农村基层党组织建设与村民自治的关系研究》,湖南师范大学,2003 。

6. 时煌军:《现代化进程中的城市社区党建研究》,中共中央党校,2004。

7. 陈志谦:《转型期私营企业党的建设研究》,中共中央党校,2005。

8. 李少斐:《非公有制经济领域党建问题新论》,天津师范大学,2006。

9. 袁卫祥:《农村治理中的基层党组织建设研究》,湖南师范大学,2006。

10. 闫东:《中国共产党与民间组织关系研究》,中共中央党校,2007。

后　记

本书是在我的博士论文的基础上修改而成的。书中特别回顾了中国共产党农村基层组织建设的历史经验，重点阐述了新时期农村基层党组织发挥作用的途径，这也是我对中国共产党成立90周年的一份纪念性薄礼。

本书的写作，得到了我的恩师梁妍慧教授、姚桓教授的直接指导和审改，他们的培育教导和风骨气韵是我成长前进的重要财富。令我感动的是，全国党建研究会副会长卢先福教授提出了宝贵意见并欣然为本书作序，这对我既是一种鼓励，更是一种鞭策。

感谢中国延安干部学院学术著作出版基金的资助，感谢人民出版社责任编辑徐庆群女士的辛勤编辑和润笔添色。

本书尽管对农村基层党组织的功能实现途径进行了理论探索，但我清醒地知道，缺点和错误肯定存在，欢迎读者批评指正。

肖纯柏

2011年4月于中国延安干部学院

责任编辑:徐庆群
装帧设计:王春峥

图书在版编目(CIP)数据

农村基层党组织功能实现途径研究/肖纯柏著.
-北京:人民出版社,2011.6
ISBN 978-7-01-009824-1

Ⅰ.①农… Ⅱ.①肖… Ⅲ.①中国共产党-农村-基层组织-党的建设-研究
Ⅳ.①D267.2

中国版本图书馆 CIP 数据核字(2011)第064250号

农村基层党组织功能实现途径研究

NONGCUN JICENG DANGZUZHI GONGNENG SHIXIAN TUJING YANJIU

肖纯柏 著

人民出版社 出版发行
(100706 北京朝阳门内大街166号)

北京新魏印刷厂印刷 新华书店经销

2011年6月第1版 2011年6月北京第1次印刷
开本:710毫米×1000毫米 1/16 印张:16.5
字数:236千字

ISBN 978-7-01-009824-1 定价:38.00元

邮购地址 100706 北京朝阳门内大街166号
人民东方图书销售中心 电话 (010)65250042 65289539